紅學論集

潘重規著

三民叢刊 35

三民書局印行

紅學論集 目次

《紅樓夢》的眞精神和新面貌

今年文藝節，在一個有意義的集會中，有機會提出「《紅樓夢》的眞精神和新面貌」這一講題，我感到無限興奮和光榮。爲了時間限制，不能就各方面的學說，作出詳盡的討論，只能對我歷年來研究《紅樓夢》的見解，和最近完成《紅樓夢》新校本的工作，提出簡單報告，藉此機會，以求教於文藝界的同好。

我對《紅樓夢》作者堅持民族主義的精神，篤信不渝。我認爲《紅樓夢》作者，是處在漢族受制於滿淸的時代。一班經過亡國慘痛的文人，懷着反淸復明的意志，在異族統治之下，禁網重重，文字之獄，叫人悲憤塡膺，透不過氣來。作者懷抱着無限苦心，無窮熱淚，憑空構造一部言情小說，借兒女深情，寫成一部用隱語寫亡國隱痛的隱書。保存民族興亡的史實，傳達民族蘊積的沉哀，想衝破查禁焚坑的網羅，告訴失去自由的並世異時的無數同胞，指示他們趨向自救的光明大道。作者處在異族嚴密監視之下，眞事尙要隱去，眞姓名自然不敢暴露了，這便是《紅樓夢》「究不知何人所作」的原因。他既不能說明，又不甘心不說：他所說的既怕人知道，又怕人不知道，所以要巧妙地運用隱語來表達隱事，我在民國四十年發表〈民族血淚鑄成的紅樓夢〉一文時，結尾一段話說：「我相信，有《紅樓夢》，我們的作者將永存在中華民族兒女的心中，有作者這種強烈的民族精神，我們中華民族也將永生在世界上！作者是誰？他不是張三，也非李四，他確確實實是我們炎黃虞夏以來經過千災萬難，永不低頭的中華民族的靈魂！」這便是我說的《紅樓夢》的眞精神。我這一看法，恰和胡適之先生的看法相反。胡先生認爲《紅樓夢》前八十回的作者是旗人曹雪芹，後四十回是旗人高鶚所僞作。《紅樓夢》是一部隱去眞事的自敍；裏面的甄賈兩寶玉卽是曹雪芹自己的化身；甄賈兩府卽是當日曹家的影子。而我的看法則是寶玉代表傳國璽，代表政權。甄賈卽是眞假，政權在漢族手中則爲眞，政權在異族手中則爲假。林黛玉影射明朝，薛寶釵影射清室，林薛爭取寶玉卽是明清爭取政權。林薛的得失卽是明淸的興亡。賈府指斥僞朝，賈政指斥僞政。所以我的結論是：《紅樓夢》確是一部運用隱語抒寫亡國隱痛的隱書。作者的意志是反淸復明。書中對賈府隨時施以無情的攻擊，罵他爬灰養小叔，卽是攻擊文太后下嫁多爾袞的醜行。明遺臣張煌言的〈建夷宮詞〉、臺灣延平嗣王鄭元之的〈續滿洲宮詞〉（見玄覽堂叢書續集影印鈔本《延平二王遺集》），都是反清義士在海外盡情譏詈文太后、多爾袞的醜事。而在當時鐵幕內的同胞無法聽到、看到的，宣傳這種事實，就成爲《紅樓夢》作者的工作和責任了。我們試想，以一個倫理觀念極重的中華民族，把統治我們的清帝的禽獸穢行揭發出來，此一宣傳將激起反淸的力量該多麼大！作者又在書中反覆指點眞假，既有賈（假）寶玉，又有甄（眞）寶玉，眞假兩寶玉，面目雖是一般；不過，政權在本族手裏就是眞，政權在異族手裏便是僞。因此淸朝是僞，明朝就是眞。眞的必然會復興，僞的注定要失敗。作者從寶玉口中曾發出一番議論說，「除明明德外無書」（見《紅樓夢》第十九回）。這分明是作者嚴肅的表白態度，明朝纔是正統，除此以外便是國賊，能明瞭明朝之德，便不可出仕僞朝，因此他極力抨擊讀書上進的是國賊祿蠹（見《紅樓夢》第十九、第三十六回）。否則以寶玉爲人，他最欣賞的書應該是《西廂記》、《牡丹亭》，爲什麼最崇拜的會是《大學》？就算他最崇拜《大學》，爲什麼不說「除《大學》外無書」，而偏要說「除明明德無書」？這能叫人不聯想到文字獄中丁文彬所說「大明取明明德的意思」的革命術語嗎？我這番說法，在胡適先生的說法已經定於一尊之後提出來，立刻遭到胡先生的駁斥，認爲我用隱語諧音拆字的方法去探求《紅樓夢》中隱藏的意義，是穿鑿附會猜笨謎的方法。其實中國文字的這種隱藏藝術，源遠流長，而且深入到各階層、各類型的人物。同時這種種文字上隱藏藝術，早經成爲富有民族思想的漢人，用做表達意志的共同工具。尤其是在清初這一段時期，無論是文人學者、江湖豪俠，凡懷抱反抗異族的志士，都利用「隱語式」的工具在異族控制下秘密活動。這是黑暗時代的自然趨勢。《紅樓夢》正是這黑暗時代的產品，自然會用當時人共同使用，彼此默契的革命術語；不過《紅樓夢》作者用心更深，運用得更巧妙罷了。我們翻開清初文字獄的檔案，便看出那時候知識份子在異族統治下的憤恨情緒和反抗事實，他們組織同志和宣洩情感全是用「隱語式」的文字作工具，和《紅樓夢》作者運用的技巧如出一轍。所以我解釋「紅樓夢」爲「朱樓夢」，有本書眞眞國女子「昨夜朱樓夢」的詩句和殷寶山〈岫亭草記夢〉「紅乃朱也」(見清代文字獄檔案）一類數不清的材料作證（《紅樓夢新解》中）。我探索《紅樓夢》隱語的方法，正是清初諸帝辦理文字獄的方法。我們如說清初諸帝是穿鑿附會，不獨清帝心中不服，卽被殺戮的民族義士更將含恨於九泉了！以上我提出我的看法，對胡先生加以反駁後，胡先生都未作答。只是後來民國四十一年十二月胡先生自美回國見面時，胡先生說：「旅居國外，缺乏新材料，暫時不能答覆。」這是胡先生學說受到嚴格的批判和懷疑的第一次。以後我爲了《紅樓夢》的看法，不斷和俞平伯、周汝昌、林語堂、吳世昌、趙岡、馮其庸、余英時、陳炳良諸位先生辨難，我儘管篤信我的判斷有根據，然而我虔誠的希望依據客觀的事實，新發現的材料得到最正確的結論。胡適、俞平伯諸氏的考證，過去曾獲得海內外人士的信從，然而我認爲證據不足，不能解決我深深的疑團，我終不敢輕易苟同，怕抹殺了《紅樓夢》作者的眞精神。我不斷發表我的意見，並不希望能夠壓倒旁人，而是希望我的懷疑能夠得到徹底的解決，我始終覺得做學問應當服從眞理，不應當崇拜偶像。學者只要有一點崇拜偶像的念頭，便會不知不覺的錯過眞理。所以我至今仍然堅信《紅樓夢》的眞精神是永不屈服於異族的民族精神。

談到《紅樓夢》的新面貌，《紅樓夢》一書，向來是以八十回鈔本和一百二十回刻本分別流行於世。胡適之、俞平伯先生都認爲有鈔本的前八十回是曹雪芹作的；而後四十回則是高鶚僞作的。所以今天書店出版的《紅樓夢》，封面上都印上作者曹雪芹、高鶚的字樣。其實早期的鈔本和最初的刻本都沒有作者的姓名，程小泉、高鶚最初排印的《紅樓夢》，序言中只是說：「《石頭記》是此書原名，作者相傳不一，究未知出自何人。」我在民國四十年曾指出胡先生判斷高鶚僞作的錯誤，胡先生並不能作出答覆，但是所有發現的《紅樓夢》舊鈔本，不論是庚辰本、己卯本、甲戌本，都是沒有後四十回的，直到民國四十八年三月，北平文苑齋書店發現了乾隆一百二十回「紅樓夢稿」的鈔本，纔證實了胡先生說法的錯誤。民國五十二年一月，中華書局據原本影印，其後鼎文書局、聯經出版事業公司、廣文書局又翻版複印。這個鈔本早期收藏者楊繼振，字又雲，號蓮公，是一位有名的大藏書家。原書是用竹紙墨筆抄寫的，蓋有「楊印繼振」、「江南第一風流公子」等圖章。這個鈔本，是程、高的修改稿。這個百二十回鈔本的底本前八十回是脂硯齋本。後四十回原先也有個底稿，程、高在底稿上面做了一些文字的加工。這部鈔本，在版本和文學兩方面都有極重大的關係和貢獻。我們將此鈔本和程小泉刻本相校，可以校正程本很多錯誤，例如五十三回程乙本一段文字：

賈珍命人拉起他來，笑說：「你還硬朗?」烏進孝笑道：「不瞞爺說：小的們走慣了，不來也悶的慌。他們可都不是願意來見見天子脚下世面！他們到底年輕，怕路上有閃失，再過幾年就可以放心了。」

此鈔本作：

賈珍命人拉起他來，笑說：「你還硬朗！」烏進孝笑回：「托爺的福，還走得動。」賈珍道：「你兒也大了，該叫他走走也罷了。」烏進孝笑道：「不瞞爺說，小的們走慣了，不來也悶的慌。他們可都不是願意來見見天子脚下世面！他們到底年輕，怕路上有閃失，再過幾年就可放心了。」

上面括弧內的幾句，程乙本沒有，此鈔本補加在行間，顯然是付刻時脫落了。因為沒有這幾句話，便缺少了烏進孝答覆賈珍的話，也缺少了賈珍提到烏進孝兒子的話，前後文便成爲所答非所問了。還有許多程刻本字句脫誤，詞意不通之處，單單只有此鈔本不誤，在此不能詳舉。以上簡單說明此鈔本版本上的優越，以下再簡單說明此一鈔本在文學上的重要和貢獻。

我們試看第二十回的一節，庚辰本作：

> 只見李嬤嬤（戚本作媽媽，下同）拄着拐棍，在當地駡襲人忘了本的小娼婦，我抬舉起你來（戚本作你起來。），這會子我來了，你大模大樣的倘（戚本作淌，下同。）在炕上，見我來也不理一理，一心只想粧狐媚子哄寶玉，哄的寶玉不理我，聽你們的話。你不過是幾兩臭銀子買來的毛丫頭，這屋里你就作耗，如何使得！好不好拉出去配一個小子，看你還妖精似的哄寶玉不哄。襲人先只道李嬤嬤不過爲他倘着生氣，少不得分辨說：病了，纔出汗，蒙着頭，原沒看見你老人家等語（戚本作話）。後來只管聽他說哄寶玉粧狐媚，又說配小子等（戚本等下有話字），由不得又愧又委曲，禁不住哭起來。

此鈔本的正文作：

> 只見李媽媽拄着拐棍，在當地駡襲人忘了本的小娼婦，我抬舉起來的，這會子我來了，你大模大樣淌在炕上，見我來也不理一理，一心只想狐媚子哄寶玉，哄的寶玉不理我，聽你們的話。你不過是

臭銀子買來的毛丫頭，這屋里你就作耗，如何使得呢！好不好拉出去，我問你還哄寶玉不哄。襲人先只道李媽媽不過爲他淌着生氣，故還說道：我低着頭，原沒看見你老人家等語。後來聽他說哄寶玉粧狐媚等語，由不得又愧又委曲，禁不住哭起來了。

此鈔本經修改後，文字和程乙本幾乎完全相同，程乙本云：

只見李嬤嬤（此鈔本作媽媽）拄着拐杖，在當地罵襲人：忘了本的小娼婦兒！我抬舉起來，這會子我來了，你大模廝樣兒的躺（此鈔本作淌）在炕上，見了我也不理一理兒（此鈔本無兒字）。一心只想妝狐媚子哄寶玉，哄的寶玉不理我，只聽你的話。你不過是幾兩銀子買了來的小丫頭子罷咧，這屋里你就作起耗來了！好不好的，拉出去配一個小子，看你還妖精似的哄人不哄（此鈔本不哄下有人字）！襲人先只道李嬤嬤不過因他躺着生氣，少不得分辨說：「病了，纔出汗，蒙着頭，原沒看見你老人家。」後來聽見他說「哄寶玉」，又說「配小子」，由不得又羞又委曲，禁不住哭起來了。

從以上一節各本文字的異同，加以分析，又可看出修改的多種原因：

第一、可能是由於斟酌文意的結果。如庚辰、戚本說：「你不過是幾兩臭銀子買來的毛丫頭，」全鈔本正文作「你不過是臭銀子買來的毛丫頭。」修改的人可能考慮「臭銀子」這句話有多少語病，因爲銀子是賈府的，詆賈府的銀子爲臭銀子，而出之於賈府下人之口，似乎是不應該，所以全鈔本改文便刪去「臭」字，修正爲「你不過是幾兩銀子買來的」。這是訂正底本的文意的地方。

第二、可能是由於斟酌語氣的結果　如庚辰、戚本說：「你不過是幾兩臭銀子買來的毛丫頭，這屋里你就作耗，如何使得！好不好拉出去配一個小子。」全鈔本正文作：「你不過是臭銀子買來的毛丫頭，這屋里你作耗，如何使得呢？好不好拉出去。」修改的人可能考慮到「如何使得」這句話多少帶點商度的口吻，語勢略嫌和緩，不合李媽媽憤怒的口氣，所以全鈔本改文刪去這句話，修改爲「你不過是幾兩銀子買了來的小丫頭罷咧，這屋里你就作起耗來了！好不好的，拉出去配一個小子。」這是斟酌文氣而訂正底本的地方。

第三、可能是由於斟酌說話人身份的關係　如庚辰、戚本、全鈔本正文的「你大模大樣」，修改的人覺得普通人口語中通常說的「大模大樣」，在李媽媽這等粗人說成「大模廝樣」，似乎更傳神一點。《品花寶鑑》第二回：「聘才見這大模廝樣的架子」，「大模廝樣」一詞，好像還有裝腔作勢的意味。

第四、可能是由於文言白話異同的關係　其中有的是爲了文言和白話用字的不同而改易的，如庚辰、戚本、全鈔本正文都同作「由不得又愧又委曲」，修改的人覺得文言的「愧」，白話應該說「羞」，如「羞人答答」、「羞口羞腳」，不會說成「愧人答答」、「愧口愧腳」，因此改爲「由不得又羞又委曲」。有的是爲了夾雜着文言詞彙而加以删改的，如庚辰本的「原沒看見你老人家等語」，戚本的「原沒看見你老人家等話」，全鈔本的「原沒看見你老人家等語」、後來聽他說哄寶玉裝狐媚等語」，修改的人可能認爲這類文言詞彙，看起來刺眼，聽起來逆耳，所以把「等語」、「等話」之類全都删去，整個文句也相應的加以必需的潤色。

以上四種修改文章的現象，前三種是一般性普遍性的修辭方法。不論任何時代的文章，任何性質的文章，任何作者的文章，他們可以把不適當的字句，換成適當的字句；把不適當的文勢，換成適當的文勢；把不適當的文意，換成適當的文意。不過換來換去，本底是文言，還是換成文言；本底是白話，依然換成白話。對於文體的本質，是不會有所改變的。只有修改的人存心要把作品澈底口語化，纔會有上舉第四種修改方法所造成的現象。《紅樓夢》的作者，蓄意要用白話寫成他的鉅著，這在第一回開場白中，早已表明，人所共知，不須多費解釋。不過中國傳統的白話小說，不管是《水滸傳》也好，《三言二拍》也好，都不免夾雜着許多文言字句。《紅樓夢》這部白話小說，初期也不免有此現象。我們細心觀察，便可發現這部書的稿本，輾轉傳抄，到排版印刷，其間文字是曾經多次修改的。根據前後修改的痕迹，除內容情節描寫種種因素外，有一個非常重要的原則，也可以說是刪改文字的大動力，便是要把這部白話小說中夾雜著的文言成份，加以淘汰。換句話說，便是要把《紅樓夢》這部小說澈底口語化。我們甚至可以說，必須經過這番工作，《紅樓夢》纔能成爲眞正純淨的白話小說。這在《紅樓夢》修辭潤色的加工過程是值得特別的注意，而《紅樓夢》一書能成爲國語文學的寫作範本，更是應該大書特書加以表彰頌揚的事實。

至於《紅樓夢》後四十回，是程小泉積累收集的一個鈔本，其間頗有漫漶之處，每回篇幅也比前八十回簡短。爲了使全書分量均勻，不得不加以擴充。由於這現實的限制，故除了一兩個字的刪改之外，便只有增加而無刪減，這種現象，正是引言中所說：「書中後四十回係就歷年所得，集腋成裘，更無他本可考，惟按其前後關照者，略爲修輯，使其有應接而無矛盾。至其原文，未敢臆改」的原故。因此程、高當年在加工整理的過程中謹守的原則，就是一方面要增修原稿本的文句，另一方面又要儘量不丟棄原稿本中的字句。原稿本字句都是必需保留的，在這個限制下來修改文章，便只有用增加文字的辦法來美化它。所以，此鈔本的改文加工，前八十回的修補，係廣集各家鈔本，有所依據而修補的。後四十回的修補，是因更無「他本可考」，儘量保留原文而渲染的。可以說前八十回的加工近於「校訂」，後四十回的加工近於「創作」。而其方法不外兩類：一類是文言文用字改成口語，如將「等語」、

「等話」之類刪去，加以改寫；一類是美化原來的文句及情節，加以生動細膩的描寫。我們讀完此一鈔本之後，覺得在文學或考證各方面，都有發掘不盡的資料。但是，鈔本的文字，有時潦草難認，有時模糊不清，有的塗抹，有的圈改，有的密密麻麻的旁加，有的整條整頁的粘補。閱讀起來，萬分頭痛；研究起來，十分困難，更談不上供給一般人的欣賞享受。因此，民國五十五年，我在香港中文大學新亞書院中文系，開設了「《紅樓夢》研究」新課程，發動學生，抄成一份清本。後來發覺改文同樣的重要，又重新再抄一部，正文用墨筆，改文用朱筆。參加的同學前後不下五六十人。接着我受聘文化學院，又成立了「《紅樓夢》研究小組」，經過五六年時間，參加的同學以百數。每星期一、三、五的晚間，閱讀此鈔本，討論問題，確認文字。發現此鈔本無論是一字兩字的圈改，一行兩行的塗抹，或整段整頁的添補，都和版本有極大的關係，對文章修辭鍊字都有極大的啓示。因此我們將此鈔本任何的改動，都做成札記，供研究的人參考。又將此鈔本的文字仔細校訂，正文用墨筆，改文用朱筆，加以句讀，成爲一個人人可讀的本子。由於朱墨分色，文字修改的過程，可以一目了然。文化大學中文研究所預備排版後用朱墨兩色套印，我相信這是比程刻本更符合原稿的一個本子。至於用朱墨套印，恐怕在《紅樓夢》版本史上也創下了空前未有的紀錄。閱讀者爽心悅目，有文學欣賞、寫作技巧、版本考訂多方面的效益。我想，這或者可以說是一羣《紅樓夢》的愛好者，十年辛苦，重新塑成的一部文學名著的新面貌吧？新面貌認識易，眞精神辨別難！我記得臺灣愛國史學家連雅堂先生告訴我們說：「臺灣民間風俗，農曆三月十九日是太陽節，家家戶戶點燈，意思是要追求光明，就是要永久勿忘明朝的明字，這一天原是崇禎皇帝北平殉國的日子，也可當作民族紀念節。」太陽節點燈，近似迷信可笑，愛國史學家卻看見了中華民族在臺灣的民族眞精神。《紅樓夢》是否臺灣太陽節的燈？愛好《紅樓夢》的讀者，這是讀《紅樓夢》開卷第一回的時候，值得深長思考的問題啊！

《紅樓夢》研究的方向

《紅樓夢》的出現，增添了中國文學乃至世界文學燦爛無比的光輝。從來沒有一部小說能產生如此深遠的影響，引發如此廣泛的討論。讚揚《紅樓夢》的言論太多了，我們不必繁徵博引。單看去年（民國六十九年）六月十六日至六月二十日，在美國威斯康辛大學召開的首屆國際《紅樓夢》研討會，有來自各國八十多位紅學家，五天的會期，宣讀了五十餘篇論文。出席討論的，包括日本東京大學伊藤漱平教授、英國牛津大學霍克斯教授，他們分別是「全部紅樓夢」的日譯和英譯的執筆人。由於這一次空前盛會的成就，無疑的奠定了《紅樓夢》世界文學的崇高地位。以一部小說作爲專門研究的對象，而成爲世界文學中的顯學，開創了首次國際紅學研究盛會，這不能不說是中國文學的極大光榮。

談到紅學的發展，我認爲應該溯源於民國初年蔡、胡二位先生。自從民國六年，蔡元培先生刊行了《石頭記索隱》一書，認爲《紅樓夢》作者持民族主義甚摯，書中本事，在弔明之亡，揭清之失。書中人物，多影射漢族仕清名士。胡先生少後寫的〈紅樓夢考證〉，則認爲《紅樓夢》是作者曹雪芹的自敍傳。他駁斥蔡氏考定劉姥姥是湯潛庵一類的說法，痛快淋漓，使蔡先生無詞以對。他又考得曹雪芹的家世，發現「脂評紅樓夢八十回鈔本」，故斷定前八十回的作者是曹雪芹，後四十回是高鶚所僞造。胡先生認爲這是歷史考證方法的成功，因此博得一般學者的信從。我們知道蔡胡論戰的時期，蔡先生是北京大學的校長，胡先生是北京大學的教授，都是極受國際學術界重視的人物。因此，這次論戰顯得特別轟動。論戰結果，胡先生的主張，可以說得到了壓倒性的勝利。國內周樹人的《中國小說史略》，以及日本歐美甚至整個世界談《紅樓夢》的人士，全都採用了胡先生的學說。民國四十六年，我參加在西德舉行的國際漢學會議，當我發表對《紅樓夢》作者的意見時，一位外國教授卽起立發言，認爲胡博士的說法已成定論，不容再加批評，可見這幾十年來，說得上是定於一尊的「胡適時代」。不管「胡適時代」維持了多久，但經論戰之後，引起全世界學人的重視，不斷的蒐求新資料，發掘新問題，這是不容否認的事實。僅以新發現的重要鈔本而論，已經在十種以上，現在列舉如後：

一、乾隆十九年甲戌（西元一七五四年）脂硯齋重評石頭記 殘存十六回。民國十六年，胡適在上海購得。民國五十年影印。

二、乾隆二十四年己卯（一七五九）冬月脂硯齋四閱評本石頭記　殘鈔本，包括前後兩次發現，總計存五冊。首次發現共有三十八整回及早期抄補的兩回。第二次發現，包括第五十六、五十七、五十八三回及五十五回後半回，五十九回的前半回。民國六十九年，里仁書局翻印本。

三、乾隆二十五年庚辰（一七六〇）秋脂硯齋四閱評本石頭記　存七十八回。

四、蒙古王府鈔本石頭記　前八十回大體同戚蓼生本。配抄後四十回程序本。

五、戚蓼生序鈔本石頭記　八十回。民國元年，上海有正書局石印大字本。

六、脂南本石頭記　八十回。藏南京圖書館。

七、列鈔本脂評石頭記　存七十八回。內缺第五、第六回。藏列寧格勒東方院。

八、乾隆四十九年甲辰（一七八四）鈔本紅樓夢　八十回。有夢覺主人序。民國四十二年，在山西省發現。

九、乾隆五十四年己酉（一七八九）鈔本紅樓夢　存第一至四十回。有舒元煒序。

十、鄭藏鈔本石頭記　一册，共存三十一頁，題「石頭記」第二十三回、第二十四回。

十一、靖應鵾藏鈔本石頭記　民國四十八年在南京出現，存七十八回。現已迷失。

十二、乾隆鈔本百廿回紅樓夢稿　原收藏人楊繼振。為目前鈔本中，唯一具有早期後四十回的鈔本，簡稱全鈔本。翻印本甚多。潘重規校定，中國文化大學中文研究所排版朱墨套印。

以上除有正本外，都是蔡、胡論戰以後所發現，其影響之深遠，可以想見。

由於新資料不斷發現，各家著述意見分歧，「紅樓夢」這一門學問，竟像羣經諸子似的，分家分派，蔚成壯觀。民國六十二年，美國俄亥俄州立大學陳炳良先生，寫了一篇〈近年的紅學述評〉，把近代研究《紅樓夢》的分為三派：一派是索隱派的舊紅學，一派是考證派的新紅學，還有一派是文學評論派的紅學。他批評索隱派的紅學說：

這一派的紅學是要找出隱藏在《紅樓夢》故事背後的眞實事蹟。因為他們認為整個故事是個謎。作者因礙於當時政治環境，所以用愛情故事來寄託他要寫的本事。這派學者，把他們的見解寫成專書的當推清末的孫渠甫為最早。他的書名叫《石頭記微言》。他主張它是「勝國頑民怨毒覺羅者所作」。一九一六年，王夢阮和沈瓶庵出版了他們的《紅樓夢索隱》。他們主張「《紅樓夢》全為清世祖與董鄂妃而作，兼及當時諸名王奇女」。由於這個見解，所以他把這本小說的寫作日期提早到康熙中葉，同時認為「曹雪芹只是修訂這本小說的人，他為了避免該書被禁，所以一再修訂，俾愈隱而愈不失其眞」。到一九一七年，蔡元培出版了他的《石頭記索隱》。他的主張是：「《石頭記》者，清康熙朝政治小說也。……當時既慮觸文網，又欲別開生面，特於本事以上，加以數層幃幕，使讀者有橫看成嶺側成峯之狀況。」……到一九一九年，鄧狂言出版了他的《紅樓夢釋眞》，他受到王夢阮的影響，認爲曹雪芹「增刪五次」是暗指崇德、順治、康熙、雍正、乾隆五朝歷史，至於內容方面亦隱含反清復明的民族意識。過了八年，壽鵬飛的《紅樓夢事蹟辨證》出版，他反對曹作高續說，認爲它是「明代孤忠遺逸所作」，是一本「康熙季年宮闈秘史」，影射胤禎諸人奪嫡的史實。……到了一九三四年，景梅九出版他的《紅樓夢眞諦》，他反對蔡、王的說法，他用明末清初的傳說來解說《紅樓夢》。隔了二十年左右，潘重規先生再次把這派紅學提出來討論。他在一九五一年在臺灣和胡適先生辯論。到一九五九年，在新加坡出版他的《紅樓夢新解》，茅盾先生說他的說法是蔡元培、壽鵬飛和景梅九三人的意見的綜合。……

他又評介考證派的新紅學說：

現在讓我們來談談考證派的新紅學。奠立這一派紅學的人就是胡適先生。他在一九二一年發表〈紅樓夢考證〉，得到下面的結論：(一)《紅樓夢》的著者是曹雪芹；(二)曹雪芹是曹寅的孫子，曹頫的兒子；(三)曹寅死於康熙五十一年，曹雪芹大概生於此時或稍後；(四)曹家曾接駕四次；(五)《紅樓夢》是曹雪芹破產傾家後所寫的，約在乾隆初年到乾隆三十年左右，書未成而先死了；(六)書中的甄賈寶玉，即曹的化身；(七)後四十回是高鶚所補。其後，很多學者都向此方面作更深入的研究，最有成績的是：俞平伯先生有《紅樓夢辨》（後改為《紅樓夢研究》）；周汝昌有《紅樓夢新證》；吳世昌先生有《紅樓夢探源》，和趙岡、程鍾毅夫婦有《紅樓夢新探》。其中俞平伯先生的書，因受到中共的批判，所以很受讀者注意。……綜而言之，考證派的新紅學到現在的階段還留下幾個未解決的問題：

(一) 曹雪芹生在那一年，死在那一年？

(二) 脂硯齋、畸笏叟是誰？

(三) 後四十回是不是高鶚的續作？

(四) 版本的系統是怎樣的？

這些問題的最後解決，仍有待於日後新材料的發現。

陳炳良先生是主張發展文學評論派的紅學的，所以他說：

在中國文學還未受到西洋文學的影響之前，中國文人對詩文的批評多注重在遣詞和造句兩方面。當談及小說時，他們只粗略的說某作者文字流暢，或小說裏人物造型各盡其妙；對於小說的結構、技巧等都沒有加以討論，這當然是不夠的。……其實，早幾十年，王國維已經用西方文藝理論來評論《紅樓夢》了。可惜的是，我國人不大喜歡這一套罷了。王國維用叔本華的哲學來讀《紅樓夢》，他認爲它是徹頭徹尾的悲劇。他又認爲書中的主角「以生活爲爐，苦痛爲炭，而鑄其解脫之鼎。」所以他的解說是悲感的、壯美的、文學的。

我上面所寫的，一方面，我追溯了新舊兩派紅學的發展。另一方面，我並沒有把所有在近年發表的有關《紅樓夢》的文章都加以介紹。在這兩方面，我是有我的苦衷的。如果不談新舊兩派的發展，一般的讀者會不清楚這兩派和中國傳統學術的關聯。現在，我們固然不願意用經生的見解來看中國文學，但也不認爲用乾嘉時代的考證學來研究文學是一條正確的途徑。我覺得近年來得到相當發展的文學評論派的紅學是值得我們注意和發揚的。

以上陳先生的分析，其實歸納起來，新舊紅學都可稱爲考證派。新紅學派著眼於曹氏一家的家事，稱爲「歷史的傳記的考證方法」；舊紅學家注意明末清初，漢族受制於異族整個時代的歷史背景，當然也是「歷史的傳記的考證方法」。大抵《紅樓夢》的研究，千頭萬緒，可以綜合劃分爲兩道巨流：一道是以文學批評的觀點爲主，其長處在「課虛」，可稱爲文學批評派；一道是重在本書主旨、作者背景及版本源流等，其長處在「徵實」，可稱爲考證派。根據第一屆國際《紅樓夢》研討會提出的論文，屬於文學批評派的，有王靖宇的〈王希廉論紅樓夢〉、葉嘉瑩的〈王國維論紅樓夢評論的得失〉、余珍珠的〈紅樓夢的多元觀點與情感〉、韓進廉的〈從紅樓夢看曹雪芹的美學觀〉等篇；屬於考證派的，有周策縱的〈紅樓夢凡例補佚與釋疑〉、趙岡的〈己卯本與庚辰本的關係〉、馬幼垣的〈乾隆鈔本百二十回稿的一個版本問題〉、陳炳藻的〈從字彙上的統計論紅樓夢的作者〉等篇。統計下來，考證、批評兩派的份量約略相等。可見二者同時發展，像兩輪雙翼，有不可偏廢之勢。

總括說來，自從蔡、胡論戰以後，一切新材料的訪求、發現和探索，都是希望求得《紅樓夢》寫作的主旨，究竟是否寓有反清復明的意志，還是如胡氏所說的是曹雪芹的自敍傳；抑或兩者都不是，而是另有涵義的著作；或者什麼都不是，而只是一部單純的言情小說。六十多年來，研究的主要工作，大概都是環繞此一目的而進行的。因爲一切文學的寫作技巧，都是爲作品的中心思想服務，其技巧的優劣，端視能表達中心思想的程度高低，做爲衡量的標準。作品的主旨不能確定，則文學批評失去了衡量的依據。例如《紅樓夢》第十九回：「(寶玉)又說，只除了什麼明明德外就沒書了，都是前人混編出來的。」這番議論和寶玉在《紅樓夢》裏擔任的角色非常不協調。況且「明明德」指的是《大學》，爲什麼不說除《大學》外沒書，偏偏要說除「明明德」沒書呢？還有第十六回描寫鬼判持牌提鎖來捉秦鐘的魂魄，他向鬼判求情，無奈鬼判鐵面無私，絕不通融。後來聽見寶玉名字，又驚慌失色，頓改態度。書中有一段話說：

正鬧著，那秦鐘魂魄忽聽見「寶玉來了」四字，便忙又要求道：「列位神差！略發慈悲，讓我回去先和這一個好朋友說一句話，就來的！」都判官聽了，先就唬慌起來，忙喝罵鬼使道：「我說你們放了他回去走走罷！你們斷不依我的話，如今只等他請出個運旺時盛的人來才罷。」衆鬼見都判如此，也都忙了手足。一面又抱怨道：「你老人家先是那等雷霆電雹，原來見不得『寶玉』二字！依我們的愚見，他是陽，我們是陰，怕他也無益於我們。」都判道：「放屁！俗話說得好：『天下官管天下民』，陰陽並無二理，別管他陰，也別管他陽，沒有錯了的！」衆鬼聽說，只得將他魂放回，哼了一聲，微閉雙目，見寶玉在側，乃勉強歎道：「怎麼不早來，再遲一步，也不能見了！」

這都判所說的「天下官管天下民」，正是「王者官天下」的意思。寶玉是什麼官？曹雪芹又是什麼官？作者爲什麼要把風流瀟灑，不知權力爲何物的男主角，描寫成被鬼判聽見了都嚇得魂不附體像皇帝天王一般的人物，這從任何角度來講，都是文章的敗筆，所以脂硯的評語說：「愈不通愈妙。」「愈不通」倒是的評；如果作者沒有特殊的用意，「愈妙」二字便成爲盲目恭維古人的評語了。我們檢閱甲戌、庚辰、有正各鈔本都有「天下官管天下民」一段話，而程、高刻本卻把他刪去。我們站在文學批評的立場來說，究竟是《紅樓夢》原作者對呢？還是程、高刪改得對？可見作品的主題沒有認淸，批評者也失去了衡量的依據。當初蔡、胡爭論，正是要辨明《紅樓夢》的主題。我在定於一尊的「胡適時代」提出異議，也正因爲我發現此書的表層，無疑的，是一部精妙絕倫的言情小說；但是通過這悱惻動人的兒女深情，還可以觀察到作者嗚咽的傾瀉著民族興亡的血淚。他一字一淚，乍呑乍吐，傳達出一段民族沈哀，想衝破查禁焚阬的鐵幕，告訴失去了自由的並世異時的無數同胞，指示他們趨向自救的光明大道。這正是作者全書的主旨。主旨不明，批評如何能落實？所以我們盱衡紅學發展的趨勢，必須在蔡、胡二先生辨論的主題，繼續追求它的正確答案。同時由於世宙相依，交通便利，科學家掌握了費長房的縮地法，使得四海猶如一家。外國人愛好中國文學的越來越多，中國人研究外國文學的也越來越深入；互相比較，互相批評，這是自然發展的趨勢。不過，比較批評乃是知己知彼的融通綜合，如果有一方了解不夠精確，則不但失去比較的意義，更會產生錯誤的批評。因此，研究《紅樓夢》的工作，應該從各方面切切實實去下手。我現在提出幾點意見，供愛好和研究《紅樓夢》的人士參考：

第一：在《紅樓夢》作者及主旨等重要問題未解決之前，考據的工作勢必繼續進行。

第二：版本、校勘是一切問題的基礎，必須加以研究和整理。例如王力在三十多年前寫了《中國語法理論》和《中國現代語法》二書，其中所舉的例子絕大多數採自《紅樓夢》。以一部小說，作爲解釋語法的根據，其重要性可知。如果根據的文句不正確，則結論自難正確。舉此一端，足見版本校勘的重要。

第三：我們對《紅樓夢》本書應不斷作好切實奠基的工作。如人名、地名、器物名的索引，詩詞聯語戲曲等的校訂。較好的普及本應該整理出版。

以上所舉各種工作，乃是舊紅學索隱派、新紅學考證派、文學評論派共同不可缺少的工作。這些工作，我們不能認爲是枝節問題。試看民國五十六年五月四日，林語堂先生在臺北市中山堂發表演講，說乾隆一百二十回鈔本有一個「堇堇」的題籤，「堇堇」卽是曹雪芹的別號，遂斷定一百二十回鈔本全書添改補寫的部份，都是曹雪芹的手筆。因爲兩個字的問題，引起了海內外紅學家一場大爭論。如果這兩字確是曹雪芹的別號，全書確是曹雪芹親筆的改本，那與舊紅學、新紅學、文學評論派都有絕大的關係；只可惜「堇堇」是「蓮公」的誤認，「蓮公」乃是楊繼振的別號，蓮公既與曹雪芹扯不上關係，一切說法便都不能成立。可見文字是作品的基石，偶一疏忽，便可使考證批評全部落空，甚至得到全部錯誤的結果。所以我要重複提出我的願望，我們要設法豐富《紅樓夢》本書及有關的資料，要盡量流通所有的資料，要盡力整理所有的資料，要好好利用所有的資料。我希望短期內能編印「紅樓夢研究叢書」，出版所有重要資料，作好紅學的奠基工作，使得考證派和文學批評派的紅學，都同樣的，有飛躍的進展！

我探索《紅樓夢》的歷程

《紅樓夢》小說一書的出現，增添了中國文學乃至世界文學燦爛無比的光輝。從來沒有一部小說能產生如此深遠的影響，引發如此熱烈的討論。單看民國六十九年六月十六日至二十日在美國威斯康辛大學召開的首屆國際《紅樓夢》研討會的盛況，無疑的奠定了《紅樓夢》世界文學的崇高地位。以一部小說作爲研究的對象，而成爲世界文學中的顯學，開創了國際紅學研討大會，這不能不說是中國文學的光榮。由於近代紅學創始於民國十年蔡胡論戰。從論戰主角胡適以後，接著俞平伯、周汝昌、吳世昌、趙岡、余英時、馮其庸等，每一位紅學專家，都和我有一番辯論，因此自然而然地，就成爲紅學界的問題人物。很多青年朋友被好奇心驅使，常常探詢我研究《紅樓夢》的經過，所以今天我願利用《國文天地》的篇幅作一次坦白的報告。

初進中學時，我已經沉醉在小說《紅樓夢》中，常常在放學回家途中，拿著一本《紅樓夢》，像蝸步似的挨著街邊閱讀。好在民國初年時，縣城根本沒有車輛行駛，平平坦坦，根本沒有發生車禍的顧慮。當時沉浸在一卷書中，看到傷心處，便覺滿紙閃爍著晶瑩的淚珠；看到歡愉時，便覺眼前展開著溫馨的笑靨。林黛玉、薛寶釵的倩影終日在腦海中盤旋，壓根兒不曾問過《紅樓夢》作者是什麼人。後來，進入大學，適逢蔡元培、胡適二位先生紅學大論戰將告結束，蔡先生刊行的《石頭記索隱》一書，認爲《紅樓夢》作者持民族主義甚摯，書中本事在弔明之亡，揭清之失，書中人物，多影射漢族仕清名士。胡先生稍後寫的《紅樓夢考證》，認爲《紅樓夢》是曹雪芹的自敍傳。他駁斥蔡氏考定劉姥姥是湯潛庵一類的說法，痛快淋漓，使蔡先生無力反駁。胡先生又考得曹雪芹的家世，發現脂評八十回《紅樓夢》鈔本，故斷定前八十回的作者是曹雪芹，後四十回是高鶚所僞造。胡先生認爲這是歷史考證方法的成功，因此博得一般學者的信從。我們知道蔡胡論戰的時期，蔡先生是北京大學的校長，胡先生是北京大學的教授，都是極受國際學術界重視的人物。因此，這次論戰顯得特別轟動。論戰結果，胡先生的主張，可以說得到了壓倒性的勝利。國內周樹人的《中國小說史略》，以及日本、歐、美，甚至整個世界談《紅樓夢》的人士，全都採用了胡先生的學說。民國四十六年，我參加在西德舉行的國際漢學會議，當我發表對《紅樓夢》作者的意見時，一位外國教授即起立發言，認爲胡博士的說法已成定論，不容再加討論，可見從民國十年以後，紅學已成爲定於一尊的「胡適時代」。不過我當時初進大學，忙於功課，卻沒有受到蔡胡二氏的影響，對他們的說法，既不曾贊成，也根本未加反對。但胸中也著實堆積不少的疑團，如書中說「歷過一番夢幻之後，故將眞事隱去，」到底隱去的是什麼眞事？寶玉啣玉而生，爲什麼要啣玉而生？女子是水做的，男子是泥做的；女子是無上尊貴，男子是濁臭逼人。作者爲什麼如此仇視男子？後來，課餘讀書，看到了不少明清之間的民族血淚史實，看到了不少清初遺老的文學作品，又看到了不少民族志士文字獄的檔案。從他們和環境搏鬥的狀況中，了解到他們使用文字的技巧方法，無意中觸動了腦海裡《紅樓夢》的影像和疑團，在歸納了許多證據，未曾經過大膽的假設，而得到「《紅樓夢》是民族血淚鑄成的」結論。這一觀念，潛伏在胸中，從來沒有要發表的意思。

●

民國三十九年秋季，我從香港來臺北師範學院國文系任教。次年春天的一個假日，過訪臺大戴靜山教授，在他書齋中邂逅董同龢、陳致平兩先生。閒談中偶然話及《紅樓夢》，我溜口提出蟠胸已久的一派見解，不料董同龢先生大爲贊賞。相隔數日，臺大中文系學會主席羅錦堂君便奉董先生之命親來宿舍邀請，約定於五月廿二日，在臺大中文系作一次關於《紅樓夢》的公開學術演講。我提出我對《紅樓夢》的看法，我提出我對胡先生學術的懷疑——可能是本世紀對胡先生學說懷疑的第一人。我在舉世景從胡先生學說的時期，發表演說，絕無向權威挑戰的意思。我確確實實只是傾吐我內心抑制不住的疑團。此次演講後，引起臺灣文壇鉅大的轟動。當年論辯的問題非常的多，參加論戰的人也非常熱烈，報章雜誌發表的文章消息也絡繹不絕。我現在只能提出最重要的三點來報告。

第一點：胡先生攻擊蔡元培是穿鑿附會笨猜謎索隱式的紅學　我認爲胡先生《紅樓夢》是曹雪芹自敍傳的說法，仍然是猜謎的方法。胡先生說：「魯迅曾指出『謂《紅樓夢》乃作者自敍，與本書開篇契合，其說之出實最先，而確定反最後。』確定此論點之法，必須先考得雪芹一家自曹璽、曹寅至曹顒、曹頫，祖孫三代四個人共做了五十八年的江寧織造；必須考得康熙六次南巡，曹家當了四次接駕的差；必須考定曹家從極繁華富貴的地位敗到樹倒猢猻散的情況。」所以胡先生的〈紅樓夢考證〉（《胡適文存》卷三）一文中考出曹寅的長子是曹顒，次子是曹頫，曹寅死後，曹顒襲織造之職，到康熙五十四年，曹顒或是死了，或是因事撤換了，故次子曹頫接下去做。織造是內務府一個差使，故不算做官，故氏族通譜上只稱曹寅爲通政使，稱曹頫爲員外郎，但《紅樓夢》的賈政，也是次子，也是先不襲爵，也是員外郎，這三層都與曹頫相合，故可證賈政卽是曹頫。因此，賈寶玉卽是曹雪芹，卽是曹頫之子。所以胡先生的結論是：「《紅樓夢》是一部隱去眞事的自敍；裡面的甄賈兩寶玉即是曹雪芹的化身；甄賈兩府即是當日曹家的影子。」由此看來，胡先生的考證，依然是猜謎。而且，胡先生以賈政爲員外郎，適與員外郎曹頫相應，謂賈政即影曹頫。然《石頭記》第三十七回，有賈政任學差之說；第七十一回有賈政回京覆命，因是學差，故不敢先到家中。員外郎的官職，遠不及學政之高貴清華，遍查清代史料，絕無曹頫任學差之事。照胡先生駁斥蔡先生的說法，膾生員外郎的分量，如果相當八兩二十兩的話，那學政確要値一百兩銀子了。那又和劉姥姥影湯潛庵有何區別呢？胡先生又斷定賈府便是曹家，也與《紅樓夢》內容不合。試看《紅樓夢》全書，一方面對賈府的描寫，著意鋪排成帝王家的氣派，如秦可卿的出喪（第十三回）、史太君的做壽（第七十一回），這在曹家如何附會得上？另一方面，《紅樓夢》的作者對於賈府的敵意仇視，時時流露於字裡行間。焦大柳湘蓮的當時明罵，尤三姐託夢時的從旁控訴（戚本第六十九回：姐姐！你終是個癡人，自古天網恢恢，疏而不漏，天道好還，你雖悔過自新，然已將人父子兄弟致于聚麀之亂——即爬灰養小叔子的意思——天怎容你安生！），在在都表現作者對賈府的痛恨。如果作者是曹雪芹，他爲什麼要詆譭他的列祖列宗如此不堪呢？我提出這些疑問，胡先生不能解答，所以自敍傳的說法是不能成立的。

第二點：胡先生認爲後四十回是高鶚僞造 他的考證說：「程序說先得二十餘卷，後又在鼓擔上得十餘卷，此話便是作僞的鐵證，因爲世間沒有這樣奇巧的事！」照胡先生的說法，世間奇巧的事，便是作僞的鐵證，這是根本不合邏輯的推論，所以我不敢承認胡先生的說法。我曾經舉出莫友芝《郘亭知見傳本書目》卷三，一椿書林掌故請教胡先生：

《資治通鑑》二百九十四卷，宋司馬光撰，元胡三省音註。嘉慶二十一年，鄱陽胡克家翻刊元版盛行于世。此書元版明印者流傳尙多。因洪武初，取其版藏南監者，至成化後，傳印不絕，胡氏卽從此版翻刻，摹勒特精，世愈重其印。同治戊辰，江蘇開書局，友芝董其役。議以鄱陽胡氏善印本重刊。授工之始，則自最末一帙層累而上。旣若干卷，聞鄱陽猶在。冬十月，購至，實存前二百有七卷，而局刻適完所闕卷曁釋文辨誤，混然相接湊，異矣！

莫郘亭翻刻胡克家本通鑑，開工之後，聽見胡氏版片還在鄱陽，就把它買來，只存前二百零七卷，缺了後面八十多卷。天下事可也眞巧，江蘇書局刻的版片，剛剛從最末一帙，倒刻上來，又剛剛刻到缺版爲止。恰恰對頭，混然相接。世間居然有「世間沒有這樣奇巧的事」！而且胡先生自己也曾有過這樣的奇遇。胡先生〈跋紅樓夢考證〉（民國十一年五月三日，

《努力週報》第一期）云：

我那時在各處搜求敦誠的《四松堂集》，因爲我知道《四松堂集》裡一定有關於曹雪芹的材料。我雖然承認楊鍾羲先生《雪橋詩話》是據《四松堂集》的，但我總覺得《雪橋詩話》是「轉手的證據」，不是「原手的證據」。不料上海、北京兩處大索的結果，竟使我大失望。到了今年，我對於《四松堂集》已是絕望了。有一天，一家書店的夥計跑來說：「《四松堂詩集》找著了！」我非常高興，但是打開書來一看，原來是一部《四松草堂詩集》，不是《四松堂集》。又一天，陳肖莊先生告訴我說：他在一家書店看見一部《四松堂集》。我說：「恐怕又是四松草堂罷！」陳先生回去一看，果然又錯了。今年四月十九日，我從大學回家，看見門房裡桌子上擺著一部退了色的藍布套的書，一張斑剝的舊書籤上題著「四松堂集」四個字，我自己幾乎不信我的眼力了！連忙拿來打開一看，原來眞是一部《四松堂集》的寫本！這部寫本確是天地間唯一的孤本。因爲這是當日付刻的底本，上有付刻時的校改、删削的記號。最重要的是這本子裡有許多不曾收入刻本的詩文。凡是已刻的，題下都印有一個「刻」字的戳子。刻本未收的，題上都貼著一塊小紅籤。題上注的甲子，都被編書人用字塊帖去，也都是不曾刻的。我這時候的高興，比我前年尋著吳敬梓的《文木山房集》時的高興，還要加好幾倍了！我在四月十九日得著這部《四松堂集》的稿本，隔了兩天，蔡孑民先生又送來一部《四松堂集》的刻本，是他託人向晚晴簃詩社裡借來的。果然凡是底本裡題上沒有

「刻」字的，都沒有收入刻本裡去，這更可以證明我的底本格外可貴了。蔡先生對於此書的熱心，是我很感謝的。最有趣是蔡先生借得刻本之日，差不多正是我得著底本之日。我尋此書一年了，忽然三日之內兩個本子一齊到我手裡！這眞是「踏破鐵鞋無處覓，得來全不費工夫」了！

照前面胡先生說的這樣的奇遇，究竟和高鶚程小泉的奇遇，可能性的大小有多少差別呢？胡先生似從未懷疑過這樣奇遇是作僞的鐵證，何以硬要說「到了乾隆五十六年至五十七年之間，高鶚和程偉元串通起來，把高鶚續作的四十回同曹雪芹的原本八十回合併起來，用活字排成一部，又加上一篇序，說是幾年之中搜集起來的原書全稿呢！」（語見〈重印乾隆壬子本紅樓夢序〉）依照邏輯和眼前實事，可以證明胡先生、莫郘亭、高鶚都不是作僞而是巧遇。因此我不敢承認胡先生所舉高鶚作僞的鐵證。

第三點：《紅樓夢》的作者，自來就傳說紛紜　在乾隆五十六年（西元一七九一）程偉元、高鶚刻書時，也不敢質言作者爲誰。只是在序中說：「『石頭記』是此書原名，作者相傳不一，究不知出自何人。惟書中記雪岑曹先生刪改數過。」高鶚和曹雪芹同是旗人，同住在北京，又同是乾隆年間的人物；時代里居如此接近，尙且不敢相信是曹雪芹的作品，可見《紅樓夢》出世以來，《紅樓夢》的作者早已是一個謎。自從胡先生盛唱《紅樓夢》作者是曹雪芹以後，海內外人士都承認胡氏的主張。而自脂硯齋評本發現以後，似乎曹雪芹作《紅樓夢》的說法，越發成了定論。即如胡氏《論學近著》第一集〈跋乾隆庚辰本脂硯齋石頭記鈔本〉（民國十七年三月十一日《新月》創刊號）云：

> 此本有一處註語最可證明曹雪芹是無疑的《紅樓夢》的作者。第五十二回末頁寫晴雯補裘完時，「只聽自鳴鐘已敲了四下。」下有雙行小註云：「按四下乃寅正初刻。寅此樣寫法，避諱也。」雪芹是曹寅的孫子，所以避諱寅字。此註各本皆已刪去，賴有此本獨存，使我們知道此書作者確是曹寅的孫子。（此註大概也是自註；因已託名脂硯齋，故註文不妨填諱字了。）

看了前面胡氏一段話，似乎《紅樓夢》作者確是曹雪芹了！但是我們看第二十六回薛蟠對寶玉說看見一張落款庚黃的好畫時，卻有下面一段描寫：

> 寶玉聽說，心下猜疑道：古今字畫也都見過些，那裡有過庚黃！想了半天，不覺笑將起來，命人取過筆來，在手心裡寫了兩個字，又問薛蟠道：「你看眞了是庚黃？」薛蟠道：「怎麼看不眞！」寶玉將手一撒與他看道：別是這兩個字罷！其實與庚黃相去不遠。」衆人都看時，原來是唐寅兩個字。都笑道：「想必是這兩字，大爺一時眼花了也未可知。」薛蟠只覺沒意思，笑道：「誰知他糖

銀果銀！」

這一段話把「寅」字又寫又說，又是手犯，又是嘴犯，如果說避諱的寫法，作者便是曹雪芹，那不避諱的寫法，作者就斷斷不是曹雪芹了。而且在文學技巧的角度來看，晴雯補裘，是奮不顧身，忘記一切，專心趲趕工作，那有心情去問時間早晚，既無心看鐘，也無心看錶，所以作者用鐘鳴四下來點醒時間，乃是文學描寫應有的手法，何嘗是避諱的寫法！因此，我認爲不但胡氏主張作者是曹雪芹有問題，連脂硯齋所說的作者也大有問題。講學問應該尊重事實。在全世界的人都承認曹雪芹是《紅樓夢》的作者時，而我偏偏不肯承認，我不敢說我是伽利略有地動學說的眞知獨見，然而我至少是誠心誠意尊重事實服從眞理的人。在事實不成其爲事實時，那我必須探索事實，追求眞理，而不能跟隨權威的意見。

●

我和胡先生論辯之後，胡先生對《紅樓夢》三大主張：作者是曹雪芹，主題是曹雪芹的自敍傳，後四十回是高鶚的僞作，似乎都受到極大的挑戰。胡先生始終不能提出答覆，所以我的主張在國際紅學界發生了相當影響。近二三十年，海內外研究《紅樓夢》的專家越來越多，紅學已成爲國際漢學中的顯學。被打倒已久的蔡元培《石頭記索隱》似乎又有死灰復燃之勢。所以在一九七四年一月，香港《中華月報》發表了美國俄亥俄陳炳良博士的〈近年的紅學述評〉一文，陳先生敍述紅學，分爲索隱派的舊紅學、考證派的新紅學，和文學評論派的紅學。陳先生謬許我是舊紅學索隱派的代表，又引茅盾的話，說我的說法是蔡元培、壽鵬飛、景梅九三人的意見的綜合。其實我只是一個《紅樓夢》的讀者，對一部愛好的作品，讀不通時發生疑問；發生疑問後，便四面八方搜求證據，希望能夠得到徹底的解決，消除內心塞滿的疑團。看到別人的說法，可以解決問題、消除疑難時，我便歡喜踴躍採取別人的說法。在沒有別人的說法可以解決疑問時，纔不得已提出自己的意見。徬徨求索，勞心苦思，只是想認清這一偉大作品的眞意，解開讀此書時的一切疑團，成爲一個心開目明，興高采烈的讀者。至於應用何種方法讀《紅樓夢》，何種方法是合於科學，何種方法是不合於科學，這全要察勘實際的情況，而不能取決於空洞的理論。我認爲研究《紅樓夢》的人，無論他對《紅樓夢》的見解有多大的歧異，都必須設法搜羅《紅樓夢》有關的資料，要盡力整理所有的資料，要儘量流通所有的資料，要好好地利用所有的資料。因此，我建議出版界大量影印已發現的資料。有新資料，必然有新發現。材料的有無，影響研究的結論非常的大。我和胡先生論辯時，我說胡先生斷定後四十回是高鶚假造的理論不合邏輯，但是有人說，我們能看到的《紅樓夢》鈔本全是八十回，爲什麼沒有看見一百二十回鈔本的《紅樓夢》呢？我當時實在拿不出一百二十回鈔本的《紅樓夢》來做證明。不料在我發表和胡先生辯論文字的十年之後，大陸居然發現了一部「乾隆鈔本紅樓夢百廿回稿」，一九六二年十一月此鈔本影印問世。它的跋文說：

> 這個鈔本的早期收藏者楊繼振，字又雲，號蓮公。……楊繼振說這個鈔本是高鶚手訂「紅樓夢」稿，不是最後的定稿。意思是說這個鈔本乃高鶚和程偉元在修改過程中的一次改本，不是付刻底稿。證以七十八回末有「蘭墅閱過」字跡，他的話應當可靠。但是無論如何，這個鈔本不是楊繼振所僞造，用以欺瞞世人，是可以斷定的。因爲前八十回的底稿文字係脂硯齋本，而脂硯齋本楊氏生前並未見過，這是斷然假造不出來的。我們從他公開說四十一回至五十回原殘闕，他照排字本補抄了，可見他也無意於作假。……其次，通過這個鈔本，我們大體可以解決後四十回的續寫作者問題。自從有人根據張問陶《船山詩草》中的贈高鶚詩〈艷情人自說紅樓〉的自注說「《紅樓夢》八十回以後皆蘭墅所補」，認定續作者是高鶚，並說程偉元刻本序言是故弄玄虛，研究《紅樓夢》的人，便大都接受這個說法。但是近年來許多新的材料發現，研究者對高鶚續書日漸懷疑起來，轉而相信程高的話了。

由這一新發現的新材料，我反對胡先生妄斷高鶚僞造後四十回的理由，獲得堅強的證據，胡先生的說法纔徹底被推翻。

還有各脂評本和程甲程乙本的校勘工作，也千萬不可輕視。俞平伯先生爲了迴護高鶚續作後四十回的舊說，寫了〈談新刊乾隆鈔本百廿回紅樓夢稿〉一文，有意說成一百廿回稿本是程刻本刊行以後的鈔改本。我在民國五十四年八月卅一卷四期的《大陸雜誌》撰文加以駁正。其實只要舉一校勘實例，便可證明俞說不能成立。《紅樓夢》五十六回有云：「登利祿之場，處運籌之界者，窮堯舜之詞，背孔孟之道。」窮字脂本作竊，百廿回稿本也作竊；程乙本作窮，金玉緣本作廢。這顯然是程乙本將稿本竊字誤排爲窮字，金玉緣本覺得窮字不通，故改爲廢字。如果百廿回稿本，是照程乙本謄抄，豈有將誤字抄成不誤的道理。即此可見校勘的重要。這只是隨意舉例，其他還有數不完應該做的工作，非賴集體羣力不能奏功。因此，我任敎香港時，特別在中文大學新亞學院中文系開設一門「《紅樓夢》研究」的課程，成立了「《紅樓夢》研究小組」，創刊《紅樓夢研究專刊》，把研究講習所得發表出來，求正海內外通人。回到華岡文化學院以後，繼續開設課程，除研究生完成博士碩士論文多篇外，我們繼續完成了「百二十回紅樓夢稿」的校定本。這些工作，解決了我們對《紅樓夢》許多疑團和問題。

數十年來，爲了要認清《紅樓夢》的眞面目，我深知最需要的是新材料，所以多少年來，利用暑假，頻頻往日本、韓國、美國、巴黎、倫敦，訪求有關《紅樓夢》的資料。最莽撞的一次，是在一九七三年八月，我在巴黎出席東方學會之後，爲了希望看到列寧格勒東方院所藏的鈔本《紅樓夢》，不顧一切的闖進鐵幕中，好不容易纔由孟西科夫教授手中取出《紅樓夢》鈔本三十五册給我過目，除書皮黏貼館藏編號簽紙外，完全保存原裝。雖然時間短促，我和孟西科夫卻做了極有益的討論。孟氏發表過列藏鈔本《紅樓夢》的文章。他認爲鈔本是用乾隆《御製詩集》的襯紙作稿紙，而以詩集作襯葉。我則認爲鈔本是用普通竹紙作稿紙，紙質很薄，並非《御製詩集》的襯紙。到後來原鈔本披閱既久，書葉的中縫都裂開，不便翻閱，經收藏者重加裝釘，於是拆開《御製詩集》作襯葉，爲了竹紙很薄，所以把《御製詩集》反摺起來，將有字的一面隱藏在裡面，免得御製詩的文字透過竹紙，擾亂視線。由每一葉竹紙的中縫皆已裂開，而是粘貼在襯葉的邊緣上，這便是鈔本重加裝釘的確證。這一事實，與鈔本產生的時代有重大的關係。因爲《御製詩》第五集刻成在乾隆六十年，如用《御製詩集》的襯葉作稿紙，則鈔本寫成的時間必在乾隆六十年以後。倘若只是重裝釘時用《御製詩集》作襯葉，則鈔本寫成的時間便遠在乾隆六十年以前。這在紅學研究上是必須首先辨明的。如果不是我親眼看見鈔本，縱然此本影印出來，也沒法知道孟氏評介的錯誤。這不能說不是此行的收穫。我在閱過此鈔本後，發現此鈔本一百八十多條的眉批夾批沒有一條見於脂評本；但雙行批則和脂評本幾乎完全相同。由於雙行批相同的現象，我斷定此鈔本的底本必是一個脂評本，而且是一個早期的脂評本。至於全部不同的眉批夾批，則是擁有此鈔本的主人自加的評語，他的觀點和脂評有很大的不同。此鈔本還有很多重要的特點，例如第七十九回和第八十回，連接一氣，尚未分回，比早期的庚辰本更爲接近原本的眞面目。這不顧一切的探索都是希望能得出《紅樓夢》的作者和主旨的答案。不論它是否寓有反淸復明的意思，還是如胡氏所說的是曹雪芹的自敍傳，抑或兩者都不是，而是另有涵意的作品；或者什麼都不是，而只是一部單純的言情小說。多少年來，紅學的主要探索，大概都是環繞此一目的而進行的。因爲一切文學的寫作技巧，都是爲作品的中心思想服務。其技巧的優劣，端視表現中心思想所達成的高低，做爲衡量的標準。作品的中心思想不能確定，則文學批評失去了基本的根據。例如《紅樓夢》第十九回：「（寶玉）又說，只除了什麼明明德外就沒書了，都是前人混編出來的。」這番議論和賈寶玉在《紅樓夢》裏擔任的角色非常不協調，而且「明明德」指的是《大學》，爲什麼不說除《大學》外沒書，偏偏要說除「明明德」外沒書呢？還有第十六回描寫鬼判持牌提鎖來捉秦鐘的魂魄，他向鬼判求情，無奈鬼判鐵面無私，說出一段話：

正鬧著，那秦鐘魂魄忽聽見「寶玉來了」四字，便忙又要求道：「列位神差！略發慈悲，讓我回去先和這個好朋友說一句話，就來的！」都判官聽了，先就唬慌起來，忙喝罵鬼使道：「我說你們放了他回去走走罷！你們斷不依我的話，如今只等他請出個運旺時盛的人來才罷。」衆鬼見都判如此，也都忙了手足，一面又抱怨道：「你老人家先是那等雷霆電雹，原來見不得『寶玉』二字！依我們愚見，他是陽，我們是陰，怕他也無益於我們。」都判道：「放屁！俗話說得好，天下官管天下民，陰陽並無二理。別管他陰，也別管他陽，沒有錯了的！」衆鬼聽說，只得將他魂放回，哼了一聲，微閉雙目，見寶玉在側，乃勉強嘆道：「怎麼不早來，再遲一步，也不能見了！」

這都判所說「天下官管天下民」，正是「王者官天下」的意思。寶玉是什麼官？曹雪芹又是什麼官？作者爲什麼要把風流瀟灑，不知權力爲何物的男主角，描寫成被鬼判聽見了都害怕得魂不附體的人物。這從任何角度來講，都是文章的敗筆。所以脂硯的評語說「愈不通愈妙」。愈不通倒是的評；如果作者沒有特殊的用意，「愈妙」二字便成爲盲目恭維古人的瞎話了。我們檢閱甲戌、己卯、庚辰、有正、列寧格勒各鈔本，都有「天下官管天下民」一段話，而程、高刻本卻把它删去。我們站在文學批評的立場來說，究竟是《紅樓夢》原作者對呢？還是程、高删改得對？可見作品的主題沒有認清以前，批評者也失去了衡量的依據。基於這一觀念，我們建立任何理論，必須有充份的證據，足夠的材料，不可只憑空發論。所以我對於新材料，如有可能，必定竭盡所能去找尋，決不輕易放過。原因是我自始至終是一個忠實的《紅樓夢》讀者，我要知道《紅樓夢》作者的眞正的心意。我們讀了《紅樓夢》，誰都知道它是一部精妙絕倫的言情小說。但是，我們深思熟慮後，通過這悱惻動人的兒女深情，還可以觀察到作者嗚咽的傾瀉著民族興亡的血淚，他一字一淚，乍呑乍吐，傳達出一段民族沈哀。他用隱語寫成一部隱書，想衝破查禁焚阬的天羅地網，告訴失去了自由的並世異時的無數同胞，要反抗宰割我們的東胡異族。這部文學鉅著，確是一位民族志士的血淚結晶。由於文學的背景，作者憑藉中國文字傳統的隱藏藝術，巧妙靈活運用，故有構成《紅樓夢》這部隱書的可能。由於時代的背景，作者鑒於異族箝制思想的嚴密酷毒，他非巧妙運用這種隱藏藝術不能達到「眞事」流傳的目的。他必須選擇一個大衆愛好的題材，他必須完成一部舉世傾倒的傑作，然後纔能風靡一時，不脛而走；然後纔能膾炙人口，百讀不厭。他要人愛好既深，玩味既久，誦習既熟時，像劉姥姥撞進怡紅院，猛然碰到作者佈置的機關，便自然認識到作者苦心的結構。眞所謂「蓮子心中苦，梨兒腹內酸」，他的酸苦是深深地隱在甘甜之中的。《紅樓夢》是在異族侵佔時代鐵幕控制下產生的一部小說，作者苦心孤詣，衝破查禁焚阬，傳出反清復明嗚咽淒厲悲壯動人的呼喚，這是作者心血流注的民族精神，融合他巧奪造化的文學才華，完成的一部開天闢地最偉大的文學著作。我發現了他眞正的心意，我必須把所感受到的實實在在地告訴愛好這部偉大著作的讀者，儘管有人批評我是笨猜謎，猜笨謎，我決不會有絲毫動搖，半分沮喪。因爲我研究《紅樓夢》，只是愛好《紅樓夢》，愛好眞理，自信決不摻雜名利的營求。愛國史學家連雅堂先生告訴我們：「臺灣民間風俗，農曆三月十九日是太陽節，家家戶戶點燈，意思是追求光明，就是要永久勿忘明朝的『明』字。這一天原是崇禎皇帝殉國的日子，無異是民族紀念節。」看淸楚了臺灣民族復國的史實，了解了臺灣曾受異族的宰割，太陽節的「燈」，確實曾照亮了無比的民族精神，蘊含了無限的民族血淚。假如忽略了臺灣太陽節的背景，不也同樣會遭人詬誶，變成《紅樓夢》索隱派的笨猜謎嗎？

本文是民國七十四年六月三日在國立成功大學「通識敎育課程」講稿

研究紅學之回顧與前瞻

一百年前，我國大詩人駐日使館參贊黃遵憲先生對日本漢學家說：「《紅樓夢》乃開天闢地，從古到今第一部好小說，當與日月爭光，萬古不磨者。恨貴邦人不通中語，不能盡得其妙也。論其文章，宜與左、國、史、漢並妙。」這一番話，在今天似乎可獲得全世界文人學者的首肯。我有一位朋友，四十年前，在外交界服務，和歐美人士一次聚談中，有人提議舉出心目中認爲最好的一部文學作品，結果得票最多的竟是中國的《紅樓夢》。這雖然是一時遊戲，未必便成定論；但由此可見《紅樓夢》是多麼受中外人士的愛好，它吸引讀者的力量又是何等鉅大！

在我記憶中，進入中學時，我已經成了一個紅迷。腦海中終日盤旋著林黛玉和賈寶玉的倩影，恰如棋迷腦海中充滿了黑子白子一般。那時不但不曾問曹雪芹是什麼人，根本也不理會作者是什麼人。我只覺得這部小說具備一種吸力，它把我整個心靈都攝收到作品的一字一句當中。因此，一卷《紅樓夢》常常會逗得我廢寢忘餐，不忍釋手。看到傷心處，便覺滿紙閃爍著晶瑩的淚珠；看到歡愉時，便覺眼前展開溫馨的笑靨。遇到動人心魂的字句，咀嚼玩味，有時十天半月都不能放下。眞正像香菱學詩的時候說的：「念在嘴裏，倒像有幾千斤重的一個橄欖似的！」試問，幾千斤重的橄欖，這一輩子如何能咀嚼消受得盡呢？而且我每次讀《紅樓夢》，總覺得作者有一段奇苦鬱結的至情，乍吞乍吐，欲說還休。他口口聲聲說：「曾歷過一番夢幻之後，故將眞事隱去。」又說：「只按自己的事體情理。……其間離合悲歡，興衰際遇，俱是按迹循踪，不敢稍加穿鑿，至失其眞。」但讀遍了全部《紅樓夢》，提到年月朝代處，從沒有大清字樣。甚至歷敍古今人物時，說什麼「近日之倪雲林、唐伯虎、祝枝山」（第二回），簡直像是明朝人的口吻，令人興「不知有清」之感。作者寫作的時代，爲什麼要藏頭露尾，閃閃爍爍；既不在書中說明，又不在書外標出呢？這是我沈醉於《紅樓夢》之後，帶來了這類不少的困擾，眞有「羣疑滿腹，衆難塞胸」之概。到了民國十三年，遊學南京，這時値蔡元培、胡適兩先生紅學論戰之後，得讀蔡先生的《石頭記索隱》、胡先生的〈紅樓夢考證〉。知道蔡先生的主張是：

其心實《石頭記》者，康熙朝政治小說也。作者持民族主義甚摯，書中本書，在弔明之亡，揭清之失，而尤於漢族名士仕清者，寓痛惜之意。

胡先生則確定《紅樓夢》的作者是曹雪芹。他的結論是：

《紅樓夢》是一部隱去眞事的自敍，裏面的甄賈兩寶玉即是曹雪芹的化身，甄賈兩府即是當日曹家的影子。

這一次的紅學論戰，胡先生獲得全勝。例如他駁斥蔡氏劉姥姥是湯潛庵的說法，眞是痛快之極。胡先生又發現脂評《紅樓夢》鈔本，斷定刻本前八十回的作者是曹雪芹，後四十回是高鶚的僞造。胡先生認爲這是歷史科學考證方法的成功，因此博得一般學者的信從。魯迅的《小說史略》，乃至日本歐美，差不多整個世界談《紅樓夢》的全都採用了胡先生的學說。從民國十年以後，說得上是「定於一尊」的「胡適時代」了。那時我剛進入大學中文系之門，感到浩瀚無涯的學海，眞是望洋興歎。在師長督導之下，剛日讀經，柔日讀史，那有閒情暇日去瀏覽小說。因此蔡、胡二先生一場激烈紅學論戰，似乎不曾在我心上發生震盪，也未引起我研究《紅樓夢》的興趣。不過在中學四年級時（那時是舊制中學，修滿四年畢業），很愛好張蒼水、顧亭林的詩文，課餘時，總是手把一篇，自吟自賞。考進大學後，更喜涉獵顧、黃、王三先生的著作。又縱觀《南明野史》，以及清代文字獄的檔案。發現亭林諸人詩文集中，凡涉及清代年曆，皆絕而不書，甚至誌墓之文，如生卒年月，非明白寫出不可的，也千方百計，委婉曲折加以表明，決不肯寫出滿清朝代年號，以表示他們不屈服異族的志節。如顧亭林〈歙王君墓誌銘〉云：「王君以崇禎十四年卒，後三年國變，王君之子璣流寓於吳，又一年而不孝始識王生，因以知王生之人與其世德之概。與王生交一年，而王生以狀請銘，不孝以母未葬，弗敢作也。又一年，卜葬，葬有日，而王生復來請銘，不孝不獲辭而銘之。」像這一類屬辭的方法，皆因作者苦心隱痛，務屛夷清的僞曆，不得千華夏的正統。這使我觸悟到《紅樓夢》作者不肯寫明著書的朝代，正和亡國遺民抱著同樣的情懷。我看了許多《南明野史》和文字獄檔案，又發現清初這一段時期，無論是文人學者，江湖豪俠，凡屬反抗異族的志士，都是利用「隱語式」的工具在異族控制下秘密活動。清文字獄的檔案中，有一件是劉墉搜出丹徒生員殷寶山的詩文，乾隆的上諭說：「至閱其內〈記夢〉一篇有云：『若姓氏、物之紅色者是。夫色之紅非姓之紅也，紅乃朱也』等語，顯係指稱勝國之姓，故爲徽國之語以混之，尤屬狡詭！該犯自高曾以來，卽爲本朝臣民，食毛踐土，乃敢繫懷故國，其心實屬叛逆，罪不容誅。」看了這段話，使我聯想起《紅樓夢》第五回，警幻仙曲演紅樓夢；第五十二回，眞眞國女子「昨夜朱樓夢，今宵水國吟」的詩句，對照起來，分明是把紅字代替朱字，這是不是「繫懷故國，其心叛逆」呢？明崇禎殉國後，號稱易堂九子的魏禧諸人，選擇了江西寧都縣的翠微峯，做他們革命的根據地。他們讀書講習的場所，號稱爲易堂。《說文》解古文「易」字是日月相合，日月相合便是「明」。彭躬庵的《易堂記》說：「丁亥，合坐讀史，爲筆記。爲詩，詩一遵正韻。是冬，諸子言易，卜得離之乾，遂名易堂。……山居屋有五，易堂爲公堂，左右室並列。」這段話用隱語說明「易堂」卽是明代的朝廷。因爲易經離卦是光明的象徵，它的象辭說：「離，麗也。日月麗乎天，重明以麗乎正。」象辭又說：「明兩作離，大人以繼明照於四方。」「重明」、「繼明」卽是「復明」的意義。他們以「易堂爲公堂」，公堂卽是朝廷的意思，也算是他們革命政府的象徵。易堂諸子作詩用正韻，正韻乃是明太祖敕撰的《洪武正韻》，作詩用明韻，正是他們反抗清朝的表示。乾隆十八年又曾經發生一樁怪案，一個名叫丁文彬的，自稱皇帝，忽然要傳位與曲阜衍聖公，文字獄檔案留有他造曆書的口供單說：「小子只有一個人著書抄寫，因上帝命我趕修這《洪範春秋》，故此不能再有工夫造這新書了。直到卽位六年上才造起的，只造得三年，並沒隱藏別處，那大夏是小子國號，天元是年號，小子因做得一無好處，去年因請命了上帝，把天元改作昭武，傳位與小聖公的。既有年號，就寫欽定了。至於書面上寫大夏大明，那是取明明德的意思，大夏是取行夏之時的意思。」看了這段供詞，又觸發我對《紅樓夢》的疑問。《紅樓夢》第十九回，作者從寶玉口中發出一番議論說，除明明德無書，以寶玉的爲人，他最欣賞的書應該是《西廂記》、《牡丹亭》，爲什麼最崇拜的會是《大學》？就算是最崇拜《大學》了，爲什麼不說「除《大學》外無書」，而偏要說「除明明德外無書」！這會不會是丁文彬所說「大明取明明德的意思」的革命術語呢？我在未了解《紅樓夢》運用隱語涵義以前，我對於《紅樓夢》的文辭意義，發現許多疑問和矛盾，等到了解隱語涵義以後，便發現《紅樓夢》作者確是「持民族主義甚摯」；對於胡先生的說法，反而覺得觸處難通。我的看法，簡括來說，賈寶玉是代表傳國璽，代表政權，林黛玉影射明朝，薛寶釵影射清室。林薛爭取寶玉，即是明清爭取政權，林薛的得失，即是明清的興亡。賈府指斥僞朝，賈政指斥僞政。所以我的結論是：《紅樓夢》確是一部運用隱語抒寫亡國隱痛的隱書。作者的意志是反清復明。書中對賈府施以無情的攻擊，罵他們爬灰養小叔，即是攻擊文太后下嫁皇叔多爾袞的醜行。我們試想，以一個倫理觀念極重的中華民族，把統治我們的清帝的禽獸穢行揭發出來，此一宣傳，激起反清的力量該多麼大！作者又在書中反覆指點眞假，既有賈（假）寶玉，又有甄（眞）寶玉，眞假兩寶玉，面目雖是一般，但政權在本族手裏就是眞，政權在異族手裏便是假。因此清朝是僞，明朝就是眞。眞的必然會復興，僞的注定要失敗。寶玉說「除明明德無書」，這是作者嚴正的表示，明朝纔是正統。能明瞭明朝之德，便不可出仕僞朝。所以他極力抨擊讀書求官的是國賊祿蠹（第十九回、第卅六回）。有人說解釋寶玉爲傳國璽是穿鑿附會，其實不然。我們細看作者穿穿揷揷，隱隱約約的告訴讀者，石頭就是寶玉，寶玉就是傳國璽。他首先在第一回敍述青埂峯一塊石頭，鍛鍊通靈，「須得再鐫上幾個字，便是件奇物。」因爲印璽是必須有文字的。又從甄士隱夢中，指出這石頭原來是塊美玉。第八回更從寶釵的口中、眼中詳細描寫這塊美玉，形體大小和《三國志・孫堅傳》注中所載漢傳國璽相同。玉上「莫失莫忘，仙壽恆昌」的刻字，更是漢傳國璽「受命於天，既壽永昌」的翻版。爲了印璽必須用硃，所以作者的靈心，便憑空揑造出今古無雙的愛紅之癖來。書中第九回、十九回、廿一回、廿三回、廿四回，頻頻提及寶玉愛喫胭脂，原來是從玉璽要印硃泥設想出來的。至於胭脂作何形狀呢？試看平兒到怡紅院化妝時，見到的胭脂，卻是一個小小的白玉盒子，「裏面盛著一盒如玫瑰膏子一樣。」這又是作者暗示胭脂卽是印泥。試想，一塊玉石鐫上傳國璽的文字印上硃泥，這不是明白告訴讀者，寶玉就是傳國璽嗎？

以上這一派見解，蟠踞我胸中，直到民國四十年，來臺灣師範學院任敎，那年五月間，在戴靜山敎授家，和董同龢、陳致平諸先生閒談，偶然提到我對《紅樓夢》這番看法。沒料到隔不幾天，臺灣大學中文系學生會羅錦堂會長，奉董同龢教授之命，來到我的宿舍，邀我五月廿二日去臺大作一次學術演講，指定要我講對《紅樓夢》的看法。那次講題我定爲「民族血淚鑄成的紅樓夢」（講詞在《反攻雜誌》發表）。我認爲《紅樓夢》原作者不是曹雪芹，全書不是曹雪芹的自敍傳，後四十回也不是高鶚僞作。這是胡先生考證《紅樓夢》三十年後，第一次有人否定他全部的學說。果然，經過不久，胡先生在《反攻雜誌》第四十六期刊出了〈對潘夏先生論《紅樓夢》的一封信〉，認爲我「還是索隱式的看法」，「還是笨猜謎的方法」，「全不相信辛苦證明的《紅樓夢》版本之學」，「全不接受三十年前指出的作者自敍的歷史看法」。我爲了答覆胡先生，曾讀遍胡先生研究《紅樓夢》的全部著作，也曾深切反省研究《紅樓夢》的方法。我在答覆胡先生的文章中（也在《反攻雜誌》發表），再度提出證據，證明胡先生的錯誤。並寫下了這麼一段話：「我很感謝胡先生，他指示愛讀《紅樓夢》的人說：『我們只須根據可靠的版本與可靠的材料，考定這書的著者是誰，著者的事蹟家世，著書的時代，這書曾有何種本子，這些本子的來歷爲何。這些問題乃是《紅樓夢》考證的正當範圍。』我覺得，除了胡先生所說之外，我們還須熟讀深思，涵泳全書描寫的內容和結構；我們還須高瞻遠矚，洞觀整個時代和文學傳統的歷史背景，庶幾能體會到《紅樓夢》作者的苦心，纔不致抹殺這一段民族精神的眞面目！」

爲了要明白《紅樓夢》的眞相，三十多年來，我努力搜羅《紅樓夢》的版本和資料。在香港新亞書院，創設「《紅樓夢》研究」課程，刊行《紅樓夢研究雜誌》。又受好奇心的驅使，一九七三年的秋天，在巴黎東方學大會閉幕之後，曾經闖入蘇聯列寧格勒東方研究所（簡稱東方院），披閱所藏舊鈔本《紅樓夢》。東方院孟西科夫教授說我是從外國來看這個鈔本的第一個中國人，並且認爲我研判的結論，糾正了他們鑑定的偏差。作爲一個中國人，我覺得是不虛此行的。這個鈔本，淪落在異域一百六十年，初次見到探訪它的本國讀者，眞忍不住要相對嗚咽了。近二十多年來，不斷有新版本新材料發現，我也和海內外紅學家，如俞平伯、周汝昌、吳恩裕、吳世昌、趙岡、馮其庸、余英時諸先生不斷的有辯詰討論的文章。總結來說，一切新版本新材料的發現，不但不曾動搖我基本的看法，反更增強我確認的信念。我現在還要重複我在《紅樓夢新解》所說的話：「假如我們看清楚這書的時代背景，鑑定這是一部民族搏鬥下的產物，熟識黑暗時代大衆默認的革命術語，我們再細讀此書時，耳中便彷彿聽見民族志士的呼號，眼中便彷彿看見民族志士的血淚。至於《紅樓夢》在文學上的成就，無疑的，它已經在競走場中奪得了錦標。如果事後發現這個奪錦標的選手，並非和同伴同樣的空著手競走，而且還揹著一個極沈重的包袱，我們對這個任重致遠的選手，除了驚訝他超羣絕倫，越發加深崇敬外，還有什麼可說呢！」愛國史學家連雅堂先生告訴我們：

「臺灣民間風俗，農曆三月十九日是太陽節，家家戶戶點燈，意思是追求光明，就是要永久勿忘明朝的『明』字，這一天原是崇禎皇帝殉國的日子，也可當作一個民族紀念節。」看清楚了臺灣的革命史實，了解了臺灣曾遭受異族宰割，太陽節的「燈」，確實是照亮了無比的民族精神，蘊含了無限的民族血淚。假如忽略了臺灣太陽節的背景，不也同樣會遭人詬誶，變成《紅樓夢》索隱派的笨猜謎嗎！

幾十年來，我從《紅樓夢》一書中所窺見的中華民族精神的光芒，一直閃爍在我心中。我不敢說我的知見是眞知灼見，但在沒有證據證明我的錯誤時，我也不敢放棄我所看見的民族精神。因此，幾十年來，和胡適之先生以及紅學專家，發生了無數次的論辯，著眼都在保衞這段民族精神上。論辯的文字非常的多，主要是環繞著胡先生提出的三個問題：

一、《紅樓夢》前八十回的作者是曹雪芹。

二、《紅樓夢》是一部隱去眞事的自敍傳，裏面的甄賈兩寶玉，卽是曹雪芹的化身，甄賈兩府卽是當日曹家的影子。

三、《紅樓夢》後四十回是程、高所僞造。

第一・作者問題的我見

《紅樓夢》是什麼人作的？自從《紅樓夢》問世以來，這個問題，一直成爲一個猜不透的謎。當初排版印行《紅樓夢》的程小泉、高鶚，他們在序言中提到《紅樓夢》的作者時，只說到：「『石頭記』是此書原名，作者相傳不一，究未知出自何人，惟書中記雪芹曹先生刪改數過。」以高程與雪芹時地之近，當時對於此書的作者已經傳說紛紜，撲朔迷離，莫衷一是。最後的結論，只說是「究未知出自何人」，可見此書作者諱莫如深，纔會有此現象發生。胡適之先生發現了庚辰本脂硯齋重評石頭記的新材料以後，斬釘截鐵的斷定《紅樓夢》的作者是曹雪芹。我們看《胡適論學近著》第一集〈跋乾隆庚辰本脂硯齋重評石頭記鈔本〉有下面一段話：

> 此本有一處註語最可證明曹雪芹是無疑的《紅樓夢》的作者。第五十二回末頁寫晴雯補裘時：「只聽自鳴鐘已敲了四下。」下有雙行小註云：「按四下乃寅正初刻。寅此樣寫法，避諱也。」雪芹是曹寅的孫子，所以避諱「寅」字。此註各本皆已刪去，賴有此本獨存，使我們知道此書作者確是曹寅的孫子。

看了胡氏這段話，似乎《紅樓夢》作者確是曹雪芹了！但是我們看脂評本第廿六回薛蟠對寶玉說看見一張落款「庚黃」的好畫時，卻有下面的一段描繪：

寶玉聽說，心下猜疑道，古今字畫大都見過些，那裏有個庚黃！想了半天，不覺笑將起來，命人取過筆來，在手心裏寫了兩個字，又問薛蟠道：你看眞了是庚黃？」薛蟠道：「怎麼看不眞！」寶玉將手一撒與他看道：「別是這兩個字罷！其實與庚黃相去不遠。」衆人都看時，原來是唐寅兩個字。都笑道：「想必是這兩字，大爺一時眼花了也未可知。」薛蟠只覺沒意思。笑道：「誰知他糖銀果銀！」

這一段話把寅字又寫又說，又是手犯，又是嘴犯。如果說避諱的寫法，作者便是曹雪芹，那不避諱的寫法，作者就斷不是曹雪芹了。其實，《紅樓夢》是一部沒有作者姓名的未完的書，已酉、甲辰、戚蓼生三個脂評鈔本的序文都說得很明白。到清乾隆五十六年辛亥（西元一七九一年），程偉元、高鶚初刻《紅樓夢》時，他們的序文，也說《紅樓夢》膾炙人口者幾廿餘年，然無全璧，無定本。可見《紅樓夢》一開始是帶有脂批而且以不完整的面貌流布人間的。我們從脂批觀察，雪芹、脂硯等人，顯然都是做着整理工作，根據脂批看來，確有後列各種情況：

㈠有纂成目錄分出章回的迹象

1.十七、十八、十九三回的分開 己卯本和庚辰本，都是每十回合裝一册，在每册的封面接近書口上端處題書名，下題評閱年次及本册的回次，並列舉載於本册內共十回的回目。惟有原第二册的封面，明題「第十一回至二十回」，但是回目只列出了八回，缺少兩回的回目，這使不知內容的人看來，會懷疑缺少兩回正文。但詳檢其內容，第十七、十八回是未分開的合回，只用一個回目。在這回之後，應是第十九回。但十九回首頁十行的開頭第一行就是正文，正文前既沒有標書名；也沒有回次和回目，這種情況在己卯本和庚辰本都是一樣的。值得注意的是庚辰本第十九回末過錄了署名玉藍坡的一條批語說：「此回宜分三回方妙，係抄錄之人遺漏。」綜合這些迹象，可以推定第十九回和第十七、十八回原是連在一起的一大回，字數多達兩萬餘字。因玉藍坡的建議，先劈出了第十九回。到己卯年四閱評時，第十七、十八回仍然沒有分開，評閱人見字數仍嫌過多，故在這十六回後的另一頁紙上批了「此首宜分二回方妥」的意見。己卯本在這兩回的第一頁，標爲「第十七回至十八回」，證明此時已作了分回的準備，但回目仍用原來「大觀園試才題對額，榮國府歸省慶元宵」的對句。我在列寧格勒看到東方院所藏《紅樓夢》鈔本，第十七、十八兩回僅有一共同回目，但兩回文字已分開，第十七回回目也作「大觀園試才題對額，榮國府歸省慶元宵」，又有回目詩：「豪華雖足羨，離別卻難堪，博得虛名在，誰人識苦甘。」庚辰、己卯兩本的回目和題前詩，都與列本相同，但題前詩卻寫在第十六回後另一頁紙上，並有批詩云：「好詩，全是諷刺。」「近之諺云：又要馬兒好，又要馬兒不吃草，眞罵盡無厭貪癡之輩。」而且兩回文字並未分開，己卯本在「此時不能表白」句「白」字左側加「」」號，並有朱筆眉批云：「不能表白後是十八回的起頭。」庚辰本則僅在第十七回「寶玉聽說方退了出來」句「來」字左側加一「」」號鈎識，表示應於此處分回，連說明分回的批語也沒有。列本卽於「方退了出來」句下加「再看下回分解」後面分開爲第十八回，起句是「話說寶玉來至院外」，卻並無回目。第十九回自「話說賈妃回宮」開始，並有「情切切良宵花解語，意綿綿靜日玉生香」回目。這十七、十八、十九三萬餘字的一大回文字分割成三回的痕迹是很明顯的。

2.**七十九回、八十回的分開** 蘇聯藏鈔本的最後一回是第七十九回，而此回實包括第八十回在內。文意銜接貫注，一直到底，其間並無分回的行款形式，也未用任何符號表示可以分回。回目是「薛文龍悔娶河東獅，賈迎春誤嫁中山狼」，和庚辰本相同。但蘇聯藏本在分回中間的文字作「連我們姨老爺時常還誇呢！金桂聽了，將脖項一扭，」語氣銜接緊湊。庚辰本只在「姨老爺時常還誇呢」下加「欲明後事，且見下回」兩句套語。又在「金桂聽了」上加「話說」二字，這樣便硬將兩回分開。不過庚辰本雖將兩回分開，仍然沒有像有正本、全鈔本「懦弱迎春腸迴九曲，姣怯香菱病入膏肓」或程刻本「美香菱屈受貪夫棒，王道士胡謅妒婦方」的第八十回回目。像這一類痕迹，正是《紅樓夢》第一回開頭所說「後因曹雪芹於悼紅軒中披閱十載，增刪五次，纂成目錄，分出章回」的實況。

㈡有文字缺失期待補完的情況

1.第二十二回末謎語　我在列寧格勒所見到的鈔本，第二十二回回末是止於元迎探惜四個謎語。第一個謎語「能使妖魔膽盡摧」註云：「此是元春之作」；第二個謎語「天運人功理不窮」註云：「此是迎春之作」；第三個謎語「階下兒童仰面時」註云：「此是探春之作」；第四個謎語「前身色相總無成」註云：「此是惜春之作」。庚辰本此回也是寫到元迎探惜四個謎語就戛然而止，顯然是未完之作。列本沒有批語說明，庚辰本惜春謎語上有「此後破失，俟再補」的眉批。在回末另一葉又有「暫記寶釵製謎云：朝罷誰攜兩袖煙，琴邊衾裏總無緣，曉籌不用鷄人報，五夜無煩侍女添，焦首朝朝還暮暮，煎心日日復年年。光陰荏苒須當惜，風雨陰晴任變遷。」及「此回未成而芹逝矣，嘆嘆。丁亥夏，畸笏叟」的批語。靖本亦有「此回未補成而芹逝矣，嘆嘆。丁亥夏，畸笏叟」的批語，但「此回未成」作「此回未補成」，多了一個「補」字。

2.**第七十五回** 庚辰本有開始總批：「乾隆二十一年五月初七日對清，缺中秋詩，俟雪芹。」

3.**第七十九回** 寫寶玉到紫菱洲一帶感傷的一首律詩：「池塘一夜秋風冷，吹散芰荷紅玉影，蓼花菱葉不勝愁」，庚辰本在第四句的位置下有一批語云：「此句遺失。」

㈢有刪改原書情節的情況

《紅樓夢》第十三回回目原是「秦可卿淫喪天香樓」，因批書人命令曹雪芹將淫喪天香樓事實刪去四、五頁，故將回目改為「秦可卿死封龍禁尉」，各脂本有如下的批語：

(甲戌)□去天香樓一節，是不忍下筆也。

(庚辰)通回將可卿如何死故隱去，是大發慈悲也。嘆嘆。壬午春。

(甲戌)秦可卿淫喪天香樓，作者用史筆也。老朽因有魂托鳳姐賈家後事二件，嫡是安富尊榮坐享人能想得到處，其事雖未漏，其言其意則令人悲切感服，姑赦之，因命芹溪刪去。

（甲戌）此回只十頁，因刪去天香樓一節，少卻四、五頁也。

（靖本）秦可卿淫喪天香樓，作者用史筆也。老朽因有魂托鳳姐賈家後事二件，豈是安富尊榮坐享人能想得到者，其言其意，令人悲切感服，故赦之，因命芹溪刪去「遺簪」、「更衣」諸文，是以此回只十頁，刪去天香樓一節，少去四、五頁也。

（甲戌）九個字寫盡天香樓事，是不寫之寫。

（靖本）九個字寫盡天香樓事，是不寫之寫。常村。

（靖本）可從此批。通回將可卿如何死故隱去，是余大發慈悲也。歎歎。壬午季春，畸笏叟。

這一列的批語，有壬午季春的年月，有批者畸笏叟、常村的署名。批書人認爲秦可卿託夢之詞，極有價值；以言重人，就命雪芹刪去秦可卿淫蕩的事迹，故刪去四、五頁之後，第十三回便只剩十頁了。這一事實，說明在壬午除夕雪芹逝世之前，有將原書刪改之處。也和《紅樓夢》第一回開頭所說「後因曹雪芹於悼紅軒中披閱十載，增刪五次」的話相符合。

(四)有迷失稿件的說明

根據脂評，原書似乎還有部份稿件遺失。第二十六回有幾段評語：

（甲戌）前回倪二、紫英、湘蓮、玉菡四樣俠文，皆得傳眞寫照之筆，惜衞若蘭射圃文字迷失無稿，嘆嘆！

（庚辰）紫英豪俠小（文）三段是爲金閨問色正文。壬午，雨窗。

（庚辰）寫倪二、紫英、湘蓮、玉菡俠文，皆各得傳眞寫照之筆。丁亥夏，畸笏叟。

惜衞若蘭射圃文字迷失無稿，嘆嘆。丁亥夏，畸笏叟。

從上述脂批所顯示《紅樓夢》原本缺佚刪補種種情況，直到曹雪芹逝世時，此書仍未完成，故第一回有脂批：

（甲戌）此是第一首標題詩。能解者方有辛酸之淚，哭成此書。壬午除夕，書未成，芹爲淚盡而逝。余嘗哭芹，淚亦待盡。每意覓青埂峯再問石兄，余（奈）不遇獺（癩）頭和尙何！悵悵！今而後，惟願造化主再出一芹一脂，是書何本（幸），余二人亦大快遂心於九泉矣。甲午八日（月）淚筆。

（靖本）此是第一首標題詩。能解者方有辛酸之淚，哭成此書。壬午除夕，書未成，芹爲淚盡而逝。余常哭芹，淚亦待盡。每思覓青埂峯再問石兄，奈不遇癩頭和尙何！悵悵！今而後，願造化主再出一脂一芹，是書有成，余二人亦大快遂心於九泉矣。甲申八月淚筆（此批錄於另紙上，在靖藏本中。首行書「夕葵書屋石頭記卷第一」）。

此一批語，是雪芹卒年唯一的證據。批者說：「書未成，芹爲淚盡而逝，」似乎是說作者曹雪芹書未寫成而逝。但接着又說：「今而後，願造化主再出一脂一芹，是書有成，余二人亦大快遂心於九泉矣。」又似乎是說脂硯和雪芹二人合作，因雪芹先逝而遭遇挫折。所以脂硯異常悲傷，恐自己也不久於人世，竟然希望造物主再產生一脂一芹，這樣《紅樓夢》才能有成，才能大快他們二人的心願。但是脂硯做了些什麼工作呢？那便是在脂批中所說的各項抄寫校對整理修補批評的工作。我們知道在乾隆十九年甲戌，已有《脂硯齋重評石頭記》清本出現，一直到乾隆二十七年雪芹逝世之前，八九年的漫長時間，替已成的稿件，分出章回，纂成目錄，至少在乾隆二十五年的庚辰本，第十七、十八、十九三回的文字尚未完全分開。十八、十九兩回的回目尚未擬定。第七十九、八十回雖然分開，但第八十回的回目尚付闕如。列本的十七、十八、十九回雖然分開，但第十八回並無回目。第七十九及八十回，根本沒有分開，當然沒有第八十回的回目。這一樁工作，無論是一位作者或二位合作，在脫稿時應該首先完成，用不着拖上個十年八載。而且分回的情況，像是依據成稿，而不是自己創作。例如第七十九、第八十兩回，列本原是一整回，庚辰本只將中間「連我們姨老爺時常還誇呢！金桂聽了，將脖項一扭」這兩句話硬劈開來，在「連我們姨老爺時常還誇呢」下加「欲明後事，且見下回」兩句套語，又在「金桂聽了」上加「話說」二字，這樣便將兩回分開，完全沒有接榫潤色的詞句，似乎不像作者行文的情況，如果照這樣分出章回，眞是咄嗟可辦，何須累月窮年！

其次，就脂批指出文字缺佚之處，有第二十六回「惜衞若蘭射圃文字迷失無稿」的說明。有七十九回遺失一句詩，七十五回缺中秋詩，第二十二回回末四個謎語後沒有結尾的文字，顯然是尚須補充。果然庚辰本惜春謎上有「此後破失，俟再補」的眉批，又有「此回未成而芹逝矣，嘆嘆」的批語，如果說是雪芹原稿偶有缺失，直到雪芹逝後，抄錄的人才發覺，以致成爲未完的著作的話，但庚辰本七十五回的批語，明明說「乾隆二十一年五月初七日對清，缺中秋詩，俟雪芹。」是脂本校對清楚後，應該通知曹雪芹，難道七八年的時間，合一芹一脂之力，竟不能補完幾句謎語和一段射圃文字嗎！

再說第十三回的脂評，明明說刪去四、五頁，靖本的批語更清楚指出，因命芹溪刪去「遺簪」、「更衣」諸文，這是誰也不能否認的事實。如果雪芹、脂硯是作者，爲了秦可卿有魂托鳳姐賈家後事二件，一件是多置祭田，一件是興辦家塾，畸笏叟便深深感動，要赦免她的罪惡，便命令雪芹刪去淫喪天香樓的情節。畸笏叟似乎是年高望重，使得雪芹聽命將原稿刪去數頁，這麼一來，前前後後都會發生不妥貼的地方，如果雪芹是作者，儘可將秦可卿重新塑造，另行改寫。況且畸笏的想法，和《紅樓夢》原作者的用心，眞是相去何止萬里。

如果《紅樓夢》是一部傑出小說，《紅樓夢》作者是一位偉大文學家，他的嘔心傑作竟可由別人的頭腦，任意擺佈，恐怕就不成其爲偉大的作家了。我們看《紅樓夢》的作者在開卷第一回中，便聲明他「編述一書，以告天下」，「其間離合悲歡，興衰際遇，俱是按迹循踪，不敢稍加穿鑿，至失其眞。」這樣一位作者，他會聽人指使，歪曲事實，穿鑿失眞，輕易刪動他的作品嗎！由此看來，《紅樓夢》的原作者，似乎確另有其人，一芹一脂可能做的都只是整理補充一部有缺佚不完整的小說的工作罷了！

第二：自敍傳的我見

胡適之先生用了「獅子搏兎」的力量，考證了許多曹雪芹的家事，硬要斷定《紅樓夢》作者就是曹雪芹，曹雪芹就是賈寶玉。硬要斷定賈府就是「曹家」，甄府就是江南的「曹家」。胡先生自以爲石破天驚，愜心貴當；而核實看來，可就觸處發生障礙。卽如胡先生以賈政爲員外郎，適與員外曹頫相應，謂賈政卽曹頫，卽曹雪芹的父親。但《紅樓夢》第三十七回有賈政任學差之說；第七十一回又有「賈政回京覆命，因是學差，故不敢先到家中」的話。但遍查淸代文獻，絕對沒有曹頫放學差的證據。情節不符，如何可以牽強附會！正如胡先生當初駁斥蔡先生考證劉姥姥是湯潛庵的情形如出一轍。我們看胡先生說：

最妙的是第六回鳳姐給劉姥姥二十兩銀子，蔡先生說這是影湯斌死後徐乾學賻送的二十金；又第四十二回鳳姐又送姥姥八兩銀子，蔡先生說這是影湯斌死後惟遺俸銀八兩。這八兩有了下落了，那二十兩也有了下落了；但是第四十二回王夫人還送了劉姥姥兩包銀子，每包五十兩，共是一百兩；這一百兩可就沒有下落了！因爲湯斌一生的事實沒有一件可恰合這一百兩銀子的，所以這一百兩雖然比那二十八兩更重要，到底沒有索隱的價值！這種完全任意的去取，實在沒有道理，故我說蔡先生的《石頭記索隱》也還是一種很牽強的附會。

胡先生這番話駁得痛快極了。不過，胡先生證明賈政是曹頫，他的身世就應該符合。況且員外郎的官職，遠不及學差之高貴清華。賸生員外郎的分量，如果相當八兩二十兩的話，那學政確要値一百兩銀子了。現在胡先生也同樣的把更重要的「一百兩」撇開不提，不知是否「任意去取」？是否「一種很牽強的附會」？

再看《紅樓夢》全書，一方面對於賈府的描寫，着意鋪排成帝王的氣派。如秦可卿的出喪（第十三回），史太君的做壽（第七十一回），這在曹家如何附會得上？第二十九回寫賈母等往淸虛觀打醮，有這麼一段：

且說賈珍方要抽身進來，只見張道士站在旁邊，陪笑說道：「論理，我不比別人，應該裏頭伺候。只因天氣炎熱，衆位千金都出來了，法官不敢擅入。請爺的示下，恐老太太問，或要隨喜那裏，我只在這裏伺候罷了。」賈珍知道這張道士雖然是當日榮國公的替身，曾經先皇御口親呼爲大幻仙人。如今現掌道錄司印，又是當今封爲終了眞人，現今王公藩鎭都稱爲神仙，所以不敢輕慢。二則他又常往兩個府裏去，太太姑娘們都是見的。今見他如此說，便笑道：「偺們自己，你又說起這話來。再多說，我把你這鬍子還揪了你的呢！還不跟我進來呢！」

先皇御口親呼的大幻仙人，當今皇帝手封的終了眞人，王公藩鎭尊重的活神仙，現掌道錄司的印，這身份該不在龍虎山的張天師之下罷！等到這張道士請出了通靈寶玉給他的道友門徒瞻仰，各道士都把傳道法器上獻爲敬賀之禮，當賈母要推辭不收時，張道士卻說：「這是他們一點敬意，小道也不能阻擋，老太太要不留下，倒叫他們看着微薄，不像是門下出身了！」御口親呼的仙人，而是賈府門下出身，這個「門」眞是非同小可了！胡先生硬要說賈府卽是曹家。我倒想訪問張天師，他的先代祖師可有出自曹家門下的？

同時，另一方面，《紅樓夢》的作者對於賈府的惡意仇視，時時流露於字裏行間。焦大柳湘蓮的當面明罵（第六十六回，湘蓮向尤三姐退婚時說，賈府除了兩個石頭獅子乾淨，連貓狗都是不乾淨的。）尤三姐託夢時的從旁控訴（戚本第六十九回說：「姐姐，你終是個癡人，自古天網恢恢，疏而不漏，天道好還，你雖悔過自新，然已將人父子兄弟致於聚麀之亂——父子兄弟聚麀之亂卽是爬灰養小叔的意思——天怎容你安生！），在在都表現作者對賈府的痛恨。作者自敍早經聲明此書是「按跡循踪，不敢稍加穿鑿的」，那麼書中這樣反覆致意的敍述，總該是事實了！胡先生〈紅樓夢考證〉說：「曹雪芹家自從曹璽、曹寅以來，積成一個很富麗的文學美術的環境。他家的藏書在當時要算一個大藏書家，他家刻的書至今推爲精刻的善本。富貴的家庭並不難得，但富貴的環境與文學美術的環境合在一家，在當日的漢人中是沒有的，就在當日的八旗世家中，也很不容易尋找了。」我很懷疑，原來「一個很富麗的文學美術的環境」，卽是一個「爬灰養小叔的環境」！曹家「很富麗的文學美術的環境」已被胡先生發現了，曹家「爬灰養小叔」的事實，不知胡先生可曾得着了「鐵證」沒有？如果這一切都沒有「鐵證」，胡先生的說法如何能夠成立？

第三：《紅樓夢》後四十回是程高僞造的我見

胡先生說：「程序說先得二十餘卷，後又在鼓擔上得十餘卷，此話便是作僞的鐵證，因爲世間沒有這樣奇巧的事！」又在〈重印乾隆壬子本紅樓夢序〉裏說：「到了乾隆五十六年至五十七年之間，高鶚和程偉元串通起來，把高鶚續作的四十回同曹雪芹的原本八十回合併起來，用活字排成一部，又加上一篇序，說是幾年之中搜集起來的原書全稿。」我曾經引證莫友芝《郘亭知見傳本書目》記載在江蘇書局翻刻胡克家本《資治通鑑》一樁故事來否定胡先生的說法。原來莫友芝翻刻胡本《資治通鑑》，開工之後，聽見胡本的版片還在鄱陽，就把它買來，只存前二百零七卷，缺了後面八十七卷。天下事可也眞巧，江蘇書局刻的版片，剛剛從最後一帙，倒刻上來，又剛剛刻到缺版爲止，恰恰對頭，混然相接，世間居然有「世間沒有這樣奇巧的事」！近代研究《紅樓夢》的人，不顧事實，憑空立論，說程偉元是一個牟利的書商，可能沒有任何有關此人之史料流傳下來。趙岡《紅樓夢新探》這一類爲胡先生推波助瀾的說法，對後來的研究工作有極大的影響。一九七四年一月號《中華月報》發表余英時教授〈關於紅樓夢的作者和思想問題的商榷〉一文中，便嚴肅的說：「高、程二子在紅學考證中乃是被告。從嚴格的方法論的觀點說，正像陳援庵先生所謂『在其本身訟事未了以前，沒有爲人作證的資格。』」衆口鑠金，人言可畏，程偉元、高鶚已成爲僞造《紅樓夢》的主犯了。後來我看見文雷〈程偉元與紅樓夢〉（《曹雪芹與紅樓夢論文集》）一文。此文發現有關程偉元的新資料，計有：㈠晉昌給程偉元的唱和詩九題四十首；㈡孫錫贈程小泉（偉元）七律一首；㈢劉大觀題程偉元畫的「柳陰垂釣圖」古風一首；㈣金朝覲題程偉元畫册的詩並序；晉昌、程偉元、李棨、劉大觀、周鍰齡、明義等人爲晉昌的《且住草堂詩稿》寫的序跋。根據這些新得的材料，我們可以獲得程偉元的生卒年、籍貫、家世、科名等等事實，他出身書香門第，是一個多才多藝的文士，雖未顯達，卻有科名。他在京師應試時間，不但未醉心功名，還苦心搜集《紅樓夢》佚稿，使《紅樓夢》得流傳後世。他和一班知己友朋，吟詩作畫，傾吐懷抱，從現存的詩文翰墨，看得出來，他是一個襟懷恬淡，品格清高的才士。胡先生諸人，種種影響猜測之談，實是不忠實的誣蔑。

總括來說，有關後四十回作者的問題，我是相信高鶚、程小泉序文的說法的。對於胡適之先生斷言程、高僞作的主張，從證據和邏輯上，我都認爲不能成立。待到一九五九年三月，北京文苑齋書店發現了一部〈乾隆鈔本百廿回紅樓夢稿〉是一部程、高刻本以前的手抄一百廿回的《紅樓夢》，一九六三年一月，中華書局據原本影印行世，其後臺灣鼎文書局，聯經出版事業公司、廣文書局又翻版複印。這一部具有早期後四十回的一百二十回全鈔本，展現在讀者眼前後，程、高僞造的誣告案總算昭雪於天下後世了！

至於程偉元序稱從鼓擔購得《紅樓夢》後四十回文稿。胡適之先生說：「程序說先得二十餘卷，後又在鼓擔上得十餘卷，此話便是作僞的鐵證，因爲世間沒有這樣奇巧的事。」俞平伯先生也說：「於是高鶚掩續書之事，歸之於程偉元，程又歸之於破紙堆中、鼓擔上。但這樣奇巧的事情，總有些不令人相信。」在全中國紅學界相信這樣奇巧的事情是作僞的鐵證時，我雖然指出奇巧的事，不能構成作僞的鐵證；但我並不明白北京鼓擔做買賣的底細，所以我不敢否認鼓擔得書不是奇巧的事。不意今年九月間忽然得到一位素昧平生的紅學家耿笑天君，郵寄「紅學雜論影印稿」囑爲評鑑。耿君大約年齡在六十歲以上，是生長久住北京的老居民，熟習北京鼓擔買賣的實況。他認爲程偉元從鼓擔搜求購買《紅樓夢》佚稿，不但不是奇巧的事，而是凡北京人搜求買不到的舊書古畫的必由的途徑，是最正常最有效的方法。所以《紅樓夢》的讀者，從來沒有人感到從鼓擔求書有什麼奇巧，有什麼不正常。從耿君的行文口氣，似乎還是受教過胡、俞二先生的學生。他說：

> 北京鼓擔的那個小鼓，直徑不過六厘米，肩上擔着個擔兒，一手拿着那小鼓，一手拿着一根一頭附以硬靭的彈性竹篾，邊走邊敲，聲聞可及三百米開外。我曾多次借他們的小鼓敲着玩，因那鼓面太小，兩眼盯着還是不免敲着手指，好疼。他們卻能完全不用看着，敲得頗有節奏。有的只敲小鼓，不擔擔兒，懷揣個包裹皮什麼的。而今北京打小鼓的已絕跡了，代之以收破爛的各式各樣的喊叫聲，民居之地，吵得人白天簡直不得安寧。
>
> 舊時北京打小鼓的，凡百什物，無所不買，他們有豪言壯語曰：「除不買死人活人，無所不買，連黃土都買。」無所不買，也就是無所不賣。切勿以爲北京打小鼓的就是收破爛的。最低等才是收破

爛的。遇到要賣什麼値錢的人家叫他，他可決不說買不起。給你個你準不賣的價錢，然後通報給高一級的同行，那同行就在這家胡同敲起他那小鼓來，決不拍你的門，把你敲出來算數。如果他也買不起，或不內行，再通報高一級的同行或內行的同行，再照此辦理。有時爲一件値錢的，或許還先期通報古物店。幾個鼓擔輪流着在那家胡同左右敲上幾天。老北京有人管他們叫「買死人」、「賣死人」的，意思是：買你東西時壓到最低價，必把賣主的心氣兒壓到最低才買。賣主已經見過幾次價了，這次算是最高的了，只好認頭賣了。其實他們早在情報交換所串通合計好了。有時那個要收買那件東西的掛帥鼓擔，見過那東西之後就不再露面了，指揮幾個鼓擔如何如何去壓賣主的心氣兒，他在茶館聊天喝茶聽消息。我曾直奔茶館直接找那個主兒笑揭他們的底盤。你要找他們搜尋什麼東西也是一樣，看你要買那東西的心氣兒挺高，能賺上一筆錢，便願爲你效勞。不怕跑腿兒，便誰要想他們不「賣死」你，那可是萬難的。他們各佔一方，把遍佈北京城的各級茶館作情報交換所，方方片片互通消息，情報靈得很，且有其本行道的自然形成的非此不可的經營道德守則，某次某人爲主，某幾個爲輔，賺下錢來是怎麼分的，又某次是怎麼把生意作成的，又是怎麼分的，就如同國際法之遵守判例那麼有所依從。最初通報消息的收破爛的也有其份，叫做「給兄弟留飯」。這行道的內幕是很有趣的。他們不僅直通鬼市、廟市，也直接或間接地通向舊貨店、古玩店、珠寶店、書畫店。舊時的高級古玩店、珠寶店、書畫店是不能直接去鬼市、廟市收購東西的，大多必須再經一番倒手，一者是要給另一級「留飯」，不給那一級留飯，他們自然有法兒治你。二者如果來路不明，也好推托責任。任你失主有多大的勢力，他們早已層層佈下一個無頭案等着你。而這一系列的生意鏈，始自鼓擔，鼓擔是基層。我想，大學者就是在「烤肉季」同這班人在同一個烤臺上吃烤肉，也認不出他們竟是打小鼓的吧！胡、俞二師至少是半個古書收藏家，大概未曾同這班人打過交道吧！不深知這個行道的底裏吧！但可不能輕視這行人，古都的許多珍貴文物，就是通過他們之手轉手易戶的。爲收藏家搜羅什麼文物之類，正是他們的專長，破落戶叫鼓擔賣東西，新發戶結交鼓擔買俏貨，這乃是歷代古都北京的慣常事。可以說，沒有一個大破落戶不熟識幾個鼓擔的，沒有一個大新發戶不結識幾個鼓擔的。中等人家嫁姑娘要買點什麼壓箱底的東西，也常是託付鼓擔的。那是比去店家又便當又省錢的。這行道固然已是歷史的話題了，但他們對文物的流傳，有其歷史性的貢獻。而今紅學上既涉及到這一行道，卻是非深知鼓擔這些底裏不行的。程偉元之搜羅《紅樓夢》後卷，不似胡、俞二師之坐等書商上門或自己去舊書店。可不講什麼學者派頭，而是「自藏書家甚至故紙堆中無不留心，數年來僅積廿餘卷」之後，「偶於鼓擔上得十餘卷遂重價購之」的。這種求書精神，本應令二師自愧弗如的。胡師之得甲戌本，不是賣主慕名求售，還「差一點點就錯過了得書之機遇」麼？俞師對姻親家收藏的那麼珍貴的《紅樓夢》版本不是都無所知，都未曾見到過麼？二師不師人之善，反說世間沒有這樣奇巧的事，誣人家作僞騙人。人家既先得廿餘卷，自然是要有選擇地搜求後面的十餘卷了，偶於鼓擔上得之，有何奇巧之處，有何奇巧之有？也許他積有那廿餘卷的時候，他早已託付他相識的鼓擔或廟攤或書店爲他搜尋那後十餘卷多日了。一個鼓擔認定有人肯出大價錢收買後十餘卷《紅樓夢》，不出三天就能傳遍北京全城各個角落的鼓擔。程序要把這如何偶於鼓擔上的詳情都交待清楚，那序文要多麼冗長！他怎能想到這等細節上的事未作詳細交待會被後世紅學權威說成是世間沒有這樣奇巧的事，作爲鐵證一條，判他作僞呢？

胡先生考證提出來的三個重要問題，四十年前雖然取得舉世一致的信從，經過幾十年來返覆辨論，和新資料的不斷訪求、發現和探索，都是希望求得《紅樓夢》寫作的主題，究竟是否究有反清復明的意旨，還是如胡氏所說的是曹雪芹的自敍傳，抑或兩者都不是，而是另有涵義的著作，或者什麼都不是，而只是一部單純的言情小說。幾十年來，紅學的主要活動，大概都是環繞此一目的而進行的。因爲一切文學的寫作技巧，都是爲作品的中心思想服務；其技巧的優劣，端視表端中心思想所達成的高低，做爲衡量的標準。作品的中心思想不能確定，則文學批評失去了基本的根據。例如《紅樓夢》第十九回：「(寶玉)又說，只除了什麼明明德外就沒書了，都是前人混編出來的。」這番議論和賈寶玉在《紅樓夢》裏擔任的角色非常不協調。況且「明明德」指的是《大學》，爲什麼不說除《大學》外沒書，偏偏要說除「明明德」外沒書呢？還有第十六回描寫鬼判持牌提鎖來捉秦鐘的魂魄，他向鬼判求情，無奈鬼判鐵面無私，有一段話說：

> 正鬧着，那秦鐘魂魄忽聽見「寶玉來了」四字，便忙又要求道：「列位神差！略發慈悲，讓我回去先和這一個好朋友說一句話，就來的！」都判官聽了，先就唬慌起來，忙喝罵鬼使道：「我說你們放了他回去走走罷！你們斷不依我的話，如今只等他請出個運旺時盛的人來才罷。」衆鬼見都判如此，也都忙了手足。一面又抱怨道：「你老人家先是那等雷霆電雹，原來見不得『寶玉』二字！依我們愚見，他是陽，我們是陰，怕他也無益於我們。」都判道：「放屁！俗話說得好，『天下官管天下民』，陰陽並無二理。別管他陰，也別管他陽，沒有錯了的！」衆鬼聽說，只得將他魂放回。哼了一聲，微閉雙目，見寶玉在側，乃勉強歎道：「怎麼不早來，再遲一步，也不能見了！」

這都判所說「天下官管天下民」，正是「王者官天下」的帝王的意思。寶玉是什麼官？曹雪芹又是什麼官？作者爲什麼要把風流瀟灑，不知權力爲何物的男主角，描寫成帝王身份被鬼判聽見了都害怕得魂不附體的人物。這從任何角度來看，都是文章的敗筆，作品的瑕疵。所以脂硯的評語說：「愈不通愈妙」。「愈不通」倒是的評；如果作者沒有特殊的用意，「愈妙」二字便成爲盲目恭維古人的評語了。我們檢閱甲戌、庚辰、有正各鈔本，都有「天下官管天下民」一段話，而程高刻本卻把它刪去。我們站在文學批評的立場來說，究竟是《紅樓夢》原作者對呢？還是程、高刪改得對？可見作品的主題沒有認清，批評者也失去了衡量的根據。當初蔡、胡爭論，正是要辨明《紅樓夢》的主題。多少年來，多少學者耗費心力，蒐集新材料，找尋新證據，無非是要辨清《紅樓夢》一書的主題。我們盱衡紅學發展的趨勢，必須要在蔡、胡二先生提出的問題，繼續的追求它的正確答案。同時由於世宙相依，交通便利，科學家掌握了費長房的縮地法，使得四海猶如一家。外國人愛好中國文學的越來趣多，中國人研究外國文學的也越來越深入，互相觀摩，互相比較，這是自然發展的趨勢。不過，比較批評乃是知己知彼的融通綜合。如果有一方了解不夠精確，則不但失去比較的意義，更會產生錯誤的批評。因此我要不斷的提出我的願望，我們要設法豐富《紅樓夢》本書及有關的資料，要儘量流通所有的資料，要盡力整理所有的資料，要好好利用所有的資料，作好紅學奠基的工作，使得新紅學在未來有飛躍的進展。

一九九〇年庚午十一月十一日初稿

《紅樓夢》脂評中的注釋

《紅樓夢》一書，在乾隆五十六年（西元一七九一）程偉元排印以前，一直是靠鈔本流傳的；而最早的鈔本都是結合着脂硯齋評語而出現。——脂硯齋是誰？紅學家的說法很不一致。胡適之先生認爲是作者自己，也卽是賈寶玉；周汝昌以爲是史湘雲；還有以爲是曹雪芹的叔父。不管是誰，脂硯齋是《紅樓夢》出現後的最早評家，總該不會成問題的。脂評中偶然也有注釋正文音義之處，我想這應當算是《紅樓夢》最早的注釋罷！

我往年寫了一篇〈脂評紅樓夢新探〉（收入在新加坡出版的《紅樓夢新解》），曾談到脂評中的注釋，其中有兩條批語，引用《偕聲字箋》。第一條見甲戌本第六回「岳母劉姥姥」的雙行批：

音老，出《偕聲字箋》，稱呼畢肖。

第二條見庚辰本第十七回「大家去徃徃」的雙行批：

音光字去聲，出《偺聲字箋》。

我認爲《偺聲字箋》是《諧聲品字箋》的省稱，而「偺」則是「諧」的誤字。《四庫全書總目提要》卷四十四云：

《諧聲品字箋》，無卷數，內府藏本。國朝虞德升撰。德升字聞子，錢唐人。蓋本其父咸熙草創之本而復爲續成之者也。

這部書有康熙十六年的原刻本，普通圖書館很難見到。今年客居巴黎，在法國國家圖書館東方稿本部看到這部字書，現在把它的解釋抄下來，《諧聲品字箋》戊集十一「母」云：

姥，老母也。今江北變作老音，呼外祖母爲姥，又呼收生者亦曰姥，亦欲等之外婆也。

又己集十四「誑」云：

㑌，讀光去聲，閑㑌，無事閑行曰㑌，亦作俇。

把「脂評」和「品字箋」的解釋對照來看，證明《偕聲字箋》確是《諧聲品字箋》的省稱。這部字書收字六萬有餘，包羅俗字俗音非常的多，也是字書中所罕見。這兩條脂評不但是《紅樓夢》最早的注釋，而且由注釋的內容和性質，也可以多少推測出批書人和《紅樓夢》作者的關係。紅學家還沒有人說明過這兩條注釋的出處，特抄出來請愛好《紅樓夢》的朋友指正。

「脂硯齋重評《石頭記》己卯本」的新發現

今年六月，出席美國威斯康辛大學舉辦的國際《紅樓夢》研討會。在主席周策縱教授的寓中，得見今年剛剛出版的《影印脂硯齋重評石頭記己卯本》。這一影鈔本，線裝五冊，包括前後兩次發現的己卯殘本，尺寸款式和原鈔本完全一樣。尤其是這兩次殘鈔本發現以後，經過專家學者的研究，證明是清康熙之孫怡親王弘曉直接從曹雪芹家借原稿過錄來的。這一說法，和《紅樓夢》的流傳淵源，有極重大的關係。並且也粉碎了吳世昌許多人對此鈔本的錯誤觀點。因此，這一鈔本的發現和影印流通，影響了整個《紅樓夢》版本的承傳結構，不能不向關心人士略作介紹。

「己卯本」的名稱，是因爲在這個鈔本上有「己卯冬月定本」的題字，所以簡稱「己卯本」。己卯是清乾隆二十四年，距曹雪芹壬午逝世，尚有三年。收藏這一鈔本的，據現在所知，最早的是近人董康。董康是淸末民初著名的法學家，富收藏，好刻書，所著《書舶庸談》，蜚聲藝林。他平生酷嗜《石頭記》，民國三十五年卒後，此鈔本爲陶洙所得。後來又歸入北平圖書館。它的殘缺的情況，據吳恩裕氏說明云：

原己卯本共有八十回，而這個現存己卯本則僅存三十八回，即一至二十回，三十一至四十回，六十一至六十三回，六十五至六十六回，六十八至七十回。此外有早期抄補的兩回，其中六十七回是武裕庵按「乾隆年間鈔本」抄補的。六十四回也是早期抄補的，但未註明抄者。陶洙補抄的是二十一回至三十回，另第一回三頁半，第十回一頁半，還有此回中的幾行。

到了民國四十八年冬有人在北平琉璃廠爲某博物館買到一些鈔本古書，脂硯齋重評《石頭記》的殘鈔本就是其中之一。博物館收到該鈔本後，把它作爲普通書籍編目入庫。經過十五、六年，一直無人借閱；至民國六十三年十二月，纔有人把它借出，送請吳恩裕先生鑑定。發現這鈔本實際包括第五十六、五十七、五十八三回全回，和五十五回的後半回，及第五十九回的前半回。據吳恩裕先生自述，他鑑定這殘鈔本時，想起了陶洙曾告訴他：「己卯本的抄寫格式很像庚辰本，正文中有一些不知爲了什麼緣故而缺筆的字，陶洙都用朱筆把所缺筆畫塡上了。」經他研究，從佳夢軒叢書中的《王公封號》一書中查到：「怡親王：允祥、弘曉、永琅……」一條，纔知道此鈔本上避諱缺末筆的「曉」字、「祥」字，是避怡親王的家諱，因此推斷這個殘鈔本是乾隆時怡親王弘曉家的鈔本。後來又約同馮其庸先生把新發現的殘鈔本和陶洙舊藏鈔本仔細核對，不論從避諱的缺筆字，或從抄寫人的筆跡上，都證明完全相同。吳氏又發現了怡親王府原鈔本《怡府書目》，這書目也同樣避「祥」字「曉」字的家諱。而且《怡府書目》中有三個抄者的筆跡，竟和己卯本相同。有了這些堅強證據，可以說這兩個殘鈔本是屬於怡親王弘曉府中的，這在《紅樓夢》版本史上應該認爲定論。

此一鈔本的鑑定，對《紅樓夢》研究的發展，必然會有層出不窮的貢獻，非短文所能詳說。我現在先提出一個重要而有趣的問題，並且把我和諸家不同的看法，供大家的參考。據吳恩裕氏的查核，殘鈔本的抄者有七個不同的筆跡；馮其庸氏則查得有九個不同的筆跡。馮其庸氏〈庚辰本與己卯本的關係〉說：

> 我分析己卯本庚辰本兩書抄錄的過程大體是這樣的：第一步，怡親王府弘曉或其他人借到了經脂硯齋四閱評過的己卯冬月定本，便組織人力抄寫，參加抄寫這個本子的共九人，抄寫的方式是流水作業法，即每人挨次抄下去。現將前五回挨次輪流抄寫的方式排列如下：第一回抄寫人計有甲：三

面，乙：六面，甲：二面，乙：四面。第二回，丙十九面。第三回，丁：三面，戊：七面，丁：六面，戊：三面，戊二行，甲八行合抄一面，丁：三面，甲：二面。第四回，己：十八面。第五回，甲：二面，丁：一面一行又十六字，庚：六面八行又十四字，丁：二面，庚：八面，乙：二面，己：二面。參加前五回抄寫的共七人，另有參加本書抄寫的二人還未輪到，要到後面才有他們的筆跡。這裏抄得多的一人一次抄一回；抄得少的，一人一次抄一面，甚至只抄幾行。全書輪流抄寫的情況大體如此。從以上抄錄的方式來看，當時可能因底本索取得比較急，因此不得不用這種方式趕着抄。甚至很可能不是整部借來，而是一册一册借來的，還甚至極有可能是拆開來分抄的。由於借抄的時間比較緊迫，故底本上應有的眉批，一律未抄。當時極有可能準備全部抄完後，再改用朱筆重新抄眉批，像庚辰本的眉批那樣。但等到全書正文抄寫完，已沒有時間可以抄眉批了，因此過錄的己卯本反倒沒有己卯的眉批。

按己卯本現存的抄寫方式來看，肯定當時是將每回拆開來分抄的。如果是整部借來，則全書八册，九個人完全可以一人一册分抄，用不着一人抄幾回甚至抄幾行。正是因爲一次借來的只是一册或二册，所以只能拆開來分抄，才能很快抄出。也正因爲是拆開分抄，爲了使合起來仍能緊相銜接，故每人所抄的行款起訖，必需嚴格按照原書的行款和起訖，這樣才能集合成帙，首尾一貫。正是由於這個原因，所以己卯本裏遇到特殊情況如空行等等，就照樣讓它空着，不將下行提上來接抄，因爲下行提上來接抄了，與下面別人抄的頁碼就不能緊接了。如果不是上述原因，那末此書一人抄了幾面甚至幾行就換人抄，全書九個人這樣頻繁地輪流換抄的現象就不可理解。

以上吳馮諸氏的推測，依我的看法，似乎不太可能，因爲怡親王以帝子之尊，又和曹家有極深的關係，曹家衰敗後，全靠怡親王加以庇護。試看曹頫爲了織造任上的虧空，曾於雍正二年，請求皇帝允許他三年之內把虧空補完，雍正答應了，就派怡親王永祥傳奏曹頫的事。所以雍正在曹頫請安摺上批道：「朕安。你是奉旨交與怡親王傳奏你的事的，諸事聽王子教導而行。你若自己不爲非，諸事王子照看得你來，你若作不法，憑誰不能與你作福。不要亂跑門路，瞎費心思力量買禍受。除怡王之外，竟不可再求一人拖累自己。……若有人恐嚇詐你，不妨你就求問怡親王。況王子甚疼憐你，所以朕將你交與王子。主意要拿定，少亂一點。壞朕聲名，朕就要重重處分，王子也救你不下了。特諭。」單看這一段文字，怡府從曹雪芹或雪芹叔父脂硯齋借閱《石頭記》稿本，曹家必然會恭恭敬敬呈上，斷無一冊一冊的換借，急如星火的催還。以一個赫赫當朝的王爺，破落的曹家敢如此對待他嗎？

據我推測，怡親王弘曉借書的原因，是由於他對文學小說的愛好。弘曉是一個滿人對漢文學有相當修養的人，他能文能詩和善書。他著有《明善堂集》，他是個多情善感的名士，集中悼亡詩三十首（有序），極悱惻纏綿之致。又據《怡府書目》原鈔本，可以說，不但四部，而且九流三教無所不包。葉昌熾的《藏書紀事詩》卷四怡親王條，說他藏書極富，且多宋版精本，爲世罕見。書目收書四千五百多種，特別是乾隆開四庫全書館，各地藏書家進呈圖書，獨怡親王之書未進呈。他喜歡文學，特別愛好小說。《怡府書目》中收有大量的小說書籍，他曾手批過《平山冷燕》，靜寄山房刻本的「新刻批評繡像《平山冷燕》六卷」，署淸怡親王弘曉批。《平山冷燕》是一部典型描寫才子佳人，歌頌有情人終成眷屬的書，弘曉竟親自手批付刻，可見他對這類書籍的愛好之甚，所以他聽說曹家藏有《紅樓夢》，自然渴欲借來閱讀和抄存，這是極其合理自然的事。

弘曉在急欲閱讀心愛的小說的時候，他如饑如渴的心情，是可想而知的。他借抄脂硯齋重評《石頭記》己卯秋月定本，希望儘快完成，所以派九個（馮其庸說）或七個抄手（吳恩裕說）火急的分抄，於是用流水作業法，每人挨次抄下去。估計《紅樓夢》前八十回，每回約五六千字，總共不過四五十萬字，九個人分擔，每人不過四五萬字。照普通速度，大約每人每日可抄寫四五千字，十天之內，全書卽可完成，至於一開頭從第一回起就由多人分抄，我想如此一天工夫就可抄成十回八回，卽弘曉每天都可閱讀十回八回，而且他卽抄卽閱，並且隨卽校正抄寫的誤字。所以旬日內抄完一部奇書，旬日內也讀完一部奇書，這也可算是人生一大快事了；至於批語，弘曉似乎並不重視，所以在正文中的雙行批雖然照抄下來，而眉尖硃批，便未過錄，可能也不打算隨後補錄。

以上蠡測管窺，印證情事，似乎較爲合理。如果這一推測不錯，則吳恩裕氏說弘曉爲了政治關係，糾集學人急急忙忙抄錄此本；馮其庸氏懷疑己卯本上沒有己卯年的批語，種種說法，似乎都不能成立了。在國際紅學研討會議時期沒有空閒和諸位專家討論，現在寫出來求教，並請海內外讀者指正。

最後，我看了這部精美的影印本，知道他們影印時，爲了恢復己卯本的原貌，已將陶洙藏有此鈔本時，過錄上去的甲戌、庚辰兩本的脂硯齋批語，包括眉批和行間批全部清除，對於陶洙用朱筆在正文上旁改的文字，凡是能確定他的筆跡的也一律予以清除；凡是遇到難於辨別是己卯本文原有的朱筆旁改文字還是後來陶洙校改上去的文字的地方，則一律予以保留，以備研究者的研究。這一做法，態度是相當謹嚴的。自然，如果將陶洙過錄上去的也再影印出來以供比較，就更爲妥善了。最後，我要指出這影印本將己卯本原保留着的六張小條，如書首「護官符下注……」等，都已經影印出來，但付印時並未說明，可能會引起讀者誤會，因此特別予以指出。

民國六十九年十一月廿日於華岡文化大學

《新編紅樓夢脂硯齋評語輯校》序

《紅樓夢》是汪洋底海，它涵蘊着無窮的寶藏，叫人探測不盡。《紅樓夢》是朦朧底謎，它孕藏了無數的問題，叫人捉摸不定。

首先談到書名，究竟最早的書名是「紅樓夢」呢？還是「石頭記」？據甲戌本第一回有這樣一段話：

> （空空道人）遂改爲情僧，改「石頭記」爲「情僧錄」，至吳玉峰題曰「紅樓夢」，東魯孔梅溪則題曰「風月寶鑑」，後因曹雪芹於悼紅軒中，披閱十載，增刪五次，纂成目錄，分出章回，則題曰「金陵十二釵」，至脂硯齋甲戌抄閱再評，仍用「石頭記」。

照這說法，至少有四個人評閱過這部著作，每評閱一次，便改一次書名，最後，依從脂硯齋的意見，仍定名為「石頭記」。因此，甲戌本、己卯本、庚辰本、戚本都以「石頭記」為名。其全用「紅樓夢」為名的，只有甲辰本一本。諸本中甲戌本獨有的凡例，開宗明義第一條卽是「《紅樓夢》旨義」，它說：「此書題名極多，「紅樓夢」是總其全部之名也。」可見此書迷離惝怳的書名，一開始便是個謎。

其次，談到作者，《紅樓夢》是什麼人作的？自從《紅樓夢》問世以來，這個問題，一直成為一個猜不透的謎，當初排版印行《紅樓夢》的高鶚、程小泉，他們在序言中提到此書的作者時，只能說「究未知出自何人」，可見此書作者諱莫如深，才會有此現象。一向主張《紅樓夢》是曹雪芹自敍的俞平伯先生，他晚年出版《紅樓夢研究》一書，有一段序言說：

《紅樓夢》底名字一大串，作者的姓名也一大串，這不知怎麼一回事？依脂硯齋甲戌本之文，書名五個：「石頭記」、「情僧錄」、「紅樓夢」、「風月寶鑑」、「金陵十二釵」。人名也是五個：空空道人改為情僧、孔梅溪、吳玉峰、曹雪芹、脂硯齋（原注：脂硯齋評書者，非作者，不過上邊那些名字，書本上不說他們是作者）。一部書為什麼要這許多名字？這些異名，誰大誰小，誰眞誰假，誰先誰後，代表些什麼意義？以作者論，這些一串的名字都是雪芹的化身嗎？還確實有其人？就算我們假定，甚至於我們證明都是曹雪芹底筆名，他又為什麼要玩這「一氣化三清」底把戲呢？我們當然可以說他文人狡獪，但這解釋，你能覺得圓滿而愜意嗎？

從這番話，可見一向主張「《紅樓夢》作者是曹雪芹」的專家，也流露出徬徨迷惘的心聲了。

再談到後四十回的問題，胡適之先生極力主張是高鶚僞作，然而，一九六三年新印出了《高蘭墅定本百二十回紅樓夢》，擺在眼前的完整鈔本，究竟是否高鶚的僞作？還有，此書的開端，「此開卷第一回也」一段文字，甲戌本比正文降低二格書寫，乃是總批的形式。其他各本卻改成了《紅樓夢》第一回正文，究竟《紅樓夢》第一回應該從何句發端，這又是一個謎。書中內容故事的牴牾，人名文句前後的參差，是抄閱者的錯改，還是作者有意的安排，這些無一不是謎。乃至最初出現的《紅樓夢》鈔本，都是署名「脂硯齋重評石頭記」，在此以前，是否有署名「初評石頭記」或「評本紅樓夢」的最初底本？照常理推論，既有後漢，必有前漢；既有重評，定有初評：這又是一個大謎。最後要問：《紅樓夢》作者寫這部皇皇大著，主旨是什麼？從它尚未刻版問世起，已流行著種種的傳說：有的說是寫金陵張侯的家事，有的說是明珠納蘭容若的家事，有的說是清世祖與董鄂妃的情史，有的說是康熙朝政治小說，現代又有人說是作者的自敍傳……這一切的說法，誰是？誰非？還是全都不是？這更是一個大謎。

要了解《紅樓夢》的眞相，必須解決這一連串的謎。我以爲要解決這一連串的謎，必須有苞括宇宙的心胸，明察秋毫的目力。要緊的辦法，還須把一切謎底，暫時放下擱開，先虛心細心耐心地把《紅樓夢》的本文和有關資料一步一步的整理，然後依據整理出來的可靠的材料，一步一步的提出問題，解決題問。這是一項不能速成的長期工作，我們千萬要體認清楚！陳君慶浩很同意我的說法，也很肯用心研究，兩年來孜孜矻矻地完成了《新編紅樓夢脂硯齋評語輯校》一書。誰都知道，脂評是研究《紅樓夢》極重要的資料。一九五四年，俞平伯先生曾印行了《脂硯齋紅樓夢輯評》，把一般讀者不易見到的各種鈔本上的評語，彙輯起來，給予《紅樓夢》的研究工作者得到莫大的便利。由於研究《紅樓夢》的學者，得到這些難得的新材料，十餘年來，確實提供了不少的新觀點，新論著。不過，俞平伯先生進行整理脂評的時期，所依據的資料不夠完善，條理也不夠密察，不但存在着許多缺點，也存在着許多錯誤。它給予了研究者的便利，卻又滋生了研究者的紕繆。陳君在俞輯的基礎上，把目前手邊所能掌握到各鈔本近四千條的評語，條分縷析，確定它的類型和位置，觀察它出現的先後和異同，製成「各脂本評語統計總表」、「脂本各回批語比較總表」、「各脂本相同批語比較總表」、「脂評中提及或簽署有關人物名稱統計表」、「己卯庚辰各類評語比較表」、「庚辰有正各類評語比較表」、「甲戌本脂評統計表」、「甲戌本與各本脂評比較表」、「己卯本脂評統計表」、「己卯本與各本脂評比較表」、「己卯本特有評語統計表」、「庚辰本脂評統計表」、「庚辰本硃筆墨筆總批分佈表」、「庚辰本與各本脂評比較表」、「庚辰本日期批語統計表」、「有正本評語統計表」、「有正本與各本脂評比較表」、「甲辰本評語統計表」、「甲辰本與各本脂評比較表」、「甲辰本特有批語統計表」、「所收靖藏本脂評統計表」、「所收靖藏本與其他各本脂評比較表」、「全鈔本脂評統計表」。陳君經過這番解剖化驗的工夫，把各評語的性質，辨認得十分清楚，然後一字一句的訂正俞輯的錯誤。他不但補充了俞輯的缺漏，更重要的是，他改正了俞輯許多可以避免或不能避免的錯誤。這是一部比俞輯更便利更可靠的研究紅學的工具書。當然，陳君所掌握的資料，依然是不夠完備，陳君新編的輯本，可能仍不免有錯誤。不過，人生和天地，本來永遠是一個「缺陷」，《紅樓夢》作者鍊石補天的精神，正是做人和治學的精神。我們繼續前人的工作，一步一步的彌補前人的缺憾。前修未密，後出轉精；後學未密，還需要未來的後學精益求精。我們對《紅樓夢》埋蘊着無窮的文學寶藏，要一步一步的加以發掘；我們對《紅樓夢》無數的重大問題，要一步一步的替它解決。這是需要未來世無數人通力合作的工程。陳君這部《新編紅樓夢脂硯齋評語輯校》，只是此一鉅大工作的開端，我是多麼熱望陳君和與陳君同志的人繼續不斷地完成這一偉大的工作！

從脂批看整理《紅樓夢》的工作

《紅樓夢》是汪洋的海，它涵蘊著無窮的寶藏，叫人探測不盡；《紅樓夢》是朦朧的謎，它孕藏了無數的問題，叫人捉摸不定。我們必須虛己體察，一步一步的提出問題，來探索，來解答。我現在打算提出脂硯齋諸人當初整理《紅樓夢》的工作情況來試加窺測。

《紅樓夢》是一部沒有作者姓名的未完之書，己酉、甲辰、戚蓼生三個脂評鈔本的序文都說得很明白。到清乾隆五十六年辛亥（西元一七九一年），程偉元、高鶚初刻《紅樓夢》時，他們的序文，也說「《紅樓夢》膾炙人口者幾廿餘年，然無全璧，無定本。」可見《紅樓夢》一開始是帶有脂批而且以不完整的面貌流布人間的。

根據脂硯齋評語提到整理《紅樓夢》的工作看來，顯然有後列各種情況。

(一)有纂成目錄分出章回的迹象

1.十七、十八、十九三回的分開　己卯本和庚辰本，都是每十回合裝一册，在每册的對面接近書口上端處題書名，下題評閱年次及本册的回次，並列舉載於本册內某十回的回目。惟有原第二册的封面，明題「第十一回至二十回」，但是回目只列出了八回，缺少兩回的回目。這使不知內容的人看來，會懷疑缺少兩回正文。但詳檢其內容，第十七、十八回是未分開的合回，只用一個回目。在這回之後，應是第十九回。但十九回首頁十行的開頭第一行就是正文，正文前既沒有標書名，也沒有回次和回目，這種情況在己卯本和庚辰本都是一樣的。值得注意的是庚辰本第十九回末過錄了署名玉藍坡的一條批語說：「此回宜分三回方妙，係抄錄之人遺漏。」綜合這些迹象，可以推定第十九回同第十七、十八回原是連在一起的一大回，字數多達兩萬餘字。因玉藍坡的建議，先劈出了第十九回。到己卯年四閱評時，第十七、十八回仍然沒有分開，評閱人見篇幅字數仍嫌過多，故在這十六回後的另一頁紙上批了「此回宜分二回方妥」的意見。己卯本在這兩回的第一頁，標爲「第十七回至十八回」，證明此時已作了分回的準備，但回目仍用原來「大觀園試才題對額，榮國府歸省慶元宵」的對句。我在列寧格勒看到東方院所藏《紅樓夢》鈔本，第十七、十八兩回僅有一共同回目，但兩回文字已分開，第十七回回目也作「大觀園試才題對額，榮國府歸省慶元宵」，又有回目詩：「豪華雖足羨，離別卻難堪，博得虛名在，誰人識苦甘。」庚辰、己卯兩本的回目和題前詩，都與列本相同，但題前詩卻寫在第十六回後另一頁紙上，並有批語云：「好詩，全是諷刺。」「近之諺云：又要馬兒好，又要馬兒不吃草，眞罵盡無厭貪癡之輩。」而且兩回文字並未分開，己卯本在「此時不能表白」句「白」字左側加「「」號，並有朱筆眉批云：「不能表白後是十八回的起頭。」庚辰本則僅在第十七回「寶玉聽說方退了出來」句「來」字左側加一「「」號鈎識，表示應於此處分回，連說明分回的批語也沒有。列本卽於「方退了出來」句下加「再看下回分解。」後面分開爲第十八回，起句是「話說寶玉來至院外」，卻並無回目。第十九回目「話說賈妃回宮」開始，並有「情切切良宵花解語，意綿綿靜日玉生香」回目。這十七、十八、十九二萬餘字的一大回文字，逐漸分割成三回的痕跡是很明顯的。

2.**七十九回、八十回的分開**　蘇聯藏鈔本的最後一回是第七十九回，而此回實包括第八十回在內，文意銜接貫注，一直到底，其間並無分回的行款形式，也未用任何符號表示可以分回。回目是「薛文龍悔娶河東獅，賈迎春誤嫁中山狼」，和庚辰本相同。但蘇聯藏本在分回中間的文字作「連我們姨老爺時常還誇呢！金桂聽了，將脖項一扭」，語氣銜接緊湊。庚辰本只在「姨老爺時常還誇呢」下加「欲明後事，且見下回」兩句套語。又在「金桂聽了」上加「話說」二字，這樣便硬將兩回分開。不過庚辰本雖將兩回分開，仍然沒有像有正本、全鈔本「懦弱迎春腸廻九曲，姣怯香菱病入膏肓」或程刻本「美香菱屈受貪夫棒，王道士胡謅妒婦方」的第八十回回目。像這一類痕迹，正是《紅樓夢》第一回開頭所說「後因曹雪芹於悼紅軒中披閱十載，增刪五次，纂成目錄，分出章回」的實況。

(二) 有文字缺失期待補完的情況

1. 第二十二回末謎語　我在列寧格勒所見到的鈔本，第二十二回回末是止於元迎探惜四個謎語。第一個謎語（能使妖魔膽盡摧）註云：「此是元春之作」；第二個謎語（天運人功理不窮）註云：「此是迎春之作」；第三個謎語（階下兒童仰面時）註云：「此是探春之作」；第四個謎語（前身色相總無成）註云：「此是惜春之作」。庚辰本此回也是寫到元迎探惜四個謎語就戛然而止，顯然是未完之作。列本沒有批語說明，庚辰本惜春謎上有「此後破失，俟再補」的眉批。在回末另一葉又有「暫記寶釵製謎」云：「朝罷誰携兩袖烟，琴邊衾裏總無緣，曉籌不用雞人報，五夜無煩侍女添。焦首朝朝還暮暮，煎心日日復年年。光陰荏苒須當惜，風雨陰晴任變遷。」及「此回未成而芹逝矣，嘆嘆。丁亥夏，畸笏叟」的批語。

靖本亦有「此回未補成而芹逝矣，嘆嘆。丁亥夏，畸笏叟」的批語，但「此回未成」作「此回未補成」，多了一個「補」字。

2. **第七十五回** 庚辰本有開始總批：「乾隆二十一年五月初七日對清，缺中秋詩，俟雪芹。」

3. **第七十九回** 寫寶玉到紫菱洲一帶感傷的一首詩：「池塘一夜秋風冷，吹散芰荷紅玉影，蓼花菱葉不勝愁」，庚辰本在第四句的位置下有一批語云：「此句遺失。」

(三)有刪改原書情節的情況

《紅樓夢》第十三回回目原是「秦可卿淫喪天香樓」，因批書人命令曹雪芹將淫喪天香樓事實刪去四五頁，故將回目改爲「秦可卿死封龍禁尉」，各脂本有如下的批語：

(甲戌)□去天香樓一節，是不忍下筆也。

(庚辰)通回將可卿如何死故隱去，是大發慈悲也。嘆嘆。壬午春。

(甲戌)秦可卿淫喪天香樓，作者用史筆也。老朽因有魂托鳳姐賈家後事二件，嫡是安富尊榮坐享人能想得到處，其事雖未漏，其言其意則令人悲切感服，姑赦之，因命芹溪刪去。

(甲戌)此回只十頁，因刪去天香樓一節，少卻四、五頁也。

(靖本)秦可卿淫喪天香樓，作者用史筆也。老朽因有魂托鳳姐賈家後事二件，豈是安富尊榮坐享人能想得到者，其言其意，令人悲切感服，姑赦之，因命芹溪刪去「遺簪」、「更衣」諸文，是以此回只十頁，刪去天香樓一節，少去四、五頁也。

(甲戌)九個字寫盡天香樓事，是不寫之寫。

(靖本)九個字寫盡天香樓事，是不寫之寫。常村。

(靖本)可從此批。通回將可卿如何死故隱去，是余大發慈悲也。歎歎。壬午季春，畸笏叟。

這一列的批語，有壬午季春的年月，有批者畸笏叟、常村的署名。批書人認爲秦可卿託夢之詞，極有價值：以言重人，就命雪芹刪去秦可卿淫蕩的事迹，故刪去四、五頁之後，第十三回便只剩十頁了。這一事實，說明在壬午除夕雪芹逝世之前，有將原書刪改之處。

(四)有迷失稿件的說明

根據脂評，原書似乎還有部份稿件遺失。第二十六回有幾段評語：

(甲戌)前回二、紫英、湘蓮、玉菡四樣俠文，皆得傳眞寫照之筆，惜衛若蘭射圃文字迷失無稿，嘆嘆！

(庚辰)紫英豪俠小(文)三段是爲金閨間色正文。壬午，雨窗。

(庚辰)寫倪二、紫英、湘蓮、玉菡俠文，皆各得傳眞寫照之筆。丁亥夏，畸笏叟。

惜衞若蘭射圃文字迷失無稿，嘆嘆。丁亥夏，畸笏叟。

從上述脂批所顯示紅樓夢原本缺佚刪補種種情況，直到曹雪芹逝世時，此書仍未完成，故第一回有批語：

(甲戌)此是第一首標題詩。能解者方有辛酸之淚，哭成此書。壬午除夕，書未成，芹爲淚盡而逝。余嘗哭芹，淚亦待盡。每意覓青埂峯再問石兄，余(奈)不遇獺(癩)頭和尚何！悵悵！今而後惟愿造化主再出一芹一脂，是書何本(幸)，余二人亦大快遂心於九泉矣。甲午八日(月)淚筆。

(靖本)此是第一首標題詩。能解者方有辛酸之淚，哭成此書。壬午除夕，書未成，芹爲淚盡而逝。余常哭芹，淚亦待盡。每思覓青埂峯再問石兄，奈不遇癩頭和尚何！悵悵！今而後，願造化主再出一脂一芹，是書有成，余二人亦大快遂心於九泉矣。甲申八月淚筆(此批錄於另紙上，在靖藏本中，首行書「夕葵書屋石頭記卷第一」)。

此一批語，是雪芹卒年唯一的證據。批者說：「書未成，芹爲淚盡而逝，」似乎是說作者曹雪芹書未寫成而逝。但接著又說：「今而後，願造化主再出一脂一芹，是書有成，余二人亦大快遂心於九泉矣，」又似乎是說脂硯和雪芹二人合作，因雪芹先逝而遭遇挫折。所以脂硯異常悲傷，恐自己也不久於人世，竟然希望造物主再產生一脂一芹，這樣《紅樓夢》纔能有成，纔能大快他們二人的心願。但是脂硯做了些什麼工作呢？那便是在脂批中所說的各項整理修補的工作。我們知道在乾隆十九年甲戌，已有《脂硯齋重評石頭記》淸本出現，一直到乾隆二十七年雪芹逝世之前，八、九年的漫長時間，替已成的稿件，分出章回，纂成目錄，至少在乾隆廿五年的庚辰本，第十七、十八、十九三回的文字尚未完全分開，十八、十九兩回的回目尚未擬定。第七十九、八十回雖然分開，但第八十回的回目尚付闕如。列本的第十七、十八、十九雖然分開，但第十八回並無回目。第七十九及八十回，根本沒有分開，當然沒有第八十回的回目。這一樁工作，無論是一位作者或二位合作，在脫稿時應該首先完成，用不著拖上個十年八載。而且分回的情況，像是依據成稿，而不是自己創作。例如第七十九、第八十兩回，列本原是一整回，庚辰本只將中間「連我們姨老爺時常還誇呢！金桂聽了，將脖項一扭。」這兩句話硬劈開來，在「連我們姨老爺時常還誇呢」下加「欲明後事，且見下回」兩句套語，又在「金桂聽了」上加「話說」二字，這樣便將兩回分開，完全沒有接榫潤色的詞句，似乎不像作者行文的情況。如果照這樣分出章回，眞是咄嗟可辦，何須累月窮年！

其次，就脂批指出文字缺佚之處，有第二十六回「惜衞若蘭射圃文字迷失無稿」的說明。有七十九回遺失一句詩，七十五回缺中秋詩，第二十二回回末四個謎語後沒有結尾的文字，顯然是尙須補充。果然庚辰本惜春謎上有「此後破失，俟再補」的眉批，又有「此回未成而芹逝矣，嘆嘆」的批語，如果說是雪芹原稿偶有缺失，直到雪芹逝後，抄錄的人纔發覺，以致成爲未完的著作的話，但庚辰本七十五回的批語，明明說「乾隆二十一年五月初七日對清，缺中秋詩，俟雪芹。」是脂本校對清楚後，應該通知曹雪芹，難道七八年的時間，合一芹一脂之力，竟不能補完幾句謎語和一段射圃文字嗎！

再說第十三回的脂評，明明說刪去四五頁，靖本的批語更清楚指出，因命芹溪刪去「遺簪」、「更衣」諸文，這是誰也不能否認的事實，如果雪芹、脂硯是作者，爲了秦可卿有魂托鳳姐賈家後事二件，一件是多置祭田，一件是興辦家塾，畸笏叟便深深感動，要赦免她的罪惡，便命令雪芹刪去淫喪天香樓的情節。畸笏叟似乎是年高望重，使得雪芹聽命將原稿刪去數頁，這麼一來，前前後後都會發生不妥貼的地方，如果雪芹是作者，儘可將秦可卿重新塑造，另行改寫。況且畸笏的想法，和《紅樓夢》的作者，眞是相去何止萬里。如果《紅樓夢》是一部傑出小說，《紅樓夢》作者是一位偉大文學家，他的嘔心傑作竟可由別人的頭腦，任意擺佈，恐怕就不成其爲偉大的作家了。況且《紅樓夢》的作者在開卷第一回中，便聲明他「編述一書，以告天下，」「其間離合悲歡，興衰際遇，俱是按迹循踪，不敢稍加穿鑿，至失其眞。」這樣一位作者，如果受到畸笏的指示，他會肯刪動他的作品嗎？由此看來，一脂一芹可能做的都是整理補充一部有缺佚不完整的小說的工作罷了！

附記

涉及雪芹脂硯畸笏等整理修補《紅樓夢》工作的情況，靖本有兩條最重要的批語：一條是第一回批語記雪芹壬午除夕逝世，批語的年月是甲申八月，甲戌本錯成甲午八日，周汝昌先生甚至懷疑甲午距離壬午有十二年之久，可能批者誤記了雪芹的卒年。如果證明甲午是甲申之誤，那批寫時只隔一年多，自然不必有此懷疑了。一條是第十三回命雪芹刪去秦可卿淫喪天香樓的事迹，其間竟舉出「遺簪」、「更衣」具體的情節。足見刪去四、五頁原稿乃是不爭的事實。這最重要的一個脂批靖本，卻有人懷疑它是僞造。最近，看見魏紹昌先生一篇文章（一九八二年八月廿七日香港《大公報》：〈靖本石頭記的故事〉），詳細說明了靖本發現和迷失的經過。爲了靖本脂批的重要性，有根據魏文加以簡單說明的必要。

靖本《石頭記》是南京浦口靖應鵾家祖傳之物。靖氏原籍遼陽，本是旗人。約在乾嘉時從北京移居揚州，至淸末他的父親靖松元從揚州遷居浦口落戶，靖本卽是遷居時帶來的。靖氏歷代稱明遠堂，所以他將住所取名明遠里，且至今未改。這和靖本藍色封皮上所蓋的明遠堂長方朱文圖章相合，可證這部鈔本早歸他家所有。靖松元生二子四女，長子靖應鵬是小學教師，早在一九四七年病故。次子卽靖應鵾，兄弟因未分家，後來書籍雜物都歸靖應鵾所有。一九五五年，靖應鵾搬到浦鎭東門，房屋較爲逼仄，將書籍雜物都堆放在閣樓上，靖本也雜置其中，靖家從揚州遷到南京至少有百年以上的歷史，靖本從來沒有受到重視，只當作極普通的故事書。

靖應鵾生於民國五年，只有初中程度，早年是浦口鐵路工人。他記得自己在二十歲時翻閱過靖本，認爲這部鈔本既不完整，又無插圖，字句間夾雜了不少東倒西歪的批語，讀下去又不順暢，他寧願看石印的足本《金玉緣》，所以他心目中根本不重視這個鈔本。他的獨子靖寬榮，生於一九四二年，現在是浦口港管理處的保全工人，他小時候也翻看過這部鈔本，同樣因破舊不全和字迹難認而不感興趣。一直到一九五九年，靖應鵾家來了一位名叫毛國瑤的客人，纔發現了這部珍奇的鈔本，纔抄寫流傳出一百五十餘條的批語。

這位毛國瑤先生，一九三〇年生於安徽安慶，一九四九年高中畢業，後在浦口稅務局工作，其時靖應鵾在浦口工商聯，兩人因工作有聯繫而相識，一九五六年，毛國瑤考入合肥師範學院中文系，第二年被劃爲右派，一九五九年，因停發「調幹」待遇，未能卒業，仍回浦口老家閒住。一天去靖家作客，說想借書消遣解悶，靖應鵾便教他上閣樓去挑選。他上樓翻到這部十厚册鈔本的《石頭記》，發現未記抄寫年月，書已破舊，紙張黃脆，多蟲蛀小孔，每頁騎縫處大多斷裂。他看到書中附有大量批語，想起自己家裏的一部有正大字本《石頭記》，也有不少批語，於是他就借了回去，和有正本對照比較。他隨手將有正本內沒有的批語抄錄下來，目的在補全自己所有的有正本的短缺。由於有正本天地頭較窄，字多了便寫不下，他先抄在紙上，然後再過錄到一本六十四開有橫藍線的練習簿上，批語共抄了一百五十餘條，批語中錯亂訛倒之處悉依原式，未加改動。現在海內外看到的靖本脂批，就是從這本小册子流傳開來的。幾個月之後，他將鈔本還給靖家。以後他進入浦口運輸公司工作，一直到現在，還擔任靜電水處理的技術員，業務繁重，很少有時間看文學書籍，過了五年之後，一九六四年初，偶然看到上一年出版的《文學評論》雜誌，有一篇俞平伯描寫《紅樓夢》十二釵的文章，提到批語，頗與他所抄有相似相關之處，不免動了好事之心，將批語和靖本的情況寫信告訴了俞平伯，俞見信大喜，當即覆信說「這些批語很有價值」，急於希望見到原書。毛國瑤趕到靖家去問書時，已經找不到了。是借走了呢？還是當廢品賣了呢？一家人誰也回答不出來。閣樓上的書籍雜物，一九六一年前後，曾被靖應鵾妻子當廢品賣掉過一批，但她說好像沒有賣過靖本。不久以後，周汝昌、吳世昌、吳恩裕也都從毛國瑤處要到了靖本批語，他們都不斷地給毛國瑤和靖應鵾、靖寬榮父子寫信，熱切要求追查這部書的下落。周汝昌在一九六五年元旦寫信給靖寬榮的信中說：「我願意強調向你說明，你家收藏的這部《紅樓夢》，恐怕是二百年來發現的各種舊鈔本最寶貴的一部。」周汝昌還說，靖本的特色是，保存了很多不見於其他諸本的朱墨批語，如寫秦可卿淫喪天香樓曾刪去「遺簪」、「更衣」諸文等等，從這些批語可以窺見原稿的某些重要內容。第一篇介紹靖本的文章就是周汝昌一九六五年七月廿五日在香港發表的。毛國瑤因爲一九五四年曾經掀起過一次對《紅樓夢》研究的大批判，頗具戒心，不願意將這部鈔本多作張揚，自己也不想發表文章，不料周汝昌的文章發表之後，第二年還是給他們帶來了一場災難。在四人幫文化大革命開始時，靖應鵾和毛國瑤都被加以「裏通外國」之罪，遭到連續批鬥，而且把靖家全部書籍抄光。一九六九年又將靖家全家下放到江蘇漣水農村。但靖本給他們帶來的災禍並未完結。一九七三年在半個紅學家遙領下，開展了所謂羣衆性的評紅運動，北京、南京等地於一九七四至七五年間曾多次分批派人來追問此書。靖家爲了查找這部靖本，把屋頂和地板都翻了過來。靖應鵾對妻子再三盤問，到底有沒有賣掉，但她實在記不起來了，靖應鵾夫婦是一九七九年六月從農村回到浦鎮東門，次年春節妻子去世，甚至在她臨終前夕，一家人還問她有沒有想起這件事來。後來靖應鵾說：「我爲這部《紅樓夢》吃足苦頭，幾乎被逼死，當時我窮得要命，出我五塊錢也肯賣了，我有甚麼理由不肯拿出來呢？」可是流言蜚語沒有停息，有的說靖應鵾仍在故作姿態，奇貨可居；有的則說毛國瑤原是弄虛作假，招搖撞騙，彷彿靖本一日不出，謠言永遠不會消失似的。去年四月，江蘇省「紅樓夢學會」在南京開會，毛國瑤、靖應鵾、和靖寬榮、王惠萍夫婦，四個人在會上分別作了關於靖本的報告。據說靖寬榮的妻子王惠萍在嫁到靖家之前，就在別處彷彿見到過靖本。王惠萍是安徽來安人，生於一九四六年，從小隨父親王春芳住在浦口。她和靖寬榮相識就在毛國瑤的家裏。那時靖寬榮爲靖本的事常去毛家，王惠萍去毛家時也很關心靖本的消息。兩人於一九六七年二月結婚，可以說是由毛國瑤促成的一段靖本姻緣。王惠萍在婚前曾與羅時金談過戀愛，羅原在江蘇出版社任編輯，下放到浦鎮東門供銷社，一九六〇年前後在東門廢品收購站工作過一段時間，恰巧靖本正在這時間丟失，因此羅很可能得到這部鈔本。特別值得注意的是，王惠萍就在他家裏玻璃書櫥內見到過有十厚册藍封皮的鈔本《紅樓夢》，和毛國瑤介紹的形狀相同。可惜她當時沒有仔細翻閱。羅比王大十多歲，因王父反對，故婚事未成。一九六四年毛國瑤陪同文學出版社編輯陳建根去找過羅時金，羅說「現在沒有了」，語氣間承認有過此書，羅在文革中被抄家，想來此書也被抄走了。是否靖本能夠找到，那只有盼望奇蹟出現了。總之，世局的譎詭無常，靖本的隱顯無定，誠不免令人感慨萬千，但靖本的眞實性卻是灼然可信，不容置疑的！

十年辛苦校書記

——「乾隆抄一百二十回紅樓夢稿校定本」的誕生

《紅樓夢》是中國開天闢地第一部小說名著，也是世界首屈一指的文學傑作。莎士比亞描寫了四百多個人物，分散在三十幾個劇本；而《紅樓夢》一部小說，便塑造了四百多個栩栩如生的人物。讚揚《紅樓夢》的言論太多了，我們不必繁徵博引。單看今年（民國六十九年）六月十六日至六月二十日，在美國威斯康辛大學召開的第一屆國際《紅樓夢》研討會，有來自各國八十多位紅學家，五天的時間，很緊湊的宣讀了五十餘篇論文。出席討論的，包括日本東京大學伊藤漱平教授、英國牛津大學霍克思教授，他們分別是「全部《紅樓夢》」的日譯和英譯的執筆人。從這一次空前的盛會，無疑的奠定了《紅樓夢》世界文學的崇高地位。以一部小說作爲專門研究的對象，而成爲世界文學中的顯學，開創了首次國際紅學研究盛會，這不能不說是中國文學的最大光榮。

遠在十五年前，鑑於《紅樓夢》這部傑作的優美精深，內容的豐富微妙，我在香港中文大學新亞書院中文系開設了一門「《紅樓夢》研究」的課程，成立了「《紅樓夢》研究小組」，創刊《紅樓夢研究專刊》。我呼籲愛好《紅樓夢》的人士，無論他對《紅樓夢》的看法如何，必須設法豐富《紅樓夢》本書及有關的資料，要盡力整理所有的資料，要好好利用所有的資料，要盡量流通所有的資料。我提出胡適之先生指示研究《紅樓夢》的方法說：「我們只須根據可靠的版本與可靠的材料，考定這書的著者是誰，著者的事蹟家世，著書的時代，這書曾有何種不同的本子，這些本子的來歷如何，這些問題乃是《紅樓夢》考證的正當範圍。」本來，研究一切的學問，閱讀一切的作品，都必須先求善本；何況，錯綜複雜的《紅樓夢》，研究的篇章汗牛充棟，評論的意見萬緒千端。但是，不論是事實考證，還是文學欣賞，總是不能不以《紅樓夢》的版本文字爲基礎。當初胡適之先生考證《紅樓夢》，有三點重要的結論：第一，《紅樓夢》前八十回的作者是曹雪芹；第二，《紅樓夢》後四十回是高鶚所僞造；第三，《紅樓夢》是作者隱去眞事的自敍傳，書中甄賈兩寶玉即是曹雪芹的化身，甄賈兩府卽是當日曹家的影子。這三點結論，胡先生自信是他獨到的發明。在胡先生提出他的主張時，曾和他任敎的北京大學的校長蔡元培先生，發生一場震撼全國的論戰。蔡先生認爲《紅樓夢》作者持民族主義甚摯，書中本事，在弔明之亡，揭淸之失。而胡先生則認爲《紅樓夢》是曹雪芹的自敍傳。由於胡先生考得曹雪芹的家世，發現脂評《紅樓夢》鈔本，故胡先生的說法，博得一般學者的信從。雖有人提出異議，但不斷發現的《紅樓夢》的舊鈔本。不論是庚辰本、己卯本、甲戌本，都是沒有後四十回的。所以無法證明胡先生說法的錯誤。直到發現了「乾隆鈔本百二十回稿」，胡先生的說法才眞正開始動搖。

談到這一鈔本，是民國四十八年三月，北平文苑齋書店所發現，爲目前鈔本中，唯一具有早期後四十回的鈔本，故簡稱「全鈔本」。由於原本封面題作「紅樓夢稿」，故又稱「紅樓夢稿本」，其七十八回有「蘭墅閱過」題字，故又稱「高閱本」。民國五十二年一月，中華書局據原本影印，其後鼎文書局、聯經出版事業公司、廣文書局又翻版複印。現在據影印本民國五十一年十一月的跋文說：

> 《紅樓夢》一書，向以八十回鈔本和一百二十回刻本分別流行於世，八十回鈔本附有脂硯齋和他人的批語，一般認爲是曹雪芹原稿的過錄。據平步青《霞外攟屑》卷九及鄒弢《三借廬筆談》卷十一中記載，這個本子曾經刊刻。但是這個刻本今天未見流傳。至於百二十回刻本則是由高鶚、程偉元等人的修改和增補過的，與原稿微有異同。程、高刻書的前一年，周春在《閱紅樓夢隨筆》中說有人以重價購得百二十回《紅樓夢》鈔本一部，看來程改付刻之前，百二十回《紅樓夢》已在社會上流行過。近年山西出現的乾隆甲辰夢覺主人序鈔本《紅樓夢》，似是這一類本子，惜止存八十回，

尚不足以證實周春的話。現在這個鈔本的發現和影印，幫助我們解決了一樁疑案。

這個鈔本的早期收藏者楊繼振，字又雲，號蓮公，別號燕南學人，晚號二泉山人。隸內務府鑲黃旗。著有《星風（規案：風當作鳳）堂詩集》。他是一位有名的書畫收藏家。原書是用竹紙墨筆鈔寫的。蓋有「楊印繼振」、「江南第一風流公子」、「猗歟又雲」、「又雲考藏」等圖章。楊繼振的朋友于源、秦光第等並有題字和題簽。于源字秋淦（泉），又字惺伯，辛伯，秀水人。著有《一粟廬合集》。秦光第次游，別號微雲道人。于源有＜贈秦次游（光第）兼題其近稿＞詩一首，可見亦是有著作的。他們兩個人都是楊繼振的幕客。秦次游在封面題簽上稱「佛眉尊兄藏」，楊繼振不聞有「佛眉」之號，或者這個鈔本在流傳到楊繼振手中以前，曾經爲「佛眉」其人收藏過。

楊繼振說這個鈔本是高鶚的手訂「紅樓夢稿」，不是最後的定稿。意思是說這個鈔本乃高鶚和程偉元在修改過程中的一次改本，不是付刻底稿。證以七十八回末有「蘭墅閱過」字跡，他的話應當可靠。但是無論如何，這個鈔本不是楊繼振所僞造，用以欺瞞世人，是可以斷定的。因爲前八十回的底稿文字係脂硯齋本，而脂硯齋本楊氏生前並未見過，這是斷然假造不出來的。我們從他公開從四十一回至五十回原殘闕，他照排字本補抄了，可見他也無意於作假。至於高鶚不在這本書的開頭或結尾來個署名，單單選定七十八回寫上「蘭墅閱過」四個字，實屬費解。如果說高鶚修改《紅樓夢》時，正是屢試不第，「閒且憊矣」，而七十八回原有一段關於擧業的文字被刪改了，或者他看到這等地方，有所感觸，因而寫下了他的名字，那到是意味深長的了。

當然，說這個鈔本是程偉元高鶚修改過程中的稿子，單憑四個字是不够的。主要的還應該是這個本子上修改後的文字百分之九十九都和刻本一致，只有極少數地方如回目名稱、字句、個別情節，稍微不同。由於基本上一致，所以我們說它是程、高改本。又由於兩者不盡相同，我們覺得它不是定稿。一般說來，兩個本子的文章字句，彼此雷同，不可能純粹出於巧合。它也可能有這樣的情形，卽程偉元買到這份稿子時，上面已經有人改過了。但是這與實際情況不符。程偉元在刻本序上只提到他所買到的本子是「漫漶殆不可收拾」，不曾說原鈔本上有塗改情況。因此我們覺得這個假定是不能成立的。此外也還可能有這樣情形，卽有人根據刻本修改他原來收藏的鈔本而成了現在這個樣子。我們認爲這也是不可能的。因爲修改的文字，從回目到情節都有與刻本不同的地方。旣然是照改，又故意改得不忠實，未免不合情理。

如上所云，根據我們的考察，這個鈔本是程、高修改稿，可能性最大。但是這個鈔本的價値卻不限於它是程、高的手訂稿這一點。首先，這個鈔本提供給我們一個相當完整的八十回脂硯齋的本子。這個百二十回鈔本的底本前八十回是脂本，這個脂本的抄寫時代應在庚辰與甲辰之間。說它在庚辰本之後，最明顯的一個例證就是十七和十八兩回已經分開。說它在甲辰本之前，我們根據的是這種情形：卽這個鈔本和甲辰本同樣改動了的地方，有的和甲辰本一樣，不留痕跡，如二十二回末尾謎語；但是更多的地方是保留修改痕跡，如五十八回藕官燒紙錢。這個鈔本雖然抄寫在庚辰本之後，但是仍有它的特色。如第四回開端有一首詩爲各本所無。將第五回起始二十九字移第四回末，第十六回記秦鍾之死，七十回柳絮詞「任他隨聚隨分」下有批語云：「人事無常，原不必戚戚也。」都是和別本不同或別本脫抄的。所以在脂本系統上，這個鈔本將佔有一定的地位。其次，通過這個鈔本，我們大體可以解決後四十回的續寫作者問題。自從有人根據張問陶《船山詩草》中的贈高鶚詩。〈豔情人自說紅樓〉的自注說「紅樓夢八十回以後皆蘭墅所補」，認定續作者是高鶚，並說程偉元刻本序言是故弄玄虛，研究《紅樓夢》的人，便大都接受這個說法。但是近年來許多新的材料發現，研究者對高鶚續書日漸懷疑起來，轉而相信程、高的話了。這個鈔本在這方面提供了一些材料，我們看到後四十回也和前八十回一樣，原先就有個底稿。高鶚在這個底稿上面做了一些文字的加工。這個底稿的寫作時間應在乾隆甲辰以前。因爲庚辰鈔本的二十二回末頁有畸笏叟乾隆丁亥夏間的一條批說「此回未成而芹逝矣」，仍保留殘缺的形式。但到甲辰夢覺主人序鈔本時就給補寫完整了。而且把原來寶釵一謎改作黛玉的，另給寶釵換製一謎，謎中有「恩愛夫妻不到冬」一句，並有批云：「此寶釵金玉成空。」可見這位補寫的人對寶釵後期生活是清楚的。這也就是說，後四十回所寫寶釵生活的文字，這位補寫的人見到過。或者後四十回竟是出於他一人的手筆，也很可能。因此，張問陶所說的「補」，只是修補而已。

後四十回旣大致可以確定不是高鶚寫的，而是遠在程、高以前的一位不知名姓人士所續，這樣一來，我們前面提到周春的話就得到了實物的證明了。看來這個鈔本不僅前八十回重要，而整個百二十回鈔本更是在《紅樓夢》的版本史上佔着不可輕視的地位。

以上跋文的描寫，大致已把這鈔本的重要性表達出來。經過十多年來，許多專家學者，繼續有甚多發現。總括說來，這部鈔本，在版本和文學兩方面都有極重大的關係和貢獻。現在先說版本的問題。

第一，這個鈔本的前八十回，是程小泉、高鶚整理《紅樓夢》時，廣集各種脂評鈔本，命抄手將舊本重抄，抄手不止一人，所以字體筆迹有異。而且所採取不同的鈔本，也經過「廣集核勘，准情酌理，補遺訂訛」的手續，例如此鈔本，第十六回首頁下半頁不曾寫完，留下許多空白，第二頁開首有三行半和第一頁重複。這三行半重複的文字頗有出入。兩頁的筆迹不同，顯然是兩個不同的抄手分抄兩個不同的稿本。第一頁賈赦賈珍，第二頁作賈珍賈赦，比較起來，第二頁文字較差，所以將第二頁三行半文字鈎去。又如第二十七回起首兩頁實在只有一頁半，其第二頁之下半空白，而第三頁之首有重複的二十七個字被刪去，這顯然又是兩個不同的抄手分抄兩個的不同的稿本。這被刪去的二十七個字，第一句「紅玉連忙棄了衆人」，第二頁重複的文字作「紅玉連忙撇了衆人」。程、高有意要《紅樓夢》口語化，「撇了」比「棄了」更覺順口，所以第三頁首重複的文字就被刪去了。還有第六十三回，庚辰本、戚本有芳官改名「溫都里」、「雄奴」、和改妝成土番二段文字，這個鈔本沒有，是因爲其中提到匈奴、土番等等，在程、高時代，深怕觸犯文字獄，所以把它刪去。但在第七十回一頁，還保留「溫都里」、「雄奴」幾個名字沒有刪淨，如果此稿本不是脂本，便不會有此遺痕；如果此稿本是脂本的原本，則六十三回斷不會恰恰將觸犯忌諱的幾百字遺落，這顯然是他們整理時有意刪去。至於全鈔本根據脂本的具體情況。我的學生王君三慶在他的博士論文《紅樓夢版本研究》中有詳細的說明。他從各本校勘的結果，證明全鈔本有根據甲戌本或晉本系統的文字，有根據戚本系統的文字，有根據己卯本系統的文字。尤其是他證明現存的怡府己卯本及庚辰本，過錄時已刪去批語，現在全鈔本所用的己卯本的底本，絕非從現存的怡府己卯本過錄，而是比怡府過錄本更早的帶批的己卯原本。我今年參加美國陌地生紅學研討會時，看見大陸影印的怡府過錄己卯本，據專家學者說，他們曾用己卯本和全鈔本校對，發現全鈔本首七回和己卯本相同，可以證明王三慶君的發現非常正確。由此可知這一鈔本在《紅樓夢》版本史上的重要。

其次，這鈔本前八十回，不但確是脂評本，而且文字有勝過諸脂本之處。如前七回中有回首總評，有回首回末的題詩，有正文中雙行夾批的評語。由這些殘餘的評語，不但可證明與脂評本不同，也可證明有勝過諸脂本之處。如第六回回末詩云：「得意濃時易接濟，受恩深處勝親朋。」庚辰本易作是，是字恐怕是易字之誤。第二回：「偶因一着巧，便爲人上人。」庚辰本作「偶然一着錯，便爲人上人」，甲戌本作「偶因一着錯(點去後改作回顧)，便爲人上人」。比較起來，此鈔本作「偶因一着巧，便爲人上人」，文義似乎勝過其他各本。

還有，此鈔本和程乙本相校，可以證明此回的底本是脂本，而且可以校正程刻本的脫誤。試看五十三回程乙本一段文字：

> 賈珍命人拉起他來，笑說：「你還硬朗？」烏進孝笑道：「不瞞爺說，小的們走慣了，不來也悶的慌。他們可都不是願意來見見天子脚下世面！他們到底年輕，怕路上有閃失，再過幾年就可以放心了。」

此鈔本作：

> 賈珍命人拉起他來，笑說：「你還硬朗？」烏進孝笑回：「托爺的福，還走得動。」賈珍道：「你兒也大了，該叫他走走也罷了。」烏進孝笑道：「不瞞爺說，小的們走慣了，不來也悶的慌。他們可都不是願意來見見天子脚下世面！他們到底年輕，怕路上有閃失，再過幾年就可以放心了。」

上面加圈的幾句，程乙本沒有，此鈔本補加在行間，顯然是付刻時脫落了。因爲沒有這幾句話，便缺少了烏進孝答覆賈珍的話，也缺少了賈珍提到烏進孝兒子的話，前後文便成爲答非所問了。由此更可證明此本是程、高刻本付刻前的稿本。程乙本此回還有一段文字：

賈母歪在榻上，……榻下並不擺席面，只一張高几，設著高架纓絡、花瓶、香爐等物。外另設一小高桌，擺著杯，在傍邊一席，命寶琴、湘雲、黛玉、寶玉四人坐著。每饌果菜來，先捧給賈母看，喜則留在小桌上嘗嘗，仍撤了放在席上，只算他四人跟著賈母坐。下面方是邢夫人、王夫人之位。

此鈔本作：

賈母歪在榻上，……榻下並不擺席面，只一張高几，設著高架纓絡、花瓶、香爐等物。外另設一小高桌，擺著杯，在傍邊一席（規案：「在旁邊一席」五字塗去。旁加「箸，將自己一席設於榻旁」十字。），命寶琴、湘雲、黛玉、寶玉四人坐著。每饌果菜來，先捧給賈母看，喜則留在小桌上嘗嘗，仍撤了放在席上，只算他四人跟著賈母坐，下面方是邢夫人、王夫人之位。

現在刻本沒有「箸」字，這句的意義便不完足。沒有「將自己一席設於榻旁」一句，便顯不出寶琴四人跟隨賈母一席而高居邢王之上的意義。可見刻本是照原稿本付刻，卻沒有照修正的稿本付刻。可以說是付刻時的疏忽。由於程乙本脫落必要的字句，而此鈔本卻具備必要的字句，所以此鈔本必是程乙本之前的稿本。由於此鈔本添補的字句，和庚辰本、戚蓼生本都大同小異，所以知道此鈔本的來源是脂評本，而且是庚辰本、戚蓼生本另外的一個脂評本。

再從此鈔本的優點看來，有許多程刻本字句脫誤，詞意不通之處，單單只有此鈔本不誤，可以證明此鈔本是程、高刻本以前的脂本。如：

第十四回二頁下：「待王興家的交過牌，」程甲、乙本都作「待王興交過牌，」甲戌本、庚辰本、戚蓼生本也都作「待王興交過牌。」此文承接前面「王興的媳婦」、「王興家的」領牌的事件，應該作「王興家的」方合。如果脫去「家的」二字，就成為王興直接向鳳姐交牌而非他的老婆去交牌。不合舊時代貴族家庭的情況。此回鈔本的文句未經過塗改，可見是程、高刻本以前稿本的原文，這是刻本脫去了「家的」二字，應該據此鈔本補正的。

第六十二回五頁上：「平兒道：『不回去也罷，我回去說一下就是了。』探春點點頭道：『這麼着就攆出他去，等太太來了，再回定奪。』說畢仍又下棋。」此文原一點不錯的，因為攆丫頭的事當由探春作主，俟王夫人回來再最後決定，平兒是不會這樣專擅的。但己卯、庚辰、程甲、乙本並無此「探春點點頭道」，連下逕作平兒語。只有戚蓼生本有「探春點點頭道」句，和此鈔本同樣不誤。可見是程、高刻本付刻時脫去了此句。

又有此鈔本原文很優美，卻被程、高塗去，程刻本便照塗改後的文字付刻，如：

第十九回第六頁上「襲人對寶玉說：你果然都依了，就是拿八人轎子九人抬，我也(抬)不出去了。」程、高把加圈的字抹去，「也」下加「抬」字；原文非常俏皮活潑，經程、高改成「你果然都依了，就拿八人也抬不出去了。」顯得文義不通順而又呆板極了。

第八十回一頁上「金桂對香菱說：你雖說的是，只怕姑娘多心，說我起的名字，反不如你意。你能來了幾日，就駁我的回了。」這番語言顯示金桂的詞鋒尖銳，咄咄逼人。「反不如你意」，當釋爲「我起的名字反不合你的心意！」程、高把「說我」以下加圈的幾句抹去，以致現在程刻本也沒有這幾句抹去的文字。

我們再看第六十三回和七十回有觸犯時諱的文字。第六十三回芳官改名改妝二段文字，庚辰本、戚蓼生本都有幾百字的描寫，因爲屢屢提到匈奴、土番，怕會觸犯文字獄，已被程、高刪去。到了第七十回，原稿還保留原來的文字，仍有「溫都里」、「雄奴」之名，現在將此鈔本此段的正文錄下：

這日清晨方醒，只聽得外間屋內咭呱之聲笑不斷，襲人因笑說：「你快出去解救，晴雯和麝月兩個人按住溫都里那兒隔肢呢！」寶玉聽了，忙披上灰鼠襖子出來一瞧，只見他三人被褥尚未疊起，大衣也未穿。那晴雯只穿著葱綠苑紬小襖紅小衣紅睡鞋，披著頭髮，騎在雄奴身上。麝月是紅綾抹胸，披著一身舊衣，在那裏抓雄奴的肋肢，雄奴卻仰在炕上，穿著撒花兒的緊身兒，紅褲綠襪，兩脚亂蹬，笑的喘不過氣來。寶玉忙笑說：「兩個大的欺負一個小的，等我助力。」說著也上床來隔肢晴雯。晴雯怕癢，笑的忙丟下雄奴，和寶玉對抓。雄奴趁勢又將晴雯按倒，向他肋下抓動。襲人笑說：「仔細凍著了。」看他四人裹在一處到好笑。忽有李紈打發碧月來說。

庚辰本作：

這日清辰方醒，只外間房內咭呱笑聲不斷，襲人因笑說：「你快出去解救，晴雯和麝月兩個人按住溫都里那隔肢呢！」寶玉聽了，忙披上灰鼠襖子，出來一瞧，只見他三人被褥尚未疊起，大衣也未穿。那晴雯只穿葱綠苑紬小襖，紅小襖紅小衣紅睡鞋，披著頭髮，騎在雄奴身上。麝月是紅綾抹胸，披著一身舊衣，在那裏抓雄奴的肋肢，雄奴卻仰在炕上，穿著撒花緊身兒，紅褲綠襪，兩脚亂蹬，笑的喘不過氣來。寶玉忙上前笑說：「兩個大的欺負一個小的，等我助力。」說著也上床來隔肢晴雯。晴雯觸癢，笑的忙丟下雄奴，和寶玉對抓，雄奴趁勢又將晴雯按倒，向他肋下抓動。襲人笑說：「仔細凍著了，」看他四人裹在一處倒好笑。忽有李紈打發碧月來說。

此鈔本的正文和庚辰本戚蓼生本幾乎全同，可見此鈔本的正文是根據脂評本。經程、高塗改，此鈔本的文字就成為如下：

> 這日清晨方醒，只聽得外間屋內咭咭呱呱，笑聲不斷。襲人因笑說：「你快出去拉拉罷，晴雯和麝月兩個人按住芳官那裏隔肢呢！」寶玉聽了，忙披上灰鼠長襖，出來一瞧，只見他三人被褥尚未疊起，大衣也未穿，那晴雯只穿著葱綠杭紬小襖，紅紬子小衣兒，披著頭髮，騎在芳官身上。麝月是紅綾抹胸，披著一身舊衣，在那裏抓芳官的肋肢，芳官卻仰在炕上，穿著撒花緊身兒，紅褲綠襪，兩脚亂蹬，笑得喘不過氣來。寶玉忙笑說：「兩個大的欺負一個小的，等我來撓你們。」說著也上床來隔肢晴雯。晴雯怕（程乙本作觸，與庚辰本同。）癢，笑的忙丢下芳官，來和（程乙本作合）寶玉對抓，芳官趁勢將晴雯按倒。襲人看他四人滾在一處，到好笑，因說道：「仔細凍著了可不是頑（程乙本作玩）的。都穿上衣裳罷！」忽見碧月進來說。

這段文字顯然是經程、高潤色過的。除了六十三回的忌諱文字已經整段刪去，在第七十回裏仍殘留溫都里、雄奴幾個名字，到後來發覺纔加以改正。

以上簡單說明「百二十回鈔本」前八十回在脂評本版本上的重要和優越。以下再簡單說明此一鈔本在文學上的重要和貢獻。我們試看前八十回鈔本，正文夾着的修改文字，實在是一個稿本再根據其他稿本修改而成的。即如此鈔本六十七回的文字，起首說：「話說尤三姐自盡之後，尤老娘和二姐賈璉等俱不勝悲痛。」己卯本作「話說尤三姐自盡之後，尤老娘合二姐兒賈珍賈璉等俱不勝悲慟。」現在程乙本文字全同己卯本，與此鈔本不同，與戚蓼生本也不同，可見程乙本的文字是根據己卯本，但在此鈔本上並未修改。本來尤三姐自盡，尤老娘和二姐賈璉這一對悲痛是「理所當然」，扯上賈珍就算是多餘的了。又下文：「興兒道：「奶奶問的什麼事？」興兒下旁加「戰兢兢的朝上磕頭道」；「你二爺外頭娶了什麼新奶奶舊奶奶的事，你大概不知道啊！興兒連忙磕頭道。」興兒下旁邊也加了「見說出這件事來，越發着了慌，連忙把帽子抓下來，在磚地上咕咚咕咚碰的頭山響，口裏說道。」幾句；「只求奶奶超生，奴才再不敢撒慌」，「撒」字下旁加「一個字的」；「興兒回道」，興兒下又在旁邊加「直蹶蹶的跪起來」一句：這一類增加的文字，很像是程、高有意增加潤色的，然而這些增加的文字，竟完全和己卯本相同。可見此鈔本的正文是己卯本以外的一個鈔本。行間修改的文字是程、高依據己卯一類的鈔本加以潤色的。

還有程、高引言說：「其間或有增損數字處，意在便於披閱，非敢爭勝前人」，這話不僅是事實，而且在文章修辭上也極有裨益。我們看第二十回的一節，庚辰本作：

只見李嬤嬤（戚本作媽媽，下同。）拄著拐棍，在當地罵襲人忘了本的小娼婦，我抬舉起你來（戚本作你起來），這會子我來了，你大模大樣的倘（戚本作淌，下同。）在炕上，見我來也不理一理，一心只想粧狐媚子哄寶玉，哄的寶玉不理我，聽你們的話。你不過是幾兩臭銀子買來的毛丫頭，這屋裏你就作耗，如何使得！好不好拉出去配一個小子，看你還妖精似的哄寶玉不哄。襲人先只道李嬤嬤不過爲他倘著生氣，少不得分辨說：病了，才出汗，蒙著頭，原沒看見你老人家等語（戚本作話）。後來只管聽他說哄寶玉粧狐媚，又說配小子等（戚本等下有話字），由不得又愧又委曲，禁不住哭起來。

此鈔本的正文作：

只見李媽媽拄著拐棍，在當地罵襲人忘了本的小娼婦，我抬舉起來的，這會子我來了，你大模大樣淌在炕上，見我來也不理一理，一心只想狐媚子哄寶玉，哄的寶玉不理我，聽你們的話。你不過是臭銀子買來的毛丫頭，這屋裏你就作耗，如何使得呢！好不好拉出去，我問你還哄寶玉不哄。襲人先只道李媽媽不過爲他淌著生氣，故還說道：我低著頭，原沒看見你老人家等語。後來聽他哄寶玉粧狐媚等語，由不得又愧又委曲，禁不住哭起來了。

此鈔本經修改後，文字和程乙本幾乎完全相同，程乙本云：

只見李嬤嬤（此鈔本作媽媽）拄著拐杖，在當地罵襲人：忘了本的小娼婦兒！我抬舉起來，這會子我來了，你大模廝樣兒的躺（此鈔本作淌）在炕上，見了我也不理一理兒（此鈔本無兒字）。一心只想妝狐媚子哄寶玉，哄的寶玉不理我，只聽你的話。你不過是幾兩銀子買了來的小丫頭子罷咧，這屋裏你就作起耗來了！好不好的，拉出去配一個小子，看你還妖精似的哄人不哄（此鈔本不哄下有人字）！襲人先只道李嬤嬤不過因他躺著生氣，少不得分辨說：「病了，才出汗，蒙著頭，原沒看見你老人家。」後來聽見他說「哄寶玉」，又說「配小子」，由不得又羞又委曲，禁不住哭起來了。

從以上一節各本文字的異同，加以分析，又可看出修改的多種原因：

第一、可能是由於斟酌文意的結果 如庚辰、戚本說：「你不過是幾兩臭銀子買來的毛丫頭，」全鈔本正文作「你不過是臭銀子買來的毛丫頭。」修改的人可能考慮「臭銀子」這句話有多少語病，因爲銀子是賈府的，詆賈府的銀子爲臭銀子，而出之於賈府下人之口，似乎是不應該，所以全鈔本改文便刪去「臭」字，修正爲「你不過是幾兩銀子買來的」。這是訂正底本的文意的地方。

第二、可能是由於斟酌語氣的結果 如庚辰、戚本說：「你不過是幾兩臭銀子買來的毛丫頭，這屋裏你就作耗，如何使得！好不好拉出去配一個小子。」全鈔本正文作：「你不過是臭銀子買來的毛丫頭，這屋裏你就作耗，如何使得呢！好不好拉出去。」修改的人可能考慮到「如何使得」這句話多少帶點商度的口吻，語勢略嫌和緩，不合李媽媽憤怒的口氣；所以全鈔本改文刪去這句話，修改爲「你不過是幾兩銀子買了來的小丫頭子罷咧，這屋裏你就作起耗來了！好不好的，拉出去配一個小子。」這是斟酌文氣而訂正底本的地方。

第三、可能是由於斟酌說話人身分的關係　如庚辰、戚本，全鈔本正文的「你大模大樣」，修改的人覺得普通人口語中通常說的一大模大樣」，在李媽媽這等粗人說成「大模廝樣」，似乎更傳神一點。《品花寶鑑》第二回：「聘才見這大模廝樣的架子」，「大模廝樣」一詞，好像還有裝腔作勢的意味。

第四、可能是由於文言白話異同的關係　其中有的是爲了文言和白話用字的不同而改易的，如庚辰、戚本，全鈔本正文都同作「由不得又愧又委曲」，修改的人覺得文言的「愧」，白話應該說「羞」，如「羞人答答」、「羞口羞腳」，不會說成「愧人答答」、「愧口愧腳」，因此改爲「由不得又羞又委曲」。有的是爲了夾雜著文言詞彙而加以刪改的，如庚辰本的「原沒看見你老人家等語」，戚本的「原沒看見你老人家等話」，全鈔本的「原沒看見你老人家等語，後來聽他說哄寶玉裝狐媚等語」？修改的人可能認爲這類文言詞彙，看起來刺眼，聽起來逆耳，所以把「等語」、「等語」之類全都刪去，整個文句也相應的加以必需的潤色。

以上四種修改文章的現象，前三種是一般性普遍性的修辭方法。不論任何時代的文章，任何性質的文章，任何作者的文章，他們可以把不適當的字句，換成適當的字句；把不適當的文勢，換成適當的文勢；把不適當的文意，換成適當的文意。不過換來換去，本底是文言，還是換成文言，本底是白話，依然換成白話。對於文體的本質，是不會有所改變的。只有修改的人存心要把作品徹底口語化，纔會有上舉第四種修改方法所造成的現象。《紅樓夢》的作者，蓄意要用白話寫成他的鉅著，這在第一回開場白中，早已表明，人所共知，不須多費解釋。不過中國傳統的白話小說，不管是《水滸傳》也好，《三言二拍》也好，都不免夾雜著許多文言字句。《紅樓夢》這部白話小說，初期也不免有此現象。我們細心觀察，便可發現這部書的稿本，輾轉傳抄，到排版印刷，其間文字是曾經多次修改的。根據前後修改的痕迹，除內容情節描寫種種因素外，有一個非常重要的原則，也可以說是刪改文字的大動力，便是要把這部白話小說中夾雜著的文言成份，加以淘汰。換句話說，便是要把《紅樓夢》這部小說徹底口語化。我們甚至可以說，必須經過這番工作，《紅樓夢》纔能成為眞正純淨的白話小說。這在《紅樓夢》修辭潤色的加工過程是值得特別的注意，而《紅樓夢》一書能成為國語文學的寫作範本，更是應該大書特書加以表彰頌揚的事實。

至於《紅樓夢》後四十回，是程小泉積累收集的一個鈔本，其間頗有漫漶之處，每回篇幅也比前八十回簡短。為了使全書分量均勻，不得不加以擴充。由於這現實的限制，故除了一兩個字的刪改之外，便只有增加而無刪減，這種現象，正是引言中所說：「書中後四十回係就歷年所得，集腋成裘，更無他本可考，惟按其前後關照者，略為修輯，使其有應接而無矛盾。至其原文，未敢臆改」的原故。因此程、高當年在加工整理的過程中謹守的原則，就是一方面要增修原稿本的文句，另一方面又要儘量不丟棄原稿本中的字句。原稿本字句都是需要保留的，在這個條件下來修改文章，便只有用增加文字的辦法來美化它。書中增添得少的就寫在行間；增添得多到行間不能容納的就另紙謄寫，附粘在該頁書上。這些附條文字，往往加有符號，如第八十四回第二頁前半頁附粘有一紙凡五行三百餘字，文接第九行「過些時自然就好了」句，句下加一「○」，附條第一行之首也加一「○」，以表示銜接關係。由於此一線索，凡正文中加有「○」號，而沒有附條的，把程刻本校對，都發現有增加的文字，這必是原書的附條脫去了。如第八十二回第一頁後半頁第十一行「他兩個也睡了」句下加「○」，程乙本此下多後面一段文字：

及至睡了一覺，聽得寶玉炕上還是翻來覆去，襲人道：「你還醒著呢麼?你倒別混想了，養了神，明兒好念書。」寶玉道：「我也是這樣想，只是睡不著，你來給我揭去一層被。」襲人道：「天氣不熱，別揭罷。」寶玉道：我心裏煩躁得很，自把被窩褪下來。襲人忙爬起來按住，把手去他頭上一摸，覺得微微有些發燒。襲人道：「你別動了，有些發燒了。」寶玉道：「可不是!」襲人道：「這是怎麼說呢!」寶玉道：「不怕，是我心煩的原故，你別吵嚷，省得老爺知道了，必說我裝病逃學；不然，怎麼病的這麼巧?明兒好了，原到學裏去，就完事了。」襲人也覺得可憐，說道：「我靠著你睡罷。」便和寶玉捶了一回脊梁，不知不覺，大家都睡覺了。

這一段話，大約是程、高添補的。原稿「他兩個也睡了」下云：

次日，直到紅日高升方才起來。寶玉道：「不好了，晚了!」急忙梳洗畢，問了安，就往學校裏來了。代儒道：「怪不得你老爺生氣，說你沒出息，第二天就懶惰，這時候才來。」寶玉便推晚上發燒，故此起遲，方過去了。

可見原稿是寶玉起遲，托詞推說是晚上發燒。程、高改寫爲發燒，故將「推」字圈去，改爲「寶玉便把昨兒晚上發燒的話說了一遍，方過去了。」他們的意思，覺得如此改寫較爲妥貼。這段文字本是附條粘在上面，不知何時脫落了。從此頁的書眉上還有「我」、「裏」、「都」幾個字，顯然是附條脫粘後遺留下來的殘字。

總之，仔細察閱此鈔本的改文加工，前八十回的修補，係廣集各家鈔本，有所依據而修補的。後四十回的修補，是因更無「他本可考」，故「惟按其前後關照者，略爲修輯，至其原文，未敢臆改」，所以儘量保留原文。可以說前八十回的加工近於「校補」，後四十回的加工近於「創作」。而其方法不外兩類。一類是將文言文用字改成口語，如將「等語」、「等話」之類刪去，加以改寫。一類是美化原來的文句及情節，加以生動細膩的描寫。無論前八十回的校定，和後四十回的添補，都是出於同一的手法。我們讀完此一鈔本之後，覺得在文學或考證各方面，都有發掘不盡的資料；但是，鈔本的文字，有時潦草難認，有時模糊不清，有的塗抹，有的圈改，有的密密麻麻的旁加，有的整條整頁的添補。閱讀起來，萬分頭痛；研究起來，十分困難，更談不上供給一般人的欣賞享受了。

爲了閱讀研究，受盡了辛苦，很想將他整理成爲清本，一快讀者耳目。民國五十五年，我在香港中文大學新亞書院中文系，開設的「《紅樓夢》研究」課程中，發動學生，經過兩年多，抄成一份清本。後來覺得改文的重要，又重新再抄一部，正文用墨筆，改文用朱筆，如此一來，參加分抄的同學前後不下五、六十人，也費去了他們五、六年的課餘的時間。接著我受聘文化學院任教，又成立了「《紅樓夢》研究小組」，經過五、六年時間，參加的同學以百數。每星期一、三、五夜晚，閱讀此鈔本，討論問題，詳細確認此鈔本的文字。發現此鈔本無論是一字兩字的圈改，一行兩行的塗抹，或整段整頁的添補，都和脂評本、程刻本有極大的關係；對文章修辭練字都有極大的啓示。考訂版本也好，研究寫作也好，這一鈔本都有采獲不盡的資料。因此我們將此鈔本任何的改動，都把它做成札記，爲研究者提供了翔實便利的資料。又將此鈔本的文字仔細校訂，正文用墨筆，改文用朱筆，並加句讀標點。成爲一個人人可讀的本子。因爲朱墨分色，文字修改的過程，可以一目了然。對於寫作欣賞有極大的幫助。我們知道程刻本是活字擺印，非常容易誤植，如「士隱」倒成「隱士」，「整理」錯成「整裡」，眞是不一而足。所以後來東觀閣翻刻本的題記說：「《紅樓夢》一書，向來只有鈔本，僅八十卷。近人程氏搜輯刊印，始成全璧。但原刻係用活字擺成，勘對較難，書中顚倒錯落，幾不成文；且所印不多，則所行不廣。」可見程小泉他們當初整理鈔本付印時，限於擺版的設備和技術，已不能臻於完善精美。現代坊間印行的《紅樓夢》，沒有一本不是根據程刻本輾轉翻印的；除了印刷裝潢方面，不可能作出更多的貢獻。現在我們根據程刻付印前的底本——一百二十回鈔本，和程刻本及其他鈔本斟酌校訂，整理成一部《乾隆一百二十回全鈔本校定紅樓夢》，排版後用朱墨兩色套印，並另附詳細校記。我相信這是比程刻本更符合原稿的一個本子，也可能是程刻本以後更完善更正確的一個本子。至於用朱墨套印，恐怕在《紅樓夢》版本史上也創下了空前未有的紀錄。因爲我們的朱墨套印，有閱讀的爽利，也有文學欣賞、寫作技巧、版本考訂種種的效益，比之《書林淸話》豔稱華刻、閔刻的套印本，意義價値自然大不相同。這一份成果，是我們幾百位靑年同學十年辛苦的收穫，也是我們幾百位靑年同學十年辛苦的期待。在本書付印之前，整理勘對，淸寫校記，都由王君三慶獨力承擔。這是爲此本付出精力最多的一位同學，也是對此本做出貢獻最多的一位同學。我們必須在此特別提出，加以表揚。記得十五年前，我呼籲愛好《紅樓夢》的人士，要盡力整理流通所有的資料。多年來，很幸運的不斷得到海內外愛好《紅樓夢》人士的迴響和協助，我們現在以感激報答的心情，將我們辛苦工作的一點成果奉獻給海內外所有愛好《紅樓夢》的人士，希望他們能得到一分便利、一分滿足；更希望他們能隨時指正我們的錯誤，引導我們的工作，促使我們對《紅樓夢》這一部書這一門學問，還能做出更多的貢獻！

中華民國六十九年十二月八日初稿。七十一年四月八日，潘重規增訂於中國文化大學中文研究所。

紅學史上一公案

——程偉元僞書牟利的檢討

傳播《紅樓夢》一書的功臣，最具勞績而又最受寃屈的，要數程偉元。百二十回《紅樓夢》是他搜集成書的，編校刻印是由他主持的，然而長期以來，人們誤認他不過是一個書商，所以校補《紅樓夢》的工作，都歸功於高鶚，而程偉元只落得一個串通作僞，投機牟利的惡名。天地間不平之事寧復過此。

前幾年，周汝昌購得程偉元繪的一面摺扇，畫上有題記云：「此房山仿南宮，非仿元暉之作。米家父子雖一洗宋人法，就中微有辨，爲于煙雲縹緲中著樓台，政是元章奇絕處。辛酉夏五（案：辛酉爲嘉慶六年——一八〇一），臨董華亭寫意，程偉元。」鈐連珠二小方印，文曰「臣」（白文）「元」（朱文）。據此繪事，知他不僅工於翰墨，也應是科名中人，我看了此畫的影本，已對程氏是書商之說，深爲懷疑。近見文雷〈程偉元與紅樓夢〉一文，更可斷定程偉元決非牟利的書商。此文發現有關程偉元的新資料，計有：(一)晉昌給程偉元的唱和詩九題四十首；(二)孫錫〈贈程小泉（偉元）〉七律一首；(三)劉大觀題程偉元畫的「柳陰垂釣圖」古風一首；(四)金朝覲題程偉元畫册的詩並序；(五)晉昌、程偉元、李楘、劉大觀、周錢齡、明義等人爲晉昌的《且住草堂詩稿》寫的序跋。根據這些新得的材料，可以獲得下列許多事實：

一、程偉元的生卒年　根據李楘〈且住草堂詩稿序〉說：「程君小泉，余之同學友。」程、李既然是同學，年齡應該相彷彿，比照李楘的生年，程偉元大約生於乾隆十年（一七四五）。又根據程的受業弟子金朝覲〈題程小泉先生畫册〉詩的內容，程大約卒於嘉慶二十三年（一八一八），享年七十三歲左右。

二、程偉元的籍貫　據李楘是他早年同學這一事實，李楘是江蘇長洲人，從小在自己家鄉發蒙進學，參加鄉試，程和李是同學，自然應在同一地區上學。在清代，江蘇省蘇州府治吳、長洲、元和三個縣，辛亥革命後廢長洲、元和二縣，併爲吳縣，即今蘇州。因此，程偉元可能是蘇州人。

三、程偉元的家世　據晉昌贈他的一首詩說：「義路循循到禮門，先生德業最稱尊，箕裘不墜前人志，自有詩書裕子孫。」看起來，程氏確是一個書香門第。

四、程偉元的科名　據晉昌贈他的詩，說：「況君本是詩書客，雲外應聞桂子芬。」又說：「脫卻東山隱士衫，泥金他日定開緘。」這是程偉元在晉昌幕府時，晉昌鼓勵他去再考進士的。在唐代，新進士及第，以泥金書帖子，附家書中，用報登科之喜，晉昌對他說：「脫掉那件東山隱士的長衫吧，你去應考，一定會高中進士的。」如果他沒有中過舉，怎能以秀才的身分去考進士呢！所以程偉元應該是個舉人。乾隆末年，他寓居京師，大概也像高鶚似的，是在京等待參加會試。後來，高鶚中了進士，做了達官，「爬上高枝兒去了」。程偉元卻橐筆關外，成了晉昌的幕府僚屬。

五、程偉元的才名　據晉昌贈他的詩說：「文章妙手稱君最，我早聞名信不虛。」可見早在乾隆末年，程偉元待考京師時，他的才名已經高出同時文士之上。故晉昌以宗室貴族，在出鎮盛京時，特地延請他入幕，佐理奏牘。晉昌是清太宗皇太極之後，恭親王常寧五世孫。從嘉慶五年起，曾「前後三持節」（裕瑞詩句）——三次擔任盛京將軍之職。程偉元不但是盛京將軍的僚佐，而且是盛京將軍的詩友。正如晉昌詩中常常咏嘆的，每當他們在「把酒」、「賦詩」、「酒與偏教詩興濃」的時候，往往是「放懷」、「忘骸」、「忘形莫辨誰賓主」的。當然，能夠同這位詩人將軍「爲忘形交」、「作文字飲」的程偉元，顯然不是一個牟利的商人。

六、程偉元的文藝　據李棨在〈且住草堂詩稿跋〉中說，程小泉「工於詩」，晉昌「凡席中聯句，郵筒報答，必與之偕。」而「新詩清潤勝琅玕」、「瑤章三復見清新」，都是晉昌對程偉元的評語。可見程偉元的詩歌，決不會像高鶚詩的庸俗下流，李棨又說：「程亦擅長字畫」。金朝覲詩有「昔我立程門，臨池學作字」之句，更說明程偉元不僅是晉昌幕府的西賓，還是瀋陽書院的兼職教授。程偉元又曾爲晉昌官署中的「安素堂」，題了「蘭桂清芳」四個大字的匾額，可見他不但能寫扇面上的蠅頭小字，也能作擘窠大書。程偉元擅長繪畫，李棨已明確講了。辛酉夏五月的畫扇，就是很好的物證。他的作品，在他的友人詩文中提及的，有嘉慶七年爲晉昌祝壽畫的一本羅漢册。有嘉慶十年左右爲友人善怡庵畫的小像。劉大觀咏詩，題爲〈題覺羅善觀察怡庵柳陰垂釣圖〉。這個善怡庵，就是高鶚的及門弟子增齡、華齡的父親。而詩人劉大觀和善怡庵是先後同僚。同高鶚妻舅名詩人張船山訂過交，又爲敦誠的《四松堂集》稿本寫過跋，和《紅樓夢》傳奇寫序的作者吳雲更是至交。他和程偉元交誼頗篤，所以嘉慶十九年，善怡庵署理荆南道（湖北宜昌）時，邀請劉大觀到湖北作客，在酒筵上，拿出程偉元畫的柳陰垂釣圖來，「千巵請買瓊琚詞」，劉大觀便乘著酒興，即席題詩，唏噓不已：「此圖出自小泉手，我與小泉亦吟友，當時盛京大將軍，視泉與松（規案：劉大觀，字松嵐）意獨厚。將軍持節萬里遙，小泉今亦路迢迢，聚散升沈足感慨，白首何堪還一搔。」由詩意看來，劉大觀不但有故友星散之感，也有爲程小泉懷才不遇的惋嘆。綜觀以上發現的資料，程偉元確是個多才多藝的文士，他出身書香門第，才名早著，雖未顯達，卻有科名，往還的朋友都是文學有造詣的仕宦中人，可見他決非一個書商。他在京師應試期間，不但未醉心功名，還苦心搜積《紅樓夢》佚稿，使《紅樓夢》得流傳後世，可見他不是一個世俗的上進舉子。更看他在有權有勢的奉天大將軍幕府中時，訪問他的知己詞人孫錫，一面展畫吟詩，傾吐懷抱。孫錫贈他的詩說：「冷士到門無暑意，虛堂得雨有秋心。」可見程偉元不但是一個文人，而且是一個襟懷恬淡，品格清高的才士。可惜近代研究《紅樓夢》的人，不顧事實，憑空立論，對程偉元加以種種汚衊。胡先生說：「程序說先得二十餘卷，後又在鼓擔上得十餘卷，此話便是作僞的鐵證。」一般學者更推波助瀾說：「程偉元是一書商，可能沒有任何有關此人之史料流傳下來（趙岡《紅樓夢新探》頁二六四）。」這一類說法，對後來的研究工作有極大的影響。前年，余英時教授在〈關於紅樓夢的作者和思想問題的商榷〉（香港《中華月報》，民國六十三年一月號）一文中，便嚴肅的說：「高、程二子在紅學考證中乃是被告，從嚴格的方法論的觀點說，正像陳援庵先生所謂『在其本身訟事未了以前，沒有爲人作證的資格。』」衆口鑠金，人言可畏，程偉元已成爲僞造《紅樓夢》的主犯了！我看到有關程偉元的新資料以後，不能不呼籲愛好《紅樓夢》的人士，替大力傳播

《紅樓夢》的程偉元，把作僞牟利的飛來惡名徹底洗雪掉！

附記：張壽平教授〈程偉元的畫〉是有關程偉元資料的新發現。這一幅畫，款題「古吳程偉元繪祝」，尤為程小泉是蘇州人之明證。收藏者是嫩江人，也因為程小泉游幕關外之故。民國六十六年四月四日識。

論《紅樓夢》的避諱

《紅樓夢》第五十二回，敍述晴雯抱病苦撑，掙扎著補完雀金裘時說：「一時只聽自鳴鐘已敲四下，剛剛補完。」庚辰本有雙行批語云：「按四下乃寅正初刻，寅此樣（寫）法，避諱也。」胡適之先生根據這條批語，認爲是曹雪芹避祖父曹寅的諱，也是曹雪芹作《紅樓夢》的鐵證。本年年初香港《大公報》載馮其庸氏〈論庚辰本〉長文，對避諱寫法，有新的見解，現引述如後：

> 關於這條脂批，香港的潘重規教授舉出《紅樓夢》第二十六回裏薛蟠說看到一張好畫，落款是「庚黃」，寶玉懷疑不是這個名字，在手心裏寫了「唐寅」兩字這一情節，指出《紅樓夢》的作者並未避寅字的諱，因此認爲這條脂批不能證明《紅樓夢》的作者是曹雪芹（見潘重規著《紅樓夢新解》第一三〇頁）。這個反駁，從形式上來看似乎很有道理，明明《紅樓夢》第二十六回寫着「寅」字，

怎麼能說「只聽自鳴鐘已敲了四下」此樣寫法是避「寅」字諱呢？然而這個反駁，其實是毫無道理，而且還證明潘教授並不懂得在歷史文獻上避諱的各種情況。按紅樓夢五十二回裏用「自鳴鐘敲了四下」來代替「寅正初刻」，根本避開「寅」字，書面上不出現要避諱的字，這是一種避諱法。這種例子在歷史文獻上可以舉出很多，如王羲之父諱「正」，故王羲之每寫「正月」，即改爲「初月」或「一月」；另一種諱法是將所諱的字缺末筆書寫，這種缺末筆的諱法，在古書中是極爲普遍的，就以本文討論到的己卯庚辰兩本來說，這種缺末筆的諱字就極多，但是這種缺末筆的諱法，在輾轉過錄或歷久以後的翻刻中，卻很容易消失，尤其是這種家諱，更不易保持。因爲如是避皇帝的諱，那末只要在這個時代，無論是刻本或鈔本，一般都會避諱，如康熙時代的刻本或鈔本，一般都是避「玄」字諱的，這種避諱具有較長的時間性，以及在這段時間內又具有極大的普遍性，但是避家諱就並不是如此，第一它的時間性不會太長，第二它根本不具備普遍性，它的避諱完全只限於親屬親筆書寫或由親屬傭人書寫時被指定避某字的諱，只有在這種情況下，這種缺末筆避家諱的情況才會產生，如己卯本是怡親王府的鈔本，故在這個鈔本上保留了不少缺末筆避「祥」字「曉」字諱的情況。但是當這個本子換了一個主人再一次去過錄時，它就沒有必要再避這兩個字的諱了。由此可知，除非能證明現今所有的《紅樓夢》乾隆鈔本都是《紅樓夢》作者的親筆，而它的第二十六回的「寅」字一律不缺末筆，這樣才能證明《紅樓夢》的作者不避「寅」字諱，否則潘教授拿着現今的甲戌、己卯、庚辰以及其它的任何一部《紅樓夢》乾隆鈔本的第二十六回的「寅」字來否定《紅樓夢》第五十二回這條批語的歷史價值，甚而至於妄圖否定曹雪芹創作《紅樓夢》的創作權，豈非癡人說夢，徒見其根本不懂歷史文獻上避諱的種種方式和應該如何檢驗古代鈔本上的家諱這種特殊的歷史現象而已。

對於上述這個問題，香港的趙岡先生也批駁了潘重規教授（見趙岡著《紅樓夢論集》），他說：「我們現在都知道這些脂批都是此書作者親人所寫的，這句脂批包含兩個要點，而這兩個要點是不可被混爲一談的：第一，這位批者深知作者的上世有一位名字中有「寅」字這一事實。第二，這位批者認爲書中「自鳴鐘敲了四下」是有意規避使用「寅」字。這是批者的猜想。批語中雖然沒有明白寫出第一點，但第二點確實是以第一點爲基礎。此批者如果不知道作者上世某人名字中有「寅」字，他根本就不可能聯想到避諱之事。潘先生舉出薛蟠看畫一段，證明手犯嘴犯兼而有之。這樣只能證明作者無意避諱，於是批者的猜想是錯誤的。……換言之，潘先生有充分的理由來打倒第二點，但絲毫不能動搖第一點。」趙岡的這種批駁，不從這些鈔本本身並不是曹雪芹的親筆原稿，因而雖有完整的寅字卻不能據以論證曹雪芹根本不避「寅」字諱這一點來分析問題，那末他的這種批駁，終究是軟弱無力的，他根本不敢觸及二十六回的這個「寅」字，相反，倒反而與潘重規一鼻孔出氣，說《紅樓夢》二十六回的這個「寅」字，「證明作者無意避諱，於是批者的猜想是錯誤的。」而且還說：「潘先生有充分的理由來打倒第二點」。這樣的批駁，對潘教授來說，只是小「批」大幫腔而已，由此可見趙岡先生也是被潘教授舉出的這個第二十六回的「寅」字壓得喘不過氣來，在勉強招架而已。

大家知道，現今所有的《紅樓夢》的乾隆鈔本，沒有一部是曹雪芹的原稿，連脂硯齋過錄的本子都未發現，現在所有的乾隆鈔本，都是幾經過錄的本子，而且其過錄的時間已經都是在曹雪芹謝世以後了，有的更是乾隆末期到嘉慶時的鈔本，拿這樣的過錄本上未缺筆避諱的「寅」字來證明《紅樓夢》作者不避寅字諱，豈不有點滑稽。那末，在二十六回裏，作者爲什麼不可以像五十二回裏一樣避開這個寅字，用「自鳴鐘已敲了四下」這類方法來避開這個「寅」字呢？很明顯，這個「唐寅」的「寅」字，是不能用「自鳴鐘已敲了四下」這類的辦法來避諱的，如果這樣一避，那還成什麼呢？豈不成了天大的笑話嗎？所以在這個場合，作者如要避「寅」字的這個家諱，只有用缺末筆書寫的辦法來避諱，其他的避諱辦法是不行的。而要證明作者原稿上未缺末筆，則現在的這些過錄本都無濟於事。相反由於五十二回的這條脂批，倒可以啓示我們思考這二十六回原稿上的「寅」字，作者書寫時完全是有可能缺末筆避諱的。說不定後者的批語正是由於受了前者的啓示而寫下來的也未可知。所以潘重規教授且慢根據這第二十六回的這個「寅」字來取消曹雪芹對《紅樓夢》的創作權，因爲這個例子本身，潛伏着對潘教授的論點的徹底摧毀的爆炸力。

看了前面馮先生的論文，知道先馮生承認《紅樓夢》第五十二回中的「自鳴鐘已敲四下」確是避諱的寫法，同時第二十六回中的「寅」字，可能缺寫末筆一點，是另一種避諱的方法。誠如馮先生所說，缺寫末筆，是另一種避諱的方法；但這種方法的特性，多半是引用或抄寫前人的文字時，表示敬意的方法；如果自己寫作，那只有設法把忌諱的字避開，這種方法是根本用不著的。倘或有人用這種方法，也只能證明避諱的人，抄寫舊文時，不敢擅改，惟有缺寫末筆表示敬意。例如馮先生發現己卯本玄字、祥字、曉字，缺寫末筆，因此證明己卯本是怡親王府的鈔本。這是一個極正確又有價値的發現。不過，此一情況，只能證明己卯本是怡親王府人士所抄，卻不能說是怡親王府人士所作。同樣，縱然《紅樓夢》中的寅字，都缺寫末筆，也只能證明是曹雪芹或曹府人士所抄，不能斷言是曹雪芹或曹府人士所作。因爲作者行文時，如果任意使用家諱，稿成時輕輕的缺寫一筆，這不僅不能表示虔敬之意，簡直是對祖先的侮辱。我們試看《東華錄》所載淸世宗的一番話，雍正元年十一月乙酉，諭大學士曰：

> 古制，凡遇廟諱字樣，於本字爲缺末筆，恐未足以伸敬心。朕偶閱時憲曆，二月月令內，見聖祖仁皇帝聖諱上一字，不覺感痛，嗣後中外奏章文移，遇聖諱上一字，則寫元字，遇聖諱下一字，則寫煜字，爾等交與該部卽遵諭行。

二月月令內有「玄鳥至」的「玄」字，犯了聖祖玄燁的諱，縱然缺一筆，仍是觸目驚心，

「不覺感痛」，所以命令將所有「玄」字，都寫作「元」，今天千字文的「天地玄黃」，都變成了「天地元黃」，就是這個原因。還有乾隆朝，舉人王錫侯編撰一部字書，名叫《字貫》，凡例中列舉淸帝玄燁、胤禎、弘曆等名字，僅僅缺寫每字的末筆；未將字樣拆開分寫，如弘曆二字，應該寫爲：「上一字從弓厶，下一字從厤從日。」爲了寫出本字，雖然照避諱例缺寫末筆一劃，還是興起了一件大大的文字獄。當時諭旨云：「此實大逆不法，爲從來未有之事，罪不容於誅，卽應照大逆律問擬，以申國法，而快人心。」曹家不是帝室，未必如此專制。但作者本來具有尊敬祖先的愛心，提筆寫文章時，斟酌取捨，自然會避免把他父祖的名字，在筆底下寫來寫去。倘或爲了要譏諷薛蟠不識字，儘可另採其他方式。雖然馮先生說：「這個『唐寅』的『寅』字，是不能用『自鳴鐘已敲了四下』這類的方法來避諱」，但是作者未嘗不可這樣寫：

> 寶玉聽說，心下猜疑道，古今字畫也都見過些，那裏有過庚黃！想了半天，不覺笑將起來，命人取過筆來，在手心裏寫了兩個字。又問薛蟠道：「你看眞了是庚黃？」薛蟠道：「怎麼看不眞！」寶玉將手一撒與他看道：「別是這兩個字罷！其實與庚黃相去不遠。」衆人都看時，原來是唐伯虎的名字（此句原文作「原來是唐寅兩個字」）。都笑道：「想必是這兩字，大爺一時眼花了也未可知。」薛蟠只覺沒意思，直瞪着眼獃笑（此句原文作「笑道：誰知他糖銀果銀！」今刪改。）。

將「唐寅兩個字」改成「唐伯虎的名字」，似乎也還可以使讀者領會到作者的意思。卽使作者仍嫌表達得不夠淸楚，不妨索性刪去這一節文字，免得冒犯祖先的名諱，豈不較爲妥善。況且這節文字，除了手犯之外，還又嘴犯。手犯固屬大錯，嘴犯也極不應該。《紅樓夢》作者是決不會疏忽苟且的。寶玉房裏的丫頭紅玉，爲了避寶玉的諱，改名爲紅兒（見有正廿七回）。還有更着意描寫的，試看第二回冷子興告訴賈雨村道：

> 目今你貴東家林公之夫人，卽榮府赦政二公之胞妹。他在家時，原名喚賈敏。不信時，你回去細訪可知。雨村拍案笑道：怪道這女學生，讀至凡書中有敏字，他皆念作蜜字，每每如是。寫的字，遇着敏字，又減一二筆。我心中就有些疑惑，今聽你說，是爲此無疑矣。

由此可知，《紅樓夢》作者有意刻畫出年僅五六歲的林黛玉，是一個知書識禮絕頂聰明的女孩子，所以剛讀書時，便懂得避她母親的名諱，不但避字形，還避字音。根據這一事實，我們相信《紅樓夢》的作者，當他提筆寫《紅樓夢》時，決不會犯他祖諱的字形；不夠，還要淋漓盡致的犯他祖諱的字音，這是斷斷不可能的。

馮先生又說：「在這個場合，作者如要避寅字這個家諱，只有用缺末筆書寫的辦法來避諱，其他的辦法是不行的。」不過，《紅樓夢》前八十回除了第二十六回的「唐寅」外，尚有寫「寅」字的地方。如第十四回，秦可卿出殯的那一天，甲戌本、庚辰本、有正本都有下面一段話：

那鳳姐知今日人客必不少，在家中歇宿一夜，至寅正，平兒便請起來梳洗。

又第六十九回，寫尤二姐呑金自殺後，賈璉辦理喪事，庚辰、有正都有一段對話：

天文生回說：奶奶卒於今日正卯時，五日出不得；或是三日，或是七日方可。明日寅時入殮大吉。

這兩段文章，都不必用缺末筆的方法來避諱，而且根本沒有用寅時的必要。假如「寅正起來」寫成「絕早起來」；「寅時入殮」寫成「卯時入殮」，並沒有絲毫不妥。爲什麼曹寅的子孫卻偏要非用他父祖的名字不可！我們中國的禮俗，不但不敢犯自己祖先的名諱；並且尊敬別人的祖先，也不願意冒犯別人的家諱。所以《禮記．曲禮》說：「入門而問諱」，疏家解釋「諱」是「主人祖先君名」。《顏氏家訓》記載：「揚都一士人諱審者，而與沈氏交，沈與其書，止書名，不書姓。」因爲朋友家諱「審」，和他的姓同音，因此他和朋友通信時，便只稱名而不稱姓。古人署名可以稱姓，也可以不稱姓，稱姓不稱姓，完全由作者自己決定。如果親友人的父祖，如同自己的父祖，就必須避開忌諱的文字，斷沒有缺寫一筆，就算是尊敬對方的。不僅文字，卽使是言談對話，古人也十分留意。晉太元年間，賈弼撰《姓氏譜》，宋王弘、劉湛愛好其書 有了這部書，每日應對整千的客人，可以不犯一人的諱。這是中國最有名的一個講究避諱的故事。甚至有屬員犯了長官的諱，以致丟官的。像《南史》所載沈巑之觸犯太守王亮的諱，竟被免去了官職，可見避諱是多麼重要的一樁事！古今禮俗，隨着時代變遷，我們固然不應該把六朝時代和清朝等量齊觀。但無疑的，清代對避諱還是非常的重視。單看《紅樓夢》書中寫黛玉童年讀書寫字，都懂得避母親的諱，便是《紅樓夢》作者和《紅樓夢》時代極重視避諱的證據。馮先生推斷曹雪芹寫小說時，將家諱缺寫末筆，如此便算是避諱，這一看法，我認爲是不正確的。因爲全部小說，都出自作者的創造；是「本來無一物」的一張白紙，作者如果把父祖的名諱寫出來，不論缺寫末筆與否，都已經是犯諱了！所以我在《紅樓夢新解》中，指出《紅樓夢》的作者並未避寅字諱，五十二回脂批所謂「避諱寫法」也不能證明《紅樓夢》的原作者是曹雪芹。現在經過馮先生這番詰難，我的說法，不但「從形式上來看似乎很有道理」，即深入從問題的本質上來看，似乎也還是正確的。

從曹雪芹繼婦悼詩談曹雪芹的卒年

最近應邀出席美國威斯康辛大學召開的首屆國際《紅樓夢》討論會，經過香港，得見《紅樓夢學刊》第一輯。其中有馮其庸先生一篇文章，標題爲〈二百年來的一次重大發現——關于曹雪芹的書篋及其他〉（以下簡稱馮文）。馮文首先報導說：「最近，北京發現了曹雪芹的遺篋及其手迹，還有他的繼婦在他逝世後寫的悼亡詩。」文中提及的事物，值得注意的非常的多，由於行旅倥傯，姑且就悼詩與雪芹卒年關係最重大的一點，略抒管見，並請作者讀者指正。馮文說：

> 書篋裏的情況是，在左邊書篋篋門的後壁，糊着厚厚的紙，藏主無意中揭開這層厚紙的時候，見到紙上有儀禮義疏、春柳堂藏書等字，而在揭去紙後，發現在篋門的背面右邊用端莊凝重的章草寫着：

爲芳卿編織紋樣所擬歌訣稿本

爲芳卿所繪彩圖稿本

芳卿自繪編錦紋樣草圖稿本之一

芳卿自繪編錦紋樣草圖稿本之二

芳卿自繪織錦紋樣草圖稿本

看來這個稿本的目錄，前兩種很明顯是曹雪芹爲芳卿所擬和所繪，應是曹雪芹關於工藝美術方面的著作。後面三種，是芳卿自己的著作，這個書篋裏面原來就是存放着這些稿本（以及別的著作）的，因此在篋門的後壁寫着這些稿本的目錄。這個芳卿是誰，看來就是曹雪芹在乾隆二十五年庚辰上已以後續娶的夫人。

在這五行字的左邊，則是用挺秀的行書淡墨寫着一首七言悼亡詩。全詩如下：

不怨糟糠怨杜康，乩諑玄羊重克傷，

（喪明子夏又逝傷，地坼天崩人未亡）

睹物思情理陳篋，停君待殮鬻嫁裳。

（才非班女書難續，義重冒）

織錦意深睥蘇女，續書才淺愧班孃。

誰識戲語終成讖，窀穸何處葬劉郎。

現在第二行和第四行是寫後鈎掉的，它原是此詩的第一行和第二行，因鈎去後把改句寫在右邊，故現在看來成爲第二行和第四行了。看原件鈎改的痕迹十分清楚，現在的圖片上也還能表現出來。

左邊篋門後壁左下端的一首七言詩，是在雪芹逝後，他的夫人在理陳篋時睹物思情，因而寫下的一首悼亡詩。這首詩對於考證曹雪芹的生平，特別是他的卒年以及他逝世時的情景和他的《石頭記》的寫作情況，具有特殊重要的意義。第二句也有兩點重要內容：一是關于玄羊。所謂玄羊，換句話說就是癸未。玄武是北方之神，用以代北。《史記·天官書》：『北方水，太陰之精，至冬日壬癸。』所以又說：『北方壬癸水。』這樣，這裏的玄字就成了癸字的代稱。羊，在十二支裏未年屬羊，所以羊又是未的代稱。合起來，玄羊就同於癸未。這樣，就確證了曹雪芹是死于乾隆癸未年的除夕，卽乾隆二十八年，公元一七六四年二月一日。關於曹雪芹的卒，過去一直有壬午、癸未之爭，現在這個爭論或許可以結束了。

以上馮氏根據這首悼亡詩確定了曹雪芹的卒年，似乎是考證周詳，毫髮無遺憾了！但是，我們考索曹雪芹卒年的眞正根據，實實在在是建立在甲戌本第一回的一條批語：

此是第一首標題詩。

能解者方有辛酸之淚。哭成此書，壬午除夕，書未成，芹爲淚盡而逝，余嘗哭芹，淚亦待盡。每意覓青埂峯再問石兄，余不遇獺頭和尚何！悵悵！

今而後惟愿造化主再出一芹一脂，是書何本，余二人亦大快遂心於九泉矣。甲午八日淚筆。

這一條批語是現存唯一足以證明曹雪芹卒年的文件。由於周汝昌先生有「敦敏小詩代柬曹雪芹作於癸未年」的說法，認為甲午脂批誤記「癸未除夕」為「壬午除夕」，因此纔有壬午說、癸未說的歧見。但是癸未說還要靠這條脂批來支撐。否則儘管有人在癸未年有詩贈與曹雪芹，也只能證明曹雪芹癸未年尚生存，卻不能證明癸未年已逝世。一九七二年十月二十二日趙岡先生寫了一篇文章，正題是「懋齋詩鈔的流傳」，副題是「再論曹雪芹的卒年」❶，他根據現藏在美國哈佛燕京圖書館善本書庫的鈔本八旗叢書中《懋齋書鈔》，和影印本《懋齋詩鈔》詳細對校，證明《懋齋詩鈔》並非敦敏親手按年編定的本子，訂正了周汝昌的說法。還有，靖應鵾發現「夕葵書屋《石頭記》」一條批語❷，云：

此是第一首標題詩，能解者方有辛酸之淚，哭成此書。壬午除夕書未成，芹為淚盡而逝，余嘗哭

❶《大陸雜誌》第四十六卷第一期，頁三一至三五，臺北大陸雜誌社出版。

❷兪平伯〈記夕葵書屋石頭記卷一的批語〉，《紅樓夢研究集刊》第一輯，頁二○五至二一一，上海古籍出版社出版。

芹，淚亦待盡。每思覓青埂峯，再問石兄，奈不遇賴頭和尙何！悵悵！今而後願造化主再出一脂一芹，是書有幸，余二人亦大快遂心於九原矣。甲申年八月淚筆。

這條批語不獨可以改正甲戌本批語的錯字，尤其是訂正了「甲午八日」紀年的訛誤。既然批語是「甲申八月」寫下的，距離雪芹逝世只隔一年多，斷無記憶不淸，把雪芹逝世的年日誤記的道理。所以周汝昌先生的說法是不能成立的。現在新發現的遺物悼詩，照馮文的考訂，證明它不是僞作。而「乩谿玄羊重克傷」的玄羊，也確是「癸未」的代語。然則是否可以用這句悼詩來擅改批語呢？我認爲不可以。馮文說：

合起來玄羊就同於癸未。這樣，就確證了曹雪芹是死於乾隆癸未年的除夕，卽乾隆二十八年，公元一七六四年二月一日。

可見馮文還是根據甲戌本批語來立論的。但是甲戌本批語明明寫的是「壬午除夕」，「癸未除夕」乃是後人的臆說。馮氏論庚辰本和吳世昌先生辯論，主張符合版本的客觀實際情況，纔是檢驗眞理的標準。那麼，根據版本的客觀實際情況，這條批語是「壬午除夕」，誰也不能擅改作「癸未除夕」。我認爲要解決這個問題，必須承認客觀實際的情況，再求解決方法，不可挾雜絲毫的主觀成見。照客觀的事實，我們必須承認：

一、批語是「壬午除夕，芹爲淚盡而逝」。

二、悼詩是「乩詠玄羊重克傷」。

這二條文字，一條說曹雪芹死於壬午除夕，一條說乩詞有癸未年死亡的謠詠。一個壬午，一個癸未，似乎是互相抵觸。但仔細計算，壬午年（乾隆二十七年）除夕是陽曆一七六三年二月十二日；已經度過了癸未立春（癸未立春應在一七六三年二月四日或五日）。算命看相的人，排八字，算流年，都按照二十四節氣推算，故壬午除夕實際應算做癸未年。因此照普通人的說法，曹雪芹是卒於壬午年；從術算家言，便是卒於癸未年春初。甲戌本批語是普通人的說法，悼詩是依照術算家的說法。批語、悼詩，表面似乎不同，實際卻是一致，我們是普通人，應該說曹雪芹卒於壬午年。如果算命看相，自然應算做癸未年。壬午年的除夕是癸未年的春初，癸未年的春初便是壬午年除夕，這還有甚麼壬午說、癸未說的爭論呢！

列寧格勒藏鈔本《紅樓夢》中的雙行批

蘇聯學者孟西科夫教授，在他新發現的《石頭記》的「鈔本」❶論文中，說明列寧格勒所藏鈔本有眉批一百十一條，夾批八十二條，雙行批八十八條。我曾將眉批、夾批的全文在〈論列寧格勒藏鈔本紅樓夢的批語〉❷一文中列舉介紹出來。關於雙行批八十八條，經我核閱，有二十一條並非雙行批（例如第四回護官符四條，形似雙行批，實是正文之類。）第十

---

❶ 孟西科夫 N. L. Menshikov 及 B. L. Riftin 合撰〈新發現的石頭記鈔本〉Neizuestnyi Spisok romana "Son V krasnon tereme"，載蘇聯一九六四年出版《亞非人民》雜誌 *Narody Aziil Afriki* 第五期；有小野理子譯文，見大阪市立大學文學部中國學研究室編《清末文學言語研究會會報》第七號（一九六五）。

❷ 見香港《中華月報》第七〇〇期，一九七四年一月出版。

九回漏算一條，第二十二回漏算一條，總共有雙行批七十條。這七十條雙行批只有三條是此本獨有的，其餘六十七條幾乎全部與庚辰本相同。這是此鈔本屬於脂評本的確證。我在〈讀列寧格勒紅樓夢鈔本記〉❸中，將此情況約略說明，並未將七十條雙行批一一列舉。海外研究《紅樓夢》的朋友，欲知詳情，常常馳函相問。此鈔本的印行至今尚杳無消息。因此我就所得的資料整理出來，以供學人採擇。

在列舉雙行批語之前，有須加以說明的：即此鈔本有混入正文的批語；抄者加以註明的有四處，除加括號外，在批首旁寫一「註」字。計

第十六回：怕他也無益〔此註章無非笑趨勢之人。〕

第六十三回：忽見岫烟顫巍巍的〔四註個俗字寫出一個活跳美人，轉覺別出〔規案：「出」疑「書」之誤〕中若干蓮步香塵纖腰玉體字樣，無味之甚。〕

同前：只得將未出嫁的小女帶來一並起居才放心〔原註爲放心而來，終是放心而去，妙甚。〕

第七十五回：尤氏笑道：我們家上下大小人只會講外面假禮假體面，究竟作出來的事，

---

❸見香港《明報月刊》第九十五期，一九七三年十一月出版。

都勾使的了〔如註此說，便知他已知昨夜之事。〕」

這四條批語，第三條和庚辰，己卯的雙行批完全相同。第一條和己酉本相同❹，但己酉本混在正文中，並未括出。其餘二條，都不見於其他各本。照一般情況，雙行批語最容易混入正文，況且這四條中的一條，又有是雙行批的證明，我們很可以假定這四條批語都是雙行批。但爲了愼重，我們還是不把它算做正式的雙行批。

現在將此鈔本七十條雙行批分兩項列舉出來：

一、此鈔本獨有的三條：

第七回：「只見惜春正同水月菴」，雙行批：「卽饅頭菴」。

第七十七回：「索性如此也不過這樣子」，雙行批：「晴雯此舉勝襲人多矣，眞一字一哭也。又何必魚水相得而後爲情哉！」

第七十九回：「便把金桂忘在腦後」，雙行批：「妙！所謂天理還報不爽。」

二、此鈔本與脂本全同或略同的六十七條（每條抄錄庚辰本批語，批語上注明頁數，再以此鈔本校其異同。）

---

❹ 己酉本原文，見兪平伯《讀紅樓夢隨筆》，「記吳藏殘本」條引，頁五〇。《紅樓夢研究專刊》第四輯，一九六八年九月，香港中文大學新亞書院中文系出版。

第十八回：

①第一齣豪宴　402　一棒雪中伏賈家之敗　無「之」字。

②第二齣乞巧　402　長生殿中伏元妃之死　無「之」字。

③第三齣仙緣　402　邯鄲夢中伏甄寶玉送玉　同。

④第四齣離魂　402　伏黛玉死。　作「牡丹亭中伏黛玉死」。

第十九回：

⑤以賜賈政及各椒房等員　407　補還一句，細，方見省親不獨賈家一門也。　「還」作「這」，「也」字無。

⑥只拃掙着與無事的人一樣　407　伏下病源　同。

⑦擲骰子趕圍棋作戲　寫出正月光景。　「寫出」作「是」。

⑧得我去望慰他一回　極不通胡說中，寫出絕代情癡，宜乎衆人謂之瘋傻。　無「極不通極胡說中」句。

⑨敢是美人活了不成　409　又帶出小兒心意，一絲不落。　同。

⑩青天白日這是怎麼說　409　開口便好　同。

⑪還不快跑　410　此等搜神奪魄至神至妙處，只在囫圇不解中得　「魄」下有「處」

字。

⑫你別怕我是不告訴人的 410 活寶玉移之他人不可 「活」上有「眞正」二字，「他」作「別」。

⑬他們就不知道了 411 茗烟此時只要掩飾方纔之過。故設此以悅寶玉之心 「纔」作「才」。

⑭偺們竟找你花大姐姐去，瞧他在家作甚麼嚒呢 412 妙寶玉心中早安了這着…… 此批文字頗有出入。

⑮說我引著二爺胡定要打我呢 412 必不可少之語 「必」作「亦」。

⑯你也特胡鬧了 413 該說，說得是 「說」字不重。

⑰襲人聽了復又驚慌 413 是必有之神理，非特故作頓挫 「非」作「飛」，「挫」作「擺」。

⑱回去我定告訴嫫嫫們打你 413 該說，說的更是。指研。 「更」字無，「指研」無。

⑲花自芳母子兩個百般怕寶玉冷又讓他上炕又忙另擺菓棹又忙倒好茶 413 連用三又字，上文一個百般，神理活現。脂硯。 「連」作「他」，無「脂硯」二字。

⑳也不敢亂給東西吃 414 如此至微至小中便帶出家常情，他書寫不及此 在「你們不用白忙」下。「微」作「激」，「家」上有「世」字。規案：此鈔本正文無「也不敢亂給東西吃」一段。

㉑一面說一面將自己的坐褥拿了…… 414 疊用四自己字…… 此批文字頗有出入。

㉒襲人見總無可吃之物 414 補明寶玉自幼何等嬌貴。以此一句留與下部後數十回寒冬噎酸虀，雪夜圍破毡等處對看，可爲後生過分之戒，嘆嘆！ 此批文字頗有出入。

㉓叫他們聽著什麼意思 415 想見二人來日情常 「來」作「素」，「常」作「分」。

㉔什麼時辰睡覺等語 417 可嘆 同。

㉕只見晴雯淌在牀上不動 419 嬌態已慣 「態」作「憨」。

㉖想是說他那裏配紅的 420 補出寶玉素喜紅色，這是激語 無「出」字，「激」作「譤」。

㉗怎麼也得他在偺們家就好了 420 妙談妙意 「妙」誤作「炒」。

㉘因此哭鬧了一陣 425 以上補在家今日之事…… 此批文字頗有出入。

㉙只怕身價銀一併賞了這是有的事呢 425 又夾帶出賈府平素施爲來…… 此批文字頗有出入。

㉚最不喜務正　426　這還是小兒同病　無「還」字。

㉛知其情有不忍氣已餒墮　427　不獨解語，亦且有智　「智」作「志」。

㉜只因怕爲酥酪又生事故亦如茜雪之茶等事　427　可謂賢而多智術之人　「多」作「且」，「術之人」三字無。

㉝自己來推寶玉淚痕滿面　427　正是無可奈何之時　同。

㉞我還要怎麼留你，我自己也難說了　427　二人素常情義　同。

㉟黛玉使用自己的帕子替他揩拭了　432　想見情之脈脈，意之綿綿　同。

㊱幹也罷了　433　一轉細極，這方是顰卿，不比別人一味固執死勸　同。

㊲只見寶釵走來　433　妙　同。

㊳怨不得他肚子裏的故典原多　438　妙諷　「諷」作「汎」。

㊴只是可惜一件　438　妙轉　同。

㊵凡該用故典之時他偏就忘了　438　更妙　同。

第二十回：

㊶那襲人也算罷了你媽媽再要認眞排場他可見老背晦了　441　襲卿能使顰卿一讚，愈見彼之爲人矣。觀者諸公以爲如何　無「觀者諸公以爲如何」句。

第二十二回：

㊷一柄茶筅　506　破竹如帚，以淨茶具之積也　「破」上有「音龕」二字。

㊸回首相看已化灰　510　此元春之謎　作「此是元春之作」。

㊹只爲陰陽數不同　510　此迎春一生遭際　作「此是迎春之作」。

㊺莫向東風怨別離　510　此探春遠適之讖也　作「此是探春之作」。

㊻性中自有大光明　511　此惜春爲尼之讖也　作「此是惜春之作」。

第三十四回：

㊼寶玉便命晴雯來　782　前文晴雯放肆原有把柄所恃也　「恃」作「持」。

第四十九回：

㊽鶴勢螂形　1145近之拳譜中有坐馬勢，便似螂之蹲立。昔人愛輕捷便俏，閑取一螂，觀其仰頸疊胸之勢。今四字無出處，卻寫盡矣。脂硯齋評　此節文字略有出入，無「脂硯齋評」。

第五十回：

㊾原來這枝梅花只有二尺來高，傍有一橫枝縱橫而出……香欺蘭蕙　1166一篇紅梅賦同。

第七十四回：

㊿表弟潘又安拜具　1791名字便妙　「便」作「更」。

第七十六回：

51 少了四個人便覺冷清了好些　1833不想這次中秋，反寫得十分凄楚　「凄」作「悽」。

52 半日方知賈母傷感纔忙轉身陪笑發語解釋　1838轉身妙畫出對呆不覺尊長在上之形景來月聽笛如癡如　此鈔本作「轉身妙，畫出對月吹笛如癡如呆不覺尊長在上之形景矣。」

53 只見賈母已朦朧雙眼已有睡去之態　1838總寫出凄涼無興景況來　「寫」作「說」。

54 你們只管說我聽着呢　1838活畫　同。

55 可知我們姑娘那去了　1840更妙　無「更」字。

56 將月影蕩散後復聚而散者幾次　1853寫得出。試思若非親歷其竟者如何莫寫得如此　「竟」作「妙境」，「莫」作「模」。

57 二人皆吒意　1855原可吒意，余赤吒意　「意」作「異」，下句無。

第八十回：

58 焉得這等樣情性可爲奇怪之至　1965別書中形容妬婦，必曰黃發黧面，豈不可笑。「發」作「髮」。

(59)只因七事八事的都不遂心　1965草蛇灰線，後文方不見突然　同。

(60)前兒寶玉去了，回來也曾說過的　1965補明　同。

(61)哥兒別睡仔細肚裏麪筋作怪說着滿屋裏人都笑了　1967王一貼又與張道士遙遙一對特犯不犯　「特」作「時」。

(62)王一貼心有所動　1968四字好萬生端于心心邪則意射則在于邪　此鈔本作「四字好，萬端生於心，心邪則意在於財」。

(63)寶玉猶未解　1969未解妙，若解則不成文矣　同。

(64)吃過一百歲人橫竪是要死的死了還妬什麼那時就見效了　1969此科諢一收，方爲奇趣之至　「此」上有「如」字。

(65)我有眞藥我還吃了作神仙呢有眞的跑到這裏來混　1970 寓意深遠在此數目「目」作「語」。

(66)便罵我是醋汁子老婆擰出來的　1970奇文奇罵……此節文字頗有出入。

(67)到沒的叫人看著趕勢利似的　1971不通可笑，遁辭如開　「開」作「聞」。

這六十七條批語，除第十四、第二十一、第二十二、第二十八、第二十九、第四十八共計六條，因爲文字較長，在東方院藏書室校讀時，因爲時間不夠，實在無法逐字核對，故只注明

「文字頗有出入」。其他六十一條和庚辰本偶有一二字的差異，幾乎可以說和庚辰本沒有什麼不同。但有一特點，是庚辰鈔本的誤字，和顚倒錯落的誤寫，此本多抄寫不誤。像「黃髮」誤作「黃發」（第五十八條），「遁辭如聞」誤作「遁辭如開」（第六十七條），這一類誤字，還可以想像猜測出來。像第六十二條：庚辰本作「萬生端于心心邪則意射則在于邪」如果不見列寧格勒鈔本，斷不能改正爲「萬端生於心，心邪則意在於財」（按：財當作邪。），可見此鈔本是一部非常精善的脂評本，很值得研究《紅樓夢》的學者特別重視。

列寧格勒藏鈔本《紅樓夢》考索

一九七三年八月八日，我從巴黎訪問列寧格勒東方院，在短短地十日逗留中，得披閱東方院寫本部所藏我國乾隆鈔本《紅樓夢》三十五册。由於和主管人孟列夫教授函信聯絡延誤，閱讀時間僅得三四天，眞正看書的時間不超過二十小時，除去觀察所藏敦煌卷子，接觸這鈔本的時間只得十小時左右。回到香港，將携回材料，陸續寫成〈讀列寧格勒紅樓夢鈔本記〉❶，〈論列寧格勒藏鈔本紅樓夢的批語〉❷、〈列寧格勒藏鈔本紅樓夢中的雙行批〉

❶ 香港《明報月刊》，一九七三年十一月第九十五期，收入《紅學六十年》，民國六十三年九月，文史哲出版社出版。

❷ 香港《中華月報》，一九七四年一月號，收入《紅學六十年》。

❸、〈紅樓夢的纂成目錄分出章回〉❹幾篇文章，向學術界報告，尚有列本回目和少許材料，因從中文大學退休離港，未及整理。今年承國際《紅樓夢》研討會邀約參加，特綜合整理，並就探索所得，提供討論。

一、列藏本概況

蘇聯亞洲人民研究院列寧格勒分院 Leningrad Branch of the Institute of the People of Asia 所藏鈔本《紅樓夢》，是近年海內外期待公開傳播的新材料。此一鈔本之評介，最早見於一九六四年莫斯科出版《亞非人民》雜誌 *Narody Azii I afriki* 第五期．頁一二一—八所刊載孟列夫 L. N. Menshikov 及李福清 B. L. Riftin 兩氏所合撰之〈新發現的石頭記鈔本〉Neizuestnyi spisok romana "Son v Krasnom Tereme" 一文。該文分兩大部份：第一部份敍述蘇聯各圖書館所藏《紅樓夢》的各種版本，及蘇聯學者

---

❸ 香港《中華月報》，一九七五年九月號，又收入《紅樓夢專刊》第十二輯。

❹ 《紅學六十年》。

對此書素感濃厚之興趣；第二部份即報導此一新發現鈔本之概況。據孟列夫教授面告筆者，第一部份爲李福清氏手筆，第二部份則成於孟氏。第一部份除述蘇聯學者對《紅樓夢》之研究外，並將列寧格勒大學圖書館、莫斯科列寧圖書館、利加 Riga 大學圖書館、莫斯科漢學圖書館、亞洲人民研究院列寧格勒分院圖書館所藏《紅樓夢》各種版本列舉出來。第二部份則描寫此鈔本之外形及內容，實爲該文最重要部份。一九六五年，有日本小野理子女士譯文，載於大阪市立大學文學部中國學研究室所編之《清末文學言語研究會會報》（油印本）第七號。此鈔本除京都大學小川環樹教授曾在《大安》（書店刊物）稍加論列外，惟澳洲柳存仁教授於一九七二年將該文重要部份用中文譯出，並加評述（載《紅樓夢研究專刊》第十輯，香港中文大學新亞書院中文系出版）。筆者據柳氏譯述資料，親往列寧格勒覈閱，先後發表論文。陳慶浩君在巴黎根據筆者發表材料，於去年七月發表〈列藏本石頭記初探〉一文，以後簡稱「陳文」❺。茲先述此本概況，再考索此本涉及的問題。

㈠鈔本流入俄國經過

此鈔本係帕夫露・庫連濟夫 Pavel Kurliandtsov 於一八三二年（清道光十二年）由

❺《中國古典小說研究專集》㈠，臺北聯經出版事業公司，民國六十八年八月初版。

北京攜返俄國。據孟列夫教授面告：庫氏旅居北京時，在俄國希臘正教會學習漢文。兩年後。庫氏因病返俄，帶回此鈔本，留存於當時的外交部圖書館，後來就移交列寧格勒分院圖書館。

㈡鈔本所用紙張

據孟氏的描述：此鈔本係用清高宗《御製詩》的襯葉作稿紙寫成；而反以《御製詩》作爲鈔本的襯葉。我在列寧格勒仔細觀察，認爲是用乾隆時普通抄書的竹紙墨筆抄寫的，竹紙的質地很薄，並非《御製詩集》的襯紙。想來原鈔本披讀既久，書葉的中縫都離披裂開，不便翻揭。經收藏者重加裝釘，於是拆開《御製詩集》做襯葉。爲了竹紙很薄，故把《御製詩》反摺起來，將有字的一面隱藏，免得文字透映竹紙，擾亂視線。用當朝皇帝的《御製詩集》做襯紙，這眞是犯下了藐視朝廷的滔天大罪！我檢閱每葉的中縫皆已裂開，而且粘貼在襯葉的邊緣上，翻揭起來，和新書同樣方便，這便是此鈔本重加裝訂的確證。這一事實，和鈔本產生的時代有重大的關係。因爲乾隆《御製詩》五集是乾隆六十年纔印成的，倘若鈔本用它的襯紙做稿紙，則抄寫的時期必不能在乾隆六十年（西元一七九五年，《御製詩》五集印成的時間）以前，當然也不會在道光十二年（西元一八三二年，庫連濟夫帶鈔本回俄的時間）以後。現在確實知道是重裝時用《御製詩集》做襯葉，則抄寫的時間便遠在乾隆六十年以前。這一事實，在紅學研究上是必須首先辨明的，如果不是親眼看見此鈔本，縱然將來把它影印出來，也沒法知道孟氏評介的錯誤，這不能不說是我此行的收穫。孟氏接受了我的意見，並且說：「潘科夫 B. L. Pankratov 教授曾指出此鈔本並非用《御製詩集》襯葉做稿紙，在一九六四年撰〈新發現的石頭記鈔本〉時，僅將潘科夫教授意見採入附註中，現在應該加以修改。」趙岡先生著的《紅樓夢研究新編》❻中說：「蘇聯列寧格勒東方研究院也收藏一套鈔本《石頭記》，據我們判斷，它是屬於有正這一系統，也就是說與戚蓼生所得的過錄本類似，此鈔本八十回，分裝三十五册，是用清高宗《御製詩》第四集第五集的書葉襯出的。由此可以斷定，其過錄時間當在一七九五年（乾隆六十年）以後。」趙先生說明引用我的文章，卻作出這樣的判斷，是很可詫異的。試看此鈔本分回的情況，便知它的底本遠在戚本之前。戚本第十七、十八兩回分開，各有回目；而此鈔本兩回文字雖已分開，但僅有一共同回目。此鈔本最後一回是第七十九回，而七十九回實包括戚本第七十九、八十兩回文字，文氣一直貫注到底，其間並無分回之處，也未用任何符號表示可以分回。戚蓼生本添補了第

❻ 民國六十四年十二月，臺北聯經出版。

八十回的回目，文字分析得也更清楚，顯然比此鈔本較為晚出。趙先生偏要說列寧格勒藏本是乾隆六十年以後的鈔本，而是屬於有正這一系統，使我不能不與「裁判不公」之歎。

㈢鈔本册數回數頁數之統計

孟氏云：「此鈔本並無書前題頁，似可懷疑或有包括序引、目錄之第一册業已遺失。每面之頁碼亦不見。每册所包回數及該回頁數（見括弧內數字）紀錄如下：第一册，第一回(52)、第二回(42)；第二册，第三回(60)、第四回(40)；第三册，第七回(49)、第八回(43)；第四册，第九回(35)、第十回(34)、第十一回(39)；第五册，第十二回(27)、第十三回(35)、第十四回(37)；第六册，第十五回(34)、第十六回(49)；第七册，第十七回(50)、第十八回(56)；第八册，第十九回(61)、第二十回(35)；第九册，第二十一回(38)、第二十二回(42)；第十册，第二十三回(37)、第二十四回(54)；第十一册，第二十五回(54)、第二十六回(46)；第十二册，第二十七回(43)、第二十八回(63)；第十三册，第二十九回(56)、第三十回(38)；第十四册，第三十一回(47)、第三十二回(39)；第十五册，第三十三回(32)、第三十四回(48)；第十六册，第三十五回(52)、第三十六回(45)；第十七册，第三十七回(60)、第三十八回(38)；第十八册，第三十九回(42)、第四十回(60)；第十九册，第四十一回(33)、第四十二回(38)；第二十册，第四十三回(34)、第四十四回(33)、第四十五回(39)；第二十一册，第四十六回(54)、第四十七回(48)；第二十二册，第四十八回(44)、第四十九回(40)；第二十三册，第五十回(43)、第五十一回(36)、第五十二回(52)；第二十四册，第五十三回(54)、第五十四回(54)；第二十五册，第五十五回(51)、第五十六回(58)；第二十六册，第五十七回(56)、第五十八回(46)、第五十九回(33)；第二十七册，第六十回(48)、第六十一回(35)；第二十八册，第六十二回(62)、第六十三回(52)；第二十九册，第六十四回(52)、第六十五回（pp. 1~6）、第六十六回(26)；第三十册，第六十七回(68)、又第六十五回（pp. 7~33)；第三十一册，第六十八回(41)、第六十九回(47)、第七十回(33)、又第六十五回（p. 34）；第三十二册，第七十一回(47)、第七十二回(38)、第七十三回(39)；第三十三册，第七十四回(59)、第七十五回(45)；第三十四册，第七十六回(38)、第七十七回(39)；第三十五册，第七十八回(55)、第七十九回(61)。」柳存仁教授評云❼：「此處孟、李兩氏論文之推測嫌全稿第一册遺失者，或者未必。如兩氏文中下文所言，『此鈔本第五回及第六回遺失，此兩回顯然係裝成一册，應排在現存第二册及第三册之間。』實較第一册遺失之說爲合理也。」

❼ 見〈讀紅樓夢研究專刊第一至第八輯〉，《紅樓夢研究專刊》第十輯，一九七三年七月，香港中文大學新亞書院中文系「《紅樓夢》研究小組」出版。

㈣抄寫人

此一鈔本之抄寫人，據孟、李二氏所報告，共四人，俱無名氏。稿紙每半葉九行，行十六字至二十四字不等，視回數及抄寫人而異。此鈔本之板式，兩氏之文更詳記之云：「每頁（即每半葉）九行。第一至第四十回，第四十六至四十八回，第五十二至第五十六回，第五十八至六十回，係每行十六字，而正文爲 12.5×17cm。第四十一至第四十五回，第四十九至第五十一回，第五十七回，第六十一回至七十九回，則以抄寫人之字體稍小，每行爲二十字，而正文仍爲 12.5×17cm。四位抄寫人中之A君，寫字常超逾此限制，故每行可有十八至二十四字之上落，但其他三位則甚爲謹飭。鈔本中改正之處甚多，尤以抄寫人B、D兩君爲甚。而A君所抄，則改正及加標記之處甚少。改正文字之處多數用墨筆，寫在被修改之一行右邊，然亦有硃墨者（如第十回，頁二十二及二十五）。有時抄寫者（B、C兩君常爲之，A、D兩君較少）用漿糊將誤書處重黏，而在貼補之處改書。貼補通常以二至四字爲多，有時（例如第四十六回第二十三頁）全行貼去，在補紙上重書。」重規案：孟氏稱此鈔本四個抄手爲A君、B君、C君、D君，我審閱A君的筆迹，書法頗佳，有趙孟頫、董其昌的筆意。B、C、D三君只是普通抄手，書法沒有什麼帖意。三人所抄部份，有錯誤處，改正的文字，往往是A君的筆迹。如第二十二回：「交給他置酒」，「置」字點去，旁改爲「治」字，「治」字便是A君的筆迹，當是A君所校改。由此看來，此鈔本可能是屬於A君的。全書數十萬字，A君自抄一部份，其餘分請B、C、D三君抄寫。至於全部眉夾批則皆A君一人的手筆；不過A君抄寫正文較楷正，而批語則用行草，雖然字體不同，仍看得出是同一人的筆迹。

㈤鈔本題署的書名

此鈔本沒有書前題頁，各回所題的書名多作《石頭記》。但第十回回首標題作「紅樓夢第十回」；第六十三回、六十四回、七十二回的回末則題爲「紅樓夢卷六十三回終」、「紅樓夢卷六十四回終」、「紅樓夢卷七十二回終」，這是《紅樓夢》版本史上的一樁大事。一般紅學家因爲甲戌、己卯、庚辰諸本都題作「脂硯齋重評石頭記」，戚本單署「石頭記」，故都認爲甲辰鈔本，程、高刻本纔署名爲「紅樓夢」。陳仲竾〈談己卯脂硯齋重評石頭記〉一文中曾提出己卯本第三十四回回末有「紅樓夢第三十四回終」一行標題，證實了曹雪芹生前確曾一度用「紅樓夢」作爲全部書的總名。現在此鈔本有第十回回首書名標題，有六十三、六十四、七十二諸回的回末書名標題，更可以證成陳先生的說法。還有，本書第五回回目有「紅樓夢」字樣，有人說不是書名；但庚辰本第廿五回：「紅樓夢通靈遇雙眞」，卻分明指的是書名。可見己卯、庚辰本時期，「紅樓夢」仍然是這部書流行的書名。

㈥鈔本藏有人的簽名

此鈔本第一葉之背，有庫連濟夫 p. Kurliandtsev 墨水淡褪的簽名，並有兩個「洪」字，似乎中國字寫得頗爲笨拙。這一簽名，卽攜帶此鈔本回俄國的鈔本藏有人。孟、李兩氏的文章中認爲此「洪」字係庫氏的華姓。孟列夫教授面告筆者，「洪」字乃庫氏自定的中國姓。俄國漢學家往往喜歡自定中國姓。卽如他姓孟名列夫，也是自定的中國姓名。有人叫他緬希科夫．孟西和夫，都是出自翻譯者之手；他自己用中文來往函件總是署名孟列夫的。

㈦評語分布的情形

據孟氏的說明：第一回有三眉批及十四夾批；第二回有八眉批（重規案：余所見只有七眉批）及二十二夾批；第三回有四十七眉批及二十夾批（規案：余所見只十九夾批，又有一雙行批。）；第四回有五眉批、六夾批及四雙行批（規案：實非雙行批）；第七回有一雙行批（規案：鈔本正文作「比賈薔蓉兩個強遠了」，非雙行批）；第十六回有一眉批（規案：有一雙行批，在正文中註出。又第六十三回有二雙行批，七十五回有一雙行批，皆抄在正文中，但註出）；第十七回有四夾批（規案：有五夾批）；第十八回有六眉批及十一雙行批（規案：只四雙行批），第十九回有一眉批及三十四雙行批（規案：實三十六雙行批）；第二十回有一雙行批；第二十三回有五眉批及四雙行批（規案：有五雙行批）；第二十三回有二眉批及一夾批（規案：無夾批）；第二十四回有三眉批；第二十五回有二眉批；第二十六回有二眉批；第二十八回有八眉批；第二十九回有三眉批；第三十回有三眉批；第三十四回有一雙行批；第三十六回有五夾批；第三十八回有五雙行批（規案：怡紅公子賈寶玉等五條非雙行批）；第四十一回有一眉批；第四十二回有二眉批；第四十四回有二眉批；第四十九回有一雙行批；第五十回有二夾批及四雙行批（規案：僅有一雙行批；得紅字等三條，非雙行批）；第五十一回有二雙行批（規案：交趾懷古等二條非雙行批）；第五十二回有二眉批；第五十三回有一眉批；第五十六回有一眉批；第六十一回有一眉批；第六十二回有八夾批（規案：實無）；第七十四回有一雙行批；第七十六回有六雙行批（規案：有七雙行批）；第七十七回有一雙行批；第七十九回有十一雙行批。

(八)評語混入正文

孟氏文中謂此鈔本有時批語混在正文之內，而於批語之前用方匡標出，批語之末加一「註」字。此類情形，如第十六回、第六十三回及七十五回皆有之。重規案：此鈔本係批語之首加一「註」字，如

第十六回：怕他也無益〔此註章無非笑趨勢之人〕

第六十三回：忽見岫煙顫巍巍的〔四註個俗字寫出一個活跳美人，轉覺別出中若干蓮步香塵纖腰玉體字樣，無味之甚。〕

同前：只得將未出嫁的小女帶來，一並起居才放心〔原註爲放心而來，終是放心而去，妙甚。〕

第七十五回：尤氏笑道：我們家上下大小人只會講外面假體面，究竟作出來的事，都勾使的了〔如註此說，便知他已知昨夜之事。〕

此四條批語，抄寫時雖然混入正文，但已經校正括出，應該算是此本的雙行批。這四條批語，第三條和庚辰、己卯的雙行批完全相同。第一條和已酉本相同，但已酉本混在正文中。據俞平伯先生《讀紅樓夢隨筆》中節引此段文字，尚未發現此處係雙行批。經我看見此鈔本，纔能確認此條是批語，可見此鈔本確是很早的脂評本。

㈨雙行批無署名

此鈔本雙行批均無署名，而己卯、庚辰諸本的雙行批，與此本共有的，卻偶有署名。照通常情況，同一批語，在不同本子，有署名的，可能較沒有署名的爲早。但是脂硯齋整理的甲戌本，它的底本早於己卯、庚辰，而它的雙行批就都不署名，因此，不署名的批語，可能遲於署名的批語，也可能早於署名的批語，要看個別情況而定，是不可一概而論的。

㈩鈔本分回情況

此鈔本第十七、十八兩回僅有一共同回目，但兩回文字已分開，第十七回回目作「大觀園試才題對額，榮國府歸省慶元宵」，又有回目詩：「豪華雖足羨，離別卻難堪。博得虛名在，誰人識苦甘。」庚辰、己卯本的回目和題詩，都與此本相同，但兩回文字並未分開。己卯本在「此時不能表白」句「白」字左側加「」」號，並有朱筆眉批云：「『不能表白』後是十八回的起頭」。庚辰本僅在第十七回「寶玉聽說方退了出來」句來字左側加「」」號鈎識，表示應於此處分回。列藏本於「方退了出來」句下加「再看下回分解」。又分開爲第十八回，起句是「話說寶玉來至院外」，但並無回目。第十九回自「話說賈妃回宮」開始，並有「情切切良宵花解語，意綿綿靜日玉生香」回目。庚辰本第十九回雖然也從「話說賈妃回宮」分開，但第十八回、十九回都沒有回目。這種情況最能顯示出《紅樓夢》原稿的眞相。第一回開始說：「後因曹雪芹於悼紅軒中披閱十載，增刪五次，纂成目錄，分出章回。」這些正是「纂成目錄，分出章回」的痕迹。我們可以說，沒有分回和沒有回目的《紅樓夢》，乃是最接近原稿的《紅樓夢》。根據這三回的分合情狀，我們可以說，庚辰、己卯的底本應該早於列藏本的底本。不過實際情況並不如此簡單，列藏本最特別的是，最後一回是第七十九回，而此回實包括第八十回在內，文氣一直貫注到底，其間並無分回之處，也未用任何符號表示可以分回。列藏本第七十九回回目是「薛文龍悔娶河東獅。賈迎春悞嫁中山狼」，和庚辰本相同。根本無第八十回回目。列藏本分回中間的文字作「連我們姨老爺時常還誇呢！」金桂聽了，將脖項一扭。」語氣銜接緊湊。庚辰本只在「姨老爺時常還誇呢」下加「欲明後事，且見下回」兩句套語。又在「金桂聽了」上加「話說」二字，這樣便將兩回分開。《紅樓夢》這樣未分回的原稿，和分開回目蛻變的痕迹是最清楚不過的。如果按照第七十九、八十回分合的情狀，列藏本顯然是早過庚辰本的底本的。還有第二十二回，列藏本止於回末元迎探惜四個謎語，和庚辰本相同，但沒有庚辰本四個謎語下文句較繁的雙行批，也沒有惜春謎上「此後破失，俟再補」的眉批。而庚辰本在回末還有「暫記寶釵製謎」及丁亥夏畸笏叟「此回未成而芹逝矣，嘆嘆」的批語。由此看來，列藏本、庚辰本的底本雖同，但列藏本的底本可能還較早。

(十一)鈔本回目與甲戌、庚辰、有正本的異同

此鈔本回目和甲戌、庚辰、有正本回目有異有同。全同的不必提，有異同的列舉如後：第三回，此鈔本作「託內兄如海酬訓教，接外孫賈母惜孤女」，和甲戌、辰庚皆異，甲戌作「金陵城起復賈雨村，榮國府收養林黛玉」，庚辰作「賈雨村寅緣復舊職，林代玉拋父進都京」；但同於有正。第七回，此鈔本作「尤氏女獨請王熙鳳，賈寶玉初會秦鯨卿」，和甲戌、庚辰皆異，甲戌作「送宮花周瑞嘆英蓮，談肄業秦鐘結寶玉」，庚辰作「送宮花賈璉戲熙鳳，宴寧府寶玉會秦鐘」；但同於有正。第八回，此鈔本作「薛寶釵小宴梨香院，賈寶玉逞醉絳雲軒」，與甲戌大同，僅「恙」作「宴」，「大」作「逞」，「芸」作「雲」；而庚辰本作「比通靈金鶯微露意，探寶釵代玉半含酸」，有正作「攔酒興李奶母討慨，擲茶杯賈公子生嗔」，與此本全異。第十一回，此本作「慶生辰寧府排家宴，見熙鳳賈瑞起淫心」，庚辰、有正同，但「生」均作「壽」。第十四回，此本作「林如海捐館揚州城，賈寶玉路謁北靜王」，甲戌、庚辰、有正皆同，但庚辰「如」作「儒」。第十五回，此本作「王鳳姐弄

權鐵檻寺，秦鯨卿得趣饅頭庵」，與甲戌、庚辰，有正皆同，但甲戌「鳳姐」作「熙鳳」。第十六回，此本作「賈元春才選鳳藻宮，秦鯨卿大逝黃泉路」，甲戌「大逝」作「殀逝」，庚辰作「夭逝」，有正作「夭遊」。第十七回（此本第十八回無回目），此本作「大觀園試才題對額，榮國府歸省慶元宵」，庚辰第十七回至十八回回目同；有正第十七回作「大觀園試才題對額，怡紅院迷路探曲折」，第十八回作「慶元宵賈元春歸省，助情人林黛玉傳詩」。第十九回，此本作「情切切良宵花解語，意綿綿靜日玉生香」，庚辰本無回目，有正同此本。第二十三回，此本作「西廂記妙詞通戲言，牡丹亭艷曲警芳心」，庚辰、有正「言」作「語」。第二十四回，此本與庚辰、有正同，惟「相思」誤作「想思」。第廿五回，此本作「魘魔法叔嫂逢五鬼，通靈玉蒙敝遇雙眞」，與甲戌同；庚辰、有正作「魘魔法姊弟逢五鬼，紅樓夢通靈遇雙眞」。第廿六回，此本作「蘅蕪院設言傳蜜語，瀟湘舘春困發幽情」，下句甲戌、庚辰、有正全同；上句甲戌作「蜂腰橋設言傳蜜意」，庚辰、有正作「蜂腰橋設言傳心事」。第廿九回，此本作「享福人福深還禱福，癡情女情重愈斟情」，有正同，庚辰「癡」作「斟」。第卅三回，此本作「手足耽耽小動唇舌，不肖種種大承笞撻」，庚辰同，有正「承」作「乘」。第卅五回，此本作「白玉釧親嘗蓮葉羹，黃金鶯俏結梅花絡」，庚辰、有正「俏」作「巧」。第卅六回，此本作「繡鴦鴛夢兆絳芸軒，識分定情悟梨香院」，

「香」原作「花」，圈改爲「香」，庚辰「悟」作「語」，「香」作「花」；有正全同。第卅八回，此本作「林瀟湘魁奪菊花詩，薛蘅蕪諷和螃蟹韵」，庚辰「韵」作「咏」，有正「韵」作「吟」。第卅九回，此本作「村姥姥是信口開河，情哥哥偏尋根究底」，庚辰「開河」作「河合」，有正作「村老嫗是信口開河，癡情子偏尋根究底」。第四十一回，此本作「櫳翠庵茶品梅花雪，怡紅院刼遇母蝗蟲」，庚辰同，有正作「賈寶玉品茶櫳翠庵，劉老嫗醉臥怡紅院」。第四十六回，此本作「尷尬人難免尷尬事，鴛鴦女誓卻鴛鴦偶」，庚辰、有正「卻」作「絕」；「偶」，有正作「侶」。第四十七回，此本作「獃霸王調情遭苦打，冷郎君懼禍走他鄉」，庚辰「遭」作「遭」，有正「苦」作「毒」。第四十九回，此本作「琉璃世界白雪紅梅，脂粉香娃割腥啖膻」，庚辰全同，有正作「白雪紅梅園林集景，割腥啖羶閨閣野趣」。第五十回，此本作「蘆雪廬爭聯即景詩，暖香塢創製春燈謎」，庚辰「廬」作「广」，有正作「庵」；「創」，有正作「雅」。第五十三回，此本作「寧國府除夕祭宗祀，榮國府元宵開夜宴」，「祀」，庚辰、有正均作「祠」。第五十四回，與庚辰、有正同，惟傚作效，斑作班。第五十六回，此本作「賈探春興利除宿弊，薛寶釵小惠全大體」，「賈」原作「敏」，圈改爲「賈」，「薛」原作「時」，圈改爲「薛」。庚辰、有正「賈」作「敏」；「薛」，庚辰作「時」，有正作「識」。第五十七回，此本作「慧紫鵑情辭試寶玉，薛姨媽愛語慰癡顰」，庚辰「寶」作「忙」，「薛」作「慈」；有正「薛」作「慈」。第五十八回，此本作「杏子陰假鳳泣虛凰，茜紗窗眞情撥癡理」，庚辰「撥」作「揆」，有正「茜紗窗」作「茜紅紗」。第五十九回，此本與庚辰、有正同，惟庚辰「芸」作「雲」。第六十回，此本作「茉莉粉替去薔薇硝，玫瑰露引出茯苓霜」，庚辰「莉」作「蔾」，「出」作「來」；有正「出」亦作「來」。第六十一回，此本作「投鼠忌器寶玉認贓，判冤斷獄平兒行權」，庚辰、有正「認」作「情」，「斷」作「決」；「行權」，庚辰作「情權」，有正作「徇私」。第六十二回，此本與庚辰、有正同，惟「石榴」，庚辰作「柘榴」。第六十五回，此本作「賈二舍偷娶尤二姨，尤三姐思嫁柳三郎」，庚辰同，惟「三郎」作「二郎」；有正作「膏粱子懼內偷娶妾，淫奔女改行自擇夫」。第六十七回，此本作「餽土物顰卿念故里，訊家童鳳姐蓄陰謀」，有正本同，惟「念」作「思」；庚辰本作「見土儀顰卿思故里，聞秘事鳳姐訊家童」。第六十八回，此本作「苦尤娘賺入大觀園，酸鳳姐大鬧寧國府」，庚辰本同，惟「酸」作「俊」；有正上句同，下句作「酸鳳姐鬧翻寧國府」。第七十二回，此本作「王熙鳳倚強羞說病，來旺婦倚勢霸成親」，庚辰上句「倚」作「特」，有正作「恃」。第七十三回，此本與庚辰有正同，惟「春囊」作「香囊」。第七十五回，此本作「開夜宴異事發悲音，賞中秋新詞得佳兆」，庚辰、有正上句「事」作「兆」，下句「兆」作「讖」。第七十六回，此本作「凸碧堂品笛感淒涼，凹晶館聯詩悲寂寞」，淒涼，庚辰作悽情，有正作「淒清」。第七十七回，此本與庚辰、有正同，惟「丫」字，庚辰作「髩」。第七十八回，此本作「老學士閑徵姽嫿詞，癡公子杜撰芙蓉誄」，庚辰「閑」作「間」，有正「閑」作「閒」；「杜」，庚辰誤作「社」。第八十回，此本、庚辰本均無回目，有正作「懦弱迎春腸廻九曲，姣怯香菱病入膏肓」。

(十二)此鈔本正文與諸本不同及優勝處

我在列寧格勒校讀此鈔本批語時，限於時間，不能把相關的正文一一照錄下來。只有少數特別的正文，如第五十二回，「那一日不把寶玉兩字念九百遍」，眉批云：「說得痛快」；正文「九百遍」，和庚辰、有正作「二百遍」都不相同，才特別記明。其他或有錄列本正文的，因未加分別，恐記憶不眞，未敢舉出。尚有其他情況，我從此鈔本記錄下來的，如第十六回末：

怕他也無益（此章註無非笑趨勢之人），陽人豈能將勢壓陰府麼？然判官雖肯，但衆鬼使不依，這也沒法。秦鐘不能醒轉了。再講寶玉連叫數聲不應，又等了一回，此時天色將及晚了，李貴茗煙再三催促回家。寶玉無奈，只得出來，上車回去。不知後面如何，且看下面分解。

據俞平伯先生《讀紅樓夢隨筆》所載吳藏本，在「寶玉連叫數聲不應」與「又等了一回」之間，多了一節文字：

> 定睛細看，只見他泪如秋露，氣若遊絲，眼望上翻，欲有所言，已是口內說不出來了。但聽見喉內痰響若上若下，忽把嘴張了一張，便身歸那世了。寶玉見此光景，又是害怕，又是心疼感傷，不覺放聲大哭了一場。看着裝裹完畢，又到床前哭了一場。

又第十二回回末「完了此事」下，此本作「家中很可度日。再講這年冬底，兩淮林如海的書信寄來，卻為身染重疾，寫書」，此後空白，顯是未完。眉端似有一籤條脫去，賸「俟再」二字。第十四回回末止「不知近看時又是怎樣且聽下」，以後缺半葉。第五十回回末止黛玉謎，脫去半葉。第七十五回回末「要知端的」下脫去半葉。又此本第二十一回回末「且聽下面分解」，「回」字點去，改為「冊」，第二十三回、第二十七回、第二十八回、第二十九回、第三十回、第三十二回、第三十三回、第三十四回、第三十五回、第三十六回、第三十七回、第三十八回諸回回末皆同。

還有，此鈔本異文，較他本爲優的文字也頗不少。如第二回敍述元春、寶玉的出生，諸本互異：

不想次年又生了一位公子（脂本）

不想後來又生了一位公子（戚本）

不想隔了十幾年又生了一位公子（程乙本）

俞平伯先生《紅樓夢研究》（頁二六〇——二六一）論鈔本的優劣短長，曾舉上述的異文作例，他說：「從唯理的觀點看，從後到前，一個比一個合理。事實上恰恰相反，一個比一個遠於眞實。」俞先生的論斷非常正確。在我看來，近於眞實的本子，也未嘗不合理。因爲「不想次年又生了一位公子」這句話，只是古董行冷子與慢飲閒談的話，並不是作者正式的敍述，作者任意揮灑，原不必十分拘泥；即使太史公敍事，年份不符史實的，也不勝列舉。所以這樣的脂本，不但較早，也可能較好。列藏本正和甲戌、庚辰同樣作「不想次年又生了一位公子」，可見列藏本也是較近眞的脂本。

又第五十六回程乙本有一段話：「你這樣一個通人，竟沒看見姬子書，當日姬子有云：『登利祿之場，處運籌之界者，窮堯舜之詞，背孔孟之道。』」這段話錯誤到講不通。此鈔本作：

你這樣一個通人，竟沒見子書！當日姬子有云：「登利祿之場，處運籌之界（庚辰『界』下有『者』字），左竊堯舜之詞（庚辰無『左』字），右背孔孟之道（庚辰無『右』字）。」

比較起來，列藏本和庚辰本文義可通，而程乙本不可通。這類的情況和前一例不同。我們不能說不通的近原本，通的是改本。我們只能說這一條列藏本和庚辰本是較優的本子。又第五十三回，程乙本有一段文字：

賈珍命人拉起他來，笑說：「你還硬朗！」烏進孝笑道：「不瞞爺說，小的們走慣了，不來也悶的慌。他們可都不是願意來見見天子脚下世面。他們到底年輕，怕路上有閃失，再過幾年就可以放心了。」

此鈔本和庚辰本作：

賈珍命人拉他起來，笑說：「你還硬朗！」烏進孝笑回：「托爺的福，還能走得動。」賈珍道：「你兒子也大了，該叫他走走也罷了。」烏進孝笑道：「不瞞爺說，小的們走慣了，不來也悶的慌。他們可不是願意來見見天子脚下世面，他們到底年輕，怕路上有失，再過幾年就可放心了。」

上面「你還硬朗」以下幾句話，程乙本脫落，列藏本和庚辰本都不脫落。如果沒有這幾句話，便缺少了烏進孝對賈珍的答覆，也缺少賈珍提到烏進孝兒子的話，前後文便成爲所問非所答了。由此可見列藏本是一個較好的本子。全部列藏本的優點想來還很多，可惜數日匆匆，無法將正文瀏覽一遍，只能算是「管中窺豹，略見一斑」罷了。

二、列藏本問題考索

(一)列藏本雙行批的觀察

據孟列夫教授統計，列藏本雙行批共八十八條，經我核閱，有二十一條並非雙行批（例如第四回護官符四條，形似雙行批，實是正文之類。」，第十九回漏算二條，第二十三回漏算一條，總共實有雙行批七十條。又此本有抄入正文的批語四條，抄者除加括號外，在批首旁寫一「註」字。這四條批語，第三條和庚辰、己卯的雙行批完全相同。第一條和己酉本相同，但己酉本混在正文中，並未括出。其餘二條，都不見於其他各本。照一般情況，雙行批語最容易混入正文：況且這四條中，又有是雙行批的證明，我們很可以假定這四條批語都是雙行批。所以列藏本實在共有雙行批七十四條。這七十四條雙行批有五條是此本獨有的，其餘六十九條幾乎全部與庚辰本相同，這是此鈔本屬於脂評本的確證。（至於此鈔本眉夾批並非脂評，已在〈論列寧格勒藏鈔本的批語〉一文中考明。）我們仔細觀察，此鈔本不但是脂評本，而且是較早的脂評本，其理由有如下數端：

1. 雙行批較庚辰、有正本為少

此鈔本的雙行批，遠較各本爲少。第十八回，庚辰本有一百零五條（己卯一〇四、有正一〇三），此本只有四條；第十九回，庚辰本有一百八十四條（己卯一八五，有正一八六），此本只有三十六條；第二十回，庚辰有十五條（己卯、有正同），此本只有一條；第二十二回，庚辰本有八十七條（有正八十五），此本只有五條；第三十四回，庚辰本有一條（己卯、有正同），此本也只有一條；第四十九回，庚辰本有七條，此本只有一條；第五十回，庚辰本有七條，此本只有一條；第六十三回，庚辰本有七條（己卯同），此本只有二條；第七十四回，庚辰本有三十五條，此本只有一條；第七十五回，庚辰本有二十一條，此本只有一條，且爲庚辰所無，此本所獨有；第七十六回，庚辰本有十六條，此本只有七條；第七十七回，庚辰本有十八條，此本只有一條；第七十九回、第八十回，庚辰本共有五十條，此本只有十一條。照一般批書的情況，先有正文，然後才有批語，初期的批語必然以眉批或行間夾批的形式出現。除非經過整理謄錄，方能將眉批夾批改成雙行批注，繫於適當的正文之下。他們又可能在整理謄清的批本上再加批語、新的批語又以眉批、夾批的形式出現。如是再經整理，又將眉批、夾批改成雙行批注。因此整理次數愈多，雙行批注的數量自然愈增。由此客觀事實看來，列藏本的雙行批和庚辰諸本相同，而條數卻較庚辰諸本少得多，證明此鈔本的底本確是脂評本，甚至是較早的脂評本。雖然有人懷疑較少的雙行批是從較多的雙行刪節而來的。但是，此鈔本的主人並沒有像甲辰本評語說：「原本評註過多，未免旁雜，反擾正文，刪去以俟觀者凝思入妙，愈顯作者之靈機耳」，不能因甲辰刪削批注，便說此鈔本也刪削批注。還有此本一回中只有一條雙行批，而且是獨有的，如第六十三回、七十五回、七十七回、七十九回。庚辰諸本都有數十條雙行批不等，倘若它是刪削諸本，居然刪存的，竟是僅有的一條，這也很難加以解釋的。又第七十五回庚辰本正文：「尤氏笑道：你們家上下大小的人，只會講外面假禮假體面，究竟作出來的事都勾使的了。」「外面假禮」，旁改作「外面兒的虛禮」；列藏本則作「只會講外面假禮」，和庚辰本未改的底本相同。第七十七回批語的列藏本正文「索性如此也不過這樣了」，也與庚辰本正文底本相同，而庚辰本改爲「索性如此也不過是這樣」。可見此本所根據的底本是很早的。又從另方面看，庚辰本雙行批多過甲戌本的雙行批，其中許多雙行批，都是由甲戌本眉批、夾批轉化而來的，因此可以斷定庚辰本遠落在甲戌本之後。列藏本七十條雙行批的情況卻不是如此，我們沒有發現任何一條係由甲戌本眉夾批轉化而來，可見列本的底本不會在庚辰本之後。

2. 雙行批不署名

我在〈甲戌本石頭記覈論〉⑧一文中說：

> 現在我們把甲戌本和庚辰本的批語作一比較，甲戌本只殘存十六回，庚辰本前十一回又無批語，我們姑取兩本共有的第十三至十六，廿五至廿八共八回的批語對看。甲戌的雙行批注最少，第十三回十四回無雙行批注，第十五回有七條，第十六回有廿五條，第廿五回有十一條，第廿六回有十五條（最末一條形似雙行批，實是「且看下回」句夾批），第廿七回無雙行批注（末一條「詩詞歌賦如此章法寫於書上者乎」，形似雙行批，實是葬花吟夾批。），第廿八回無雙行批注（「此唱一曲爲直

⑧《紅樓夢新辨》，臺北文史哲出版社，民國六十三年二月初版。

刺寶玉」寫在曲文下，形似雙行批，實夾批。）總共八回有雙行批注五十九條。這五十九條雙行批注，庚辰本、有正本也全是雙行批注，沒有一條例外。這五十九條當中，庚辰本有四條署名脂研，可見這五十九條是甲戌年脂硯整理繫入正文的脂批。同時，庚辰本有雙行批注一百八十四條，有正本有雙行批注一百八十七條，除五十九條和甲戌本雙行批注相同，其餘一百二十多條雙行批注，有一百零六條是甲戌本的夾批，有兩條是甲戌本的眉批。這現象顯示出己卯、庚辰、有正諸本的底本遠在甲戌本的底本之後。它們根據《脂硯齋重評石頭記》，把許多夾批、眉批繫屬在正文之下而成爲雙行批注。第十六回甲 162a 夾批「所謂好事多磨也」，庚辰 323 作雙行批注，句末有「脂研」二字；又甲戌 165b 夾批「獨這一句不假」，庚辰 329 作雙行批注，句末有「脂研」二字，又甲戌 166b 夾批「補前文之未到，且並將香菱身分寫，」庚辰 330 作雙行批注，句末有「脂研」二字；又甲戌 173a 夾批「再不略讓一步，正是阿鳳一生短處」，庚辰 340 作雙行批注，句末有「脂硯」二字。又甲戌 173b 夾批「阿鳳欺人處如此，忽又寫到利弊，眞令人一歎。」庚辰 341 作雙行批注，句末有「脂硯」二字。又甲戌 176b 夾批：「調侃寶玉二字極妙，」庚辰 346 作雙行批注，句末有「脂研」二字。可注意的，這一百零八條雙行批注，有署名的，也只「脂硯」一名。可能這些雙行批注都原是脂硯齋它早期的評語。至於常村、畸笏、梅溪、松齋諸人的批語，都見於後期的眉批、夾批。似乎脂硯批書在前，諸人批書都在脂硯之後。至於甲戌本雙行批注沒有一條署名的評語，脂硯之名反見於庚辰本，這並不一定是甲戌本採錄自庚辰本而脫落署名。因爲甲戌的底本是脂硯齋整理的（鈔本的中縫寫明「脂硯齋」字樣，表明是屬於脂硯齋的），照慣例，批書人批閱自己的書籍並不需要署名。況且「脂硯齋甲戌抄閱重評」的《石頭記》，書中已敍明評書人的主名，書葉的中縫又寫明脂硯齋，原書出現的硃筆評語，自然都是屬於脂硯齋的，所以不需多贅上批者的名號，反而後來過錄甲戌本評語的本子，卻有添綴脂硯的署名的可能和必要。

我們依據甲戌本和庚辰本雙行批的情況，再來看此鈔本的雙行批，比庚辰諸本同樣是少得多；而僅七十餘條不署名的雙行批語中，卻有三條與庚辰相同的批語，是此鈔本不署名而庚辰卻署名脂硯的：

㈠第十九回：「回去我定告訴嫫嫫們打你。」庚辰雙行批：該說，說的更是。指研（己卯作脂研）。

㈡同前：「又忙倒好茶。」庚辰雙行批：連用三「又」字，上文一個「百般」，神理活現。脂硯（己卯作脂研）。

㈢第四十九回：「鶴勢螂形。」庚辰雙行批：今四字無出處，卻寫盡矣。脂硯齋評。

以上三條，此鈔本批語雖同，但均無署名。照通常情況，同一批語，在不同本子，有署名的，可能較沒有署名的爲早。但是脂硯齋整理的甲戌本，署名的卻較不署名的爲遲。此鈔本雙行批較庚辰爲少，底本有比庚辰本更早的迹象。因此，這三條批語，應該不是刪節庚辰本，而是從甲戌本底本抄錄來的。所以，此鈔本雙行批的底本可能早於庚辰、己卯以下諸本。

3. 列藏本雙行批文字的優勝

列藏本雙行批文字較己卯、庚辰、有正爲佳。陳慶浩君〈列藏本石頭記初探〉，文中有「列藏本批語可校其他各本」一節，所舉皆是此本特佳之處，現轉錄如後：

第十九回　以賜賈政及各椒房等員　庚辰 403 補還一句，細，方見省親不獨賈家一門也。（己卯無「細」字。有正 659）　列藏「補還一句」作「補這一句」，無「也」字。「還」作「這」，意思較他們清楚。或各本抄誤而此本不誤。

第十九回　叫他們聽著甚麼意思。　庚辰 411 想見二人來日情常。　（己卯同。有正 673 來日情常作往日情長。）　列藏想見二人素日情分。

第十九回　只見晴雯淌（躺）在床上不動。　庚辰 415 嬌態已慣。　己卯、有正 678 同。　列藏嬌態憨已慣。

第七十六回　半日方知賈母傷感，纔忙轉身陪笑發語解釋。　列藏：轉身妙，畫出對月吹笛如癡如呆，不覺尊長在上之形景矣。

庚辰 1870 雙行批注作

轉身妙畫出對呆不覺尊長在上之形景矣
月聽笛如癡如

若依通行雙行批，先讀右邊一行，再接左邊則不可懂。若自對字畫一分界線，先讀右上邊，再讀左上截，接讀下半截，則除來作矣，其它與列藏同。大概庚辰過錄本所據底本此批分兩行抄錄，上右、上左半截恰好剛到行末，另提一行抄下右下半截，抄書人墨守原書格式，雖然此處批語已在行中間，他還是先將兩截的右邊抄入右邊一行，左邊又另外抄出。今有列藏本作樣式，更可證明過去假定的讀法不錯。

第八十回　焉得這樣情性，可爲奇怪之至。

庚辰 1997 別書中形容妬婦，必曰黃發黧面，豈不可笑。

列藏，發作髮。

第八十四回　王一貼心有所動。　庚辰 2000 四字好。萬生端於心，心邪則意射則在於邪。　列藏，四字好。萬端生於心，心邪則意在於財。按寶玉向王一貼討藥，庚辰本是這樣寫的：

…寶玉道：「我不信一張膏藥就治這些病。我且問你，到有一種病，可也貼的好麼？」王一貼道：「百病千災，無不立效；若不見效，哥兒只管揪著鬍子打我這老臉，拆我這廟何如。只說出病源來。」寶玉笑道：「你猜，若你猜的著，便貼的好了。」王一貼聽了，尋思一會，笑道：「這到難猜，只怕膏藥有些不靈了。」寶玉命李貴等：「你們且出去散散，這屋裏人多，越發蒸臭了。」李貴等聽說，且都出去自便，只留下茗烟一人。這茗烟手內點著了一枝夢甜香。寶玉命他坐在身旁，卻倚在他身上，王一貼心有所動，便笑嘻嘻走近前來，悄悄的說道：「我可猜着了，想是哥兒如今有了房中的事情，要滋助的藥，可是不是？」話猶來（未）完，茗烟先喝道：「該死，打嘴。」寶玉猶未解，忙問：「他說些甚麼？」茗烟道：「信他胡說。」唬的王一貼不敢再問，只說：「哥兒明說了吧。」寶玉道：「我問你可有貼女人的妬病方子。」…寶玉要妬病方子，吞吞吐吐不明說，既命李貴等出去，又倚在茗烟身上，才使「王一貼心有所動」，以爲寶玉要「滋助的藥」。批者指王一貼「心邪則意在於邪」。列藏本作「意在於財」，財爲邪形近之誤。

其他文字則可校正庚辰本。

第八十回　吃過一百歲，人横豎是要死的，死了還妬甚麼，那時就見效了。　庚辰 2001 此科諢一收，方爲奇趣之至。　列藏「此」作「如此」。

第八十回　我有眞藥，我還吃了作神仙呢，有眞的，跑到這裏來混。　庚辰 2002 寓意深遠在此數目。　列藏「目」作「語」。

第八十回　到沒的叫人看著趕勢利似的。　庚辰 2003 不通可笑，遁辭如開。　列藏「開」作「聞」。

以上陳文所舉列本，皆較庚辰本爲佳。又陳文中有「列藏本批語之謬誤」一節，指出列藏本劣處，計第十九回五條，第卅四回一條，第八十回一條。這七條當中，第十九回的「激」作「譤」，「妙」作「炒」，「智」作「志」，「諷」作「訊」，第八十回「特」作「時」，這五個字，可能是抄手偶然的筆誤，與底本優劣無關。至於第十九回庚辰雙行批：「是必有之神理，非特故作頓挫。」列藏本「非」作「飛」，「挫」作「擺」，陳君認爲是明顯的錯誤。其實，「非」、「飛」二字都是象鳥飛之形，在說文裏說明是同字；只不過文章中沿襲習慣，分別使用。列藏本加眉、夾批兼抄寫人，在我所見到的《石頭記》鈔本中，書法可稱第一（詳拙文〈讀列寧格勒紅樓夢鈔本記〉）。由他的眉、夾批的文筆，也可看出他是個有相當素養的文人。他寫「非」爲「飛」，似乎不是誤字，而是故意賣弄學問，我們看第一回世人都曉神仙好的眉批：「罵世語固痛快，但飛和尙語氣耳。」也把「非」寫成「飛」，可資證明。「頓挫」作「頓擺」，猶言頓挫搖擺，搖擺有搖曳生姿的意思，並不是誤字。試看，第五回：「開闢鴻濛，誰爲情種。」甲戌夾批云：「故作頓挫搖擺，」有正雙行批作「故作頓挫之筆，」可見頓擺是頓挫搖擺的意思。頓卽頓挫，擺卽搖擺，此處文筆兼具頓挫搖擺的姿態，庚辰、有正作頓挫，反倒是誤改甲戌批語。脂批中也有單言「頓挫」或「頓」處，文勢與頓擺不同。因此，列藏本不但不誤，而且可以正諸本之誤。又第卅四回庚辰雙行批：「前文晴雯放肆，原有把柄所恃也」，列藏「恃」作「持」，倚恃把柄，執持把柄，都說得通，不能說「所持」定是誤字。從上舉七條批語看來，只有五條是抄手筆誤，比起甲戌、庚辰抄手的謬誤百出，眞是微不足道。至於「陳文」所謂顯然錯誤的，不但不是錯誤，而且可正庚辰、有正的錯誤。由此可知，列藏本在諸鈔本中，實在是較優較早的鈔本。

㈡列藏本六十四回、六十七回的觀察

《紅樓夢》第六十四、六十七兩回，在現存較早較全的己卯、庚辰兩個鈔本中皆是用他本補抄的。高鶚在程乙本引言中也提到：「是書沿傳既久，坊間善本及諸家所藏秘稿，繁簡歧出，前後錯見。即如六十七回，此有彼無，題同文異，燕石莫辨，玆惟擇其情理較協者，取爲定本。」可見這兩回文字，傳抄時確有缺抄的本子，而己卯、庚辰兩本正是這兩回缺抄的鈔本。過去有人懷疑別本中這兩回文字是後人所補，現在從列藏本看到這兩回文字，足以證明這兩回文字確是《紅樓夢》的原作，因爲列藏本乃是一個相當早的本子。其實況如下：

我在列寧格勒受到閱讀時間的限制，對這兩回的記錄極爲有限。現在描寫如下：

列藏本第六十四回文字形式，現轉錄如後：

第六十四回

幽淑女悲題五美吟　浪蕩子情遺九龍珮

此一回緊結賈敬靈柩進城，原當補敍寧府喪儀之盛。但上回秦氏病故，鳳姐理喪，已描寫殆盡，若仍極力寫去，不過加倍熱鬧而已。故書中於迎靈送殯極忙亂處，卻只閑閑數筆帶過，忽插入釵玉評詩璉尤贈珮一段閑雅風流文字來，正所謂急脈緩受也

題　深閨有奇女　絕世空珠翠　情癡苦淚多

未惜顏憔悴　哀哉千秋魂　薄命無二致

曰　嗟彼桑間人　好醜非其類

話說賈蓉見家中……未知如何，下回分解，正是

只為同枝貪色慾　致敎連理起戈矛

紅樓夢卷六十四回終

列藏本第六十七回文字轉錄如後：

第六十七回

餽土物顰卿念故里　訊家童鳳姐蓄陰謀

話說尤三姐自戕之後，尤老娘以及尤二姐、賈環、尤氏並賈蓉、賈璉等聞之，俱各不勝悲慟傷感，

自不必說。……要知端的，且看下回分解。

以上我將列藏本這兩回文字的首尾，描寫出來，我要重申我在〈讀列寧格勒紅樓夢鈔本記〉拙文的看法：

現在蘇聯鈔本的六十四回，回目「幽淑女悲題五美吟，浪蕩子情遺九龍珮」後有題詩曰：「深閨有奇女，絕世空珠翠，情癡苦淚多，未惜顏憔悴，哀哉千秋魂，薄命無二致。嗟彼桑間人，好醜非其類。」回末作「正是：『只爲同枝貪色慾，致敎連理起戈矛。』」這種回首回末的類型，乃是早期《紅樓夢》的形象，以後纔被逐漸刪改淨盡。可見蘇聯此回鈔本是較現存各鈔本爲早的。蘇聯此回開首還有一段文字，和正文一樣寫出，云：「此一回緊接賈敬靈柩進城，原當補敍寧府喪儀之盛，但上回秦氏病故，鳳姐理喪，已描寫殆盡，若仍極力寫去，不過加倍熱鬧而已。故書中於迎靈送殯極忙亂處，卻只閑閑數筆帶過，忽插入釵玉評詩，璉尤贈珮一段閑雅風流文字來，正所謂急脈緩受也。」這一段文字不見於庚辰、己卯本；有正本抄在回末正文之外，失去原來的位置。這一段文字的語氣，出現的位置形式，都和庚辰、己卯兩本第一回、第二回以正文姿態出現的總評完全一樣。如第一回云：「此開卷第一回也。……」第二回云：「此回亦非正文本旨，只在冷子興一人，卽俗語所謂冷中出熱，無中生有也。……」蘇聯鈔本也有第一回、第二回以正文形式出現的兩段總評文字，但第六十四回這段總評則是各本所無，或失去原來位置形式。足見蘇聯此回鈔本保存更接近《紅樓夢》原稿的文字，而接近原稿的《紅樓夢》，是用「紅樓夢」做書名的。

現在我再加深入考覈我舊有的看法。己卯、庚辰兩本是後人補抄，暫不比較。蒙古王府、有正本都有第六十四回，同列藏本頗爲接近。但回目後沒有列本的題詩，回目後的總評，也已另紙寫出，而且兩本的文字完全相同，如「揷入」均誤作「揮入」。列藏本「忽揷入釵玉評詩璉尤贈珮一段閑雅風流文字來」，兩本閑雅下均脫去「風流」二字。「揷入」、「揮入」可能是一時筆誤。「風流」指「璉尤贈珮」，「閑雅」指「釵玉評詩」，脫去「風流」二字，文義便大大不妥。（回末戈矛，王府本同列本，有正作干戈。）可見列藏本比王府、有正二本要好得多。至於首題「深閨有奇女」一詩，各本皆無。王府、有正另抄總評詩：「五首新詩何所居，顰兒應自日欷歔，柔腸一段千般結，豈是尋常望雁魚。」與列藏本題詩相比，優劣相距何止千里。而列本題詩和第一、第二、第六等回題詩，文筆不相上下。大抵《紅樓夢》第一回、第二回及此回題下總批，皆是早期緊接回目後的批語，與有正一般回前總批，性質頗有不同。「陳文」說：「回前總批之混入正文由來已久，……除第一、二回已混入正文的總批外，其它的回前總批，都在該回之前另紙錄出的。……列藏本這一批語之混入正文，論理應比有正遲些，自不能據此得出『足見蘇聯此回鈔本保存更接近《紅樓夢》原稿文字』的結論。」我們把列藏本和有正本仔細比較之後，就文字而言，列藏本優於有正、王府本。就總批題詩的款式而言，列藏本第六十四回，與甲戌、庚辰第一回、第二回，甲戌第六回等早期的形式最爲接近。而且只有回目內的總批容易混入正文，另紙錄出的總批是不可能混入正文的。所以我說列本第六十四回是《紅樓夢》早期的本子。「陳文」又說：

> 列藏本缺書前題頁，各回所題書名皆作「石頭記」。但第十回回首作「紅樓夢第十回」，第六十三、六十四、七十二回末分題：「紅樓夢卷六十三回終」、「紅樓夢卷六十四回終」、「紅樓夢第七十二回終」。據我們研究，標題作「紅樓夢」，就脂硯齋本來說，是較後的事，就這一項來看，列藏本要比有正本還後。

這一問題，俞平伯《紅樓夢研究》中，曾有「紅樓夢大名」，「石頭記小名」之說。認爲「石頭記」好比個小圈子，「紅樓夢」好比個大圈子，小圈包括在大圈之內。陳仲箎〈談己卯脂硯齋重評石頭記〉一文，也有「曹雪芹生前確曾一度用『紅樓夢』作爲全部書的總名」之說。雖然研究《紅樓夢》的人尚有不同的見解，但庚辰本第四十八回署名脂硯齋的雙行批說：

一部大書，起是夢，寶玉情是夢，賈瑞淫又是夢，秦之家計長策又是夢，今作詩也是夢，一並風月（鑑）亦從夢中所有，故紅（樓）夢也。余今批評亦在夢中，特爲夢中之人特作此一大夢也。脂硯齋。

這是脂硯齋明明稱所批之書爲「紅樓夢」。又庚辰本第廿五回回目「紅樓夢通靈遇雙眞」，也是稱書名爲「紅樓夢」的證據。脂評本中己卯本的第三十四回回末，有「紅樓夢第三十四回終」字樣；鄭西諦藏本書名作「石頭記」，但騎縫標作「紅樓夢」，這都是早期脂本標題作「紅樓夢」的證據。我們不能說己卯本、庚辰本後於有正本，同樣也不能說列藏本後於有正本。

其次，再看第六十七回：列藏本的回目，與諸本皆同，只有「思」作「念」一字之異。但開頭話說一節，和有正本文字頗有不同。有正本作：

話說尤三姐自戕之後，尤老娘以及尤二姐、尤氏，並賈珍、賈蓉、賈璉等聞之，俱各不勝悲傷，自不必說。

王府本作：

話說尤三姐自盡之後，尤老娘合二姐兒、賈珍、賈璉等，俱不勝忍痛，自不必說。

列藏本作：

話說尤三姐自戕之後，尤老娘以及尤二姐、賈環、尤氏並賈蓉、賈璉等聞之，俱各不勝悲慟傷感，自不必說。

以上除列本「賈環」當是「賈珍」的誤字外，三本的文字各有長短，難分軒輊。惟第六十四回，在今日看得到的脂評本，列藏本應該是最好而且最早的了！

㈢列藏鈔本先後問題

列藏本問題非常複雜，此一鈔本出現的先後，很難輕易下一斷語，我在論列藏本幾篇文章中，曾略有提及。最近陳慶浩君論文有專章探討，他的結論說：

以上分從批語、正文、凡例、分回、缺回及書名方面來比較列藏本和其它各脂本的關係。我們大概可以得出結論：列藏本後於甲戌、己卯、庚辰本，大致相當於有正本的時代。

我們再回到列藏本的批語問題：既然列藏本在版本方面不可能早於甲戌本（這是無可否認的事實），則它所附的批語，是否可能比甲戌本的批語更早呢？……我們上面已證明列藏本在甲戌本之後，故列藏本的批註卽不可能早於甲戌本的批註。理論上說，列藏本應包含甲戌本所有的批註，但甲戌本有極大量的批註在列藏本已有刪批的現象。由於列藏的批幾乎全和己卯本相同，己卯本既是四閱評本系統，我們說，列藏本也是屬於這一系統的。但上面已證明過，列藏本在版本上來說大致比己卯、庚辰還要後，則在理論上它應包含四閱評本與正文一道抄錄的批。但己卯、庚辰本大量的批語在此本中只存下小量，又有簡化、混入正文的現象，則列藏本批語在四閱評過的基礎上經過大量的刪削和小量的增加整理的過程是很明顯的。結合正文批語，我們可以對列藏本有一個大概的界定：列藏本正文版本和批語，都在「脂硯齋凡四閱評過」版本的正文和批語的基礎上加以整理而形成的本子，就是說，在版本系統上它後於甲戌、己卯、庚辰，這本子可能有拼湊的現象，我們並不排斥它的某些回（如七十九、八十回）有早於四閱評本的可能性。

以上陳君的結論，在他的全文中有詳細說明，讀者可以檢閱。

我的看法，與陳君頗有不同。我認爲列藏本的底本不比己卯、庚辰爲晚。最有力的證據是正文第七十九、八十兩回混然一氣，完全沒有分開，這種情況最能顯示出《紅樓夢》原稿的眞象。第一回說：「後因曹雪芹於悼紅軒中披閱十載，增删五次，纂成目錄，分出章回。」可見沒有分回和沒有回目的《紅樓夢》，乃是最接近原稿的《紅樓夢》。此鈔本第七十九回回目是「薛文龍悔娶河東獅，賈迎春誤嫁中山狼」，和庚辰本相同，根本無第八十回回目。在分回間的文字作「連我們姨老爺時常還誇呢！金桂聽了，將脖項一扭」，語氣銜接緊湊。庚辰本只在「姨老爺時常還誇呢」下加「欲明後事，且見下回」兩句套語。又在「金桂聽了」上加「話說」二字，這樣便將兩回分開，《紅樓夢》這類未分回的原稿，和分開回目蛻變的痕迹是最清楚不過的。我們沒有理由，懷疑列本是根據已卯、庚辰本的基礎上，加以整理，而將已分開的七十九、八十兩回，卻合併抄成一整回。按照這兩回分合的情狀，很顯然列藏本是早過己卯、庚辰本的底本的。還有第二十二回，列藏本止於回末元迎探惜四個謎語：第一個謎語（能使妖魔膽盡摧……）註云：「此是元春之作」；第二個謎語（天運人功理不窮……）註云：「此是迎春之作」；第三個謎語（階下兒童仰面時……）註云：「此是探春之作」；第四個謎語（前身色相總無成……）註云：「此是惜春之作」。既沒有庚辰本四個謎語下文句較繁的雙行批，如「此元春之謎，才得僥倖，奈壽不長，可悲哉！」等；也沒有惜春謎上「此後破失，俟再補」的眉批，以及庚辰本在回末另一葉「暫記寶釵製謎」及丁亥夏畸笏叟「此回未成而芹逝矣，嘆嘆」的批語。由此看來，列藏本可能略早於庚辰本。因爲，「丁亥夏畸笏叟」的批語固然很晚，即雙行批，列藏本較簡，也應該早於庚辰本。

「陳文」說：

列藏本這一回正文，跟庚辰本一樣，寫到惜春詩謎卽戛然而止。己卯、庚辰、有正諸本批註大致相同，甲辰本雖較簡單，但都點出詩謎的暗示，列藏四條批語，只是點出作謎者。但這段之前，正文有這麼幾句話：

……賈母因說：「你瞧瞧那屏上都是他姐妹們做的，再猜一猜我聽。」賈政答應起身，走至屏前，只見頭一個寫道：

能使妖魔膽盡摧，身如束帛氣如雷。
一聲震得人方恐，回首相看已化灰。

賈政道：「這是炮竹，吓？」寶玉答道：「是。」賈政又看道：

天運人功理不窮，有功無運也難逢。
因何鎭日紛紛亂，只爲陰陽數不同。

賈政道：「是算盤？」迎春笑道：「是。」又往下看是：

階下兒童仰面時，清明粧點最堪宜。

游絲一斷渾無力，莫向東風怨別離。

賈政道：「這是風箏？」探春笑道：「是。」又看道是：

前身色相總無成，不聽菱歌聽佛經。

莫道此生沉黑海，性中自有大光明。

這裏讀者應毫無困難地了解到各謎的作者。元春不在，由寶玉代答，其餘次序是迎春、探春、惜春，迎、探兩人自己揭曉，此段未完，惜春還沒露面，但最後一謎是她作的，應不成問題。因此列藏這四條比甲辰還要簡化的批語未見特色，只取己卯、庚辰、有正的頭一句。

「陳文」的意思，以爲元迎探惜四個謎是很自然很順序的安排，所以說「讀者應毫無困難地了解到各謎的作者」，因此認爲簡單的列批較後於較繁的脂批，而推測列批「只取己卯、庚辰、有正批的頭一句。」但我們如果設想「此回未成」、「此後破失」的一回小說，存在着四個謎語，沒有一個表白出謎語的作者，除中間兩個謎語，迎春、探春笑道應「是」，可以說是作者的暗示外，照此類推，其他第一個謎的作者也可能是寶玉，如果說元春不在，由寶玉代答，而文中只說「寶玉答道：是，」卻沒有說「寶玉代答道」，這已很難不使讀者心中納悶。況且原書寫到第四個謎，更不知道是誰作的，因此批書者讀到此處，橫亘胸中的第一個念頭，便是「這四個謎的作者是誰？」批書者爲了解答這個疑問，便清楚說明，「此是元春之作」、「此是迎春之作」、「此是探春之作」、「此是惜春之作」，這該是着筆最早的批語。肯定作者的問題後，才有闡發作者身世與謎語印證的批語。所以我認爲列藏本的批語不但早於有正、甲辰，也早於庚辰、已卯。試看甲辰本、全鈔本、程乙本把佛前海燈一謎刪去，而有正本狄葆賢加上的眉批說：「惜春一謎是書中要旨，今本刪去，謬極。」恐怕也是因爲「此後破失」之故。至於程乙本增加了寶玉、寶釵兩個謎語，又把庚辰本暫記的寶釵謎語，改屬黛玉，這都是因「此回破失」，沒有明白點出謎語的作者，以致引起種種的增刪和改動。我們不能拿現在的眼光心理，斷言那時的讀者「應毫無困難地了解到各謎的作者」。由後出種種改本的紛歧，可以證明批者指出謎語作者確有其必要。我們不應該疑心是刪削後出的批語，並且是摘取後出各批語的頭一句而成的。

「陳文」又舉第十八回雙行批，證明列藏本刪削批語，故列藏本後於已卯、庚辰、有正諸本。陳文說：

第十八回：第四齣離魂（有正齣作齣）

有正650牡丹亭中伏黛玉死。所點之戲劇伏四事，乃通部書之大過節、大關鍵。（已卯「牡丹亭中伏黛玉死」作「伏黛玉之死牡丹亭中」。

甲辰：伏黛玉之死牡丹亭。

庚辰此批在行末作「之大過節大關鍵 第四齣離魂 伏代玉死所點之戲劇伏 四事乃牡丹亭中通部書 。」若依正常情形讀下去，卽先讀第一行右截，再讀左半截，接讀第二行，意思可懂，但文字不通。根據己卯批語，我們可以推測此段原書是這樣的：

第四齣離魂 伏黛玉死 牡丹亭中 所點之戲劇伏四事乃 通部書之大過節大關鍵

由於過錄的人不小心，先抄第一行右半截，接抄第二行右半截，又抄第一行左半截，再接抄第二行右半截，就變成現在的樣子，原批還應跟己卯本一樣的。列藏本此處批注作：「牡丹亭中伏黛玉死。」如甲辰般已簡化了己卯、庚辰、有正的批。甲辰批取己卯庚辰之首句，列藏批則爲有正之首句，這對我們了解各本批語之來源或有幫助。

以上「陳文」推測庚辰批語致誤的原因，頗爲近似，但「離魂」下批語，實係兩段，陳文誤爲一段。馮其庸〈論庚辰本〉云：

己卯本十七、十八回末尾元春點戲一段，在正文「第四齣「離魂」句下，有雙行小字批，抄寫的格式是：「伏代玉死」然後轉行與這一行並列寫牡丹亭中，這段批語卽到此結束。然後在伏代玉死」

的死字下面，緊接寫另一條批語：「所點之戲劇伏四事，乃」，然後再轉行緊接上一段批「牡丹亭中」的中字下面，接寫「通部書之大過節，大關鍵」，在己卯本裏「伏代玉死」云云和所點之戲」云云，這完全是各爲起迄的兩段批語，在兩段分界處還畫了一個圓圈以示區別。但庚辰本的抄者沒有注意這個符號，也沒有看出這是兩段不同的批，竟從形式事依直行一逕抄了下來，變成了這樣一段離奇古怪的文字：「伏代玉死，所點之戲劇伏四事，乃牡丹亭中通部書之大過節，大關鍵」讀庚辰本的這段文字是無論如何讀不通的。一查己卯本，問題就十分清楚，連庚辰本所以抄錯的原因也一目了然。這一特殊的錯誤，也有力地說明庚辰本確是據己卯本抄的。

我們看見了己卯、庚辰本的眞相後，知道這四齣戲，每一齣戲下有一條雙行批，另外又有總論四齣戲的一條批。「陳文」把第四齣戲的一條批和總論四齣戲的一條批，誤揑合在一起，這是不符眞相的。「陳文」又根據誤揑合的批語，認爲列藏本少去一句、一段。其實總論四齣戲的一條批，列藏本根本沒有。而且「離魂」一批也決不是取有正的首句。列藏本四齣戲的批語作：「一捧雪中似賈家敗」，「長生殿中伏元妃死」，「邯鄲夢中伏甄寶玉送玉」，「牡丹亭中伏黛玉死」；每一批語的首句，「一捧雪中」、「長生殿中」、「邯鄲夢中」、「牡丹亭中」，句法排列自然而整齊，顯然是本來行文的形式。不但不是取有正的首來拼湊，甚至可以校正己卯本的誤倒。己卯本批語也應該作「牡丹亭中伏黛玉死」，才與前三批行文一律。如果作「伏黛玉死牡丹亭中」，文意變成黛玉死在牡丹亭中，無論牡丹亭指的是書名，抑或是亭名，簡直都不成話說。所以列藏本這四條批語，不會在己卯、庚辰本之後，更不會在有正本之後。

至於第四回的護官符，下面皆註著始祖官爵並房次，甲戌、有正諸本，或作夾批，或作雙行批，皆誤正文爲批語，只有列藏本作正文不誤，可見列藏本的底本是一個較好和較早的本子。總括來說，列藏本從正文、批語各方面來觀察，列藏本的底本，不後於庚辰，必先於有正。

關於列藏本《石頭記》眉批側批的問題

——答元之凡先生

十多年前，我有機會到列寧格勒，看到夢寐以求的列寧格勒東方研究院珍藏的鈔本《石頭記》，除了努力報告見聞所及外，極力鼓吹典藏人孟列夫教授將此書早日付印流通。不意十年後，這一鈔本居然攝影行世，展示在全世界人士的眼前，實現了我多年的夢想。我不禁額手稱慶，雀躍不已。

由於我在列城只獲得短短十天的停留，我匆迫的將列藏《石頭記》的批語抄出。計雙行批七十條。這七十條雙行批只有三條是此本獨有的，其餘六十七條幾乎全部與庚辰本相同，這是此鈔本的底本屬於脂評本的確證。至於此鈔本的眉批夾眉，蘇聯學者孟列夫教授、李福清教授合撰的〈新發現的石頭記的鈔本〉論文中，說明此鈔本有眉批一百十一條，夾批八十二條。我檢閱此鈔本，第二回眉批，孟氏說有八條，實際只有七條，故眉批總數應該是一百一十條。夾批：第三回只有十九條（孟氏說有二十條），第十七回有五條（孟氏說有四條）。第二十三回，孟氏說有一條，第六十二回，孟氏說有八條，我查核這兩回，一條夾批也沒有，因此夾批實際是七十三條。總計此鈔本眉批夾批共一百八十三條。這一百八十三條批語，沒有一條和脂本評語相同。我認爲這些都不是脂評，只是抄得這脂評本的讀者，閱讀後隨意添加的評語。此鈔本有四個抄手，孟氏稱之爲A君、B君、C君、D君。我審閱A君的筆迹，書法甚佳，有趙孟頫、董其昌的筆意。B、C、D三位，只是普通抄手，書法沒有什麼帖意。三人所抄部分，有錯誤處，改正的文字，往往是A君的筆迹。如第二十二回：「交給他置酒」，「置」字點去，旁改爲「治」字，「治」字便與A君的筆迹相同。由此看來，這鈔本可能是屬於A君的。全書幾十萬字，A君自抄一部份，其餘分請B、C、D三位幫助抄寫。至於全部眉批夾批則皆A君一人的手筆；不過正文抄寫較楷正，而批語則用行草，雖然字體不同，仍看得出是同一人的筆迹。這一百多條批語的批者，我懷疑不是脂硯一羣人，而是抄得這脂本的讀者。（詳拙撰〈論列寧格勒藏鈔本紅樓夢的批語〉，原載香港《中華月報》第七〇〇期，一九七四年一月號。一九八一年十月，天津百花文藝出版社胡文彬、周雷編《臺灣紅學論文選》轉載。）這個看法，只是個人在列寧格勒十個小時內涉獵所得（拙撰〈列寧格勒十日記〉，曾詳述訪書經過）。實在不敢視爲定論。

很令人興奮的，列本公開流布以後，研究論文不斷刊出，這對紅學是有很大的裨益的。最近，我輾轉得到元之凡先生惠贈發表於一九八八年《紅樓夢學刊》第二輯的一篇論文，題名爲〈列藏本脂批考證〉，他提出不同的意見，要我明白答覆。我深深佩服元先生仔細辛勤的觀察。和我在短短十小時內匆匆搶閱的情況相較，眞是有天壤之隔。元先生說：

潘重規教授對列藏本《石頭記》眉批所下的考語，卻實有商榷的必要。因爲實際情形是這樣的：

(1)列藏本《石頭記》眉批側批中，只有一百三十二條是A君筆迹，另五十四條眉批側批是另外幾個人的筆迹。

(2)這一百三十二條眉批側批不是A君自擬的，而是A君老老實實照著父本過錄的。

(3)A君過錄的眉批側批是脂批。

元先生又說明：

在A君之外的五十餘條眉批中，有三十餘條是同一個人的筆迹，在數量上次於A君，居第二，我姑稱之爲T君。T君批語一大特色是，出自他手的三十三條批語中，竟有二十八條是批一「好」字的一字批。這二十八個「好」字在書寫上有着十分明顯的一致的習慣性特徵：一是「好」字右部之「子」字第二畫，其下部之筆勢常習慣於朝下偏左向斜飄，並一直飄下去，收筆不作勾狀，而呈自然或大致自然的舒放的弧勢。二是左部之「女」字第一畫起筆常習慣於呈筝尖狀。當然，這二十八字互比，也多少會有不盡相同之處，因爲它們畢竟不是從一個模子倒出的，但就筆法而言，係出一手，是可以肯定的。而當我們將這二十八個「好」字與A君筆下的好字，作一比較時，其絕非A君筆迹之實情，就明若觀火了。A君過錄之正文中，好字多得很，因較楷正，不足以說明問題，且不管它，只看A君批語中的「好」字。A君眉、側批中，共有好字十一個，數量不多，我全行摘取爲證。看A君這十一個「好」字：(1)「子」字第二畫，無一例象T君的那樣，朝左下向斜飄呈舒放之勢；(2)女字起筆無一例作筝尖狀；(3)十一個「好」字有九個的最後二筆是連寫，約占百分之八十二，T君的二十八個「好」字中最後二筆連寫的僅一例，所占不足百分之三點六。由此可知，這二十八個「好」字是另出一手，是不能挂在A君名下的。

元先生提出T君寫了二十八個「好」字的批語，(我檢閱得二十九個「好」字的批語）我現在將它列舉，並影印數字，以資比較（見圖一）。

第十八回　頁六三六　行二：好

第十八回　頁六三七　行五：好

第十八回　頁六三九　行四：好

第十八回　頁六六一　行五：好

圖一：

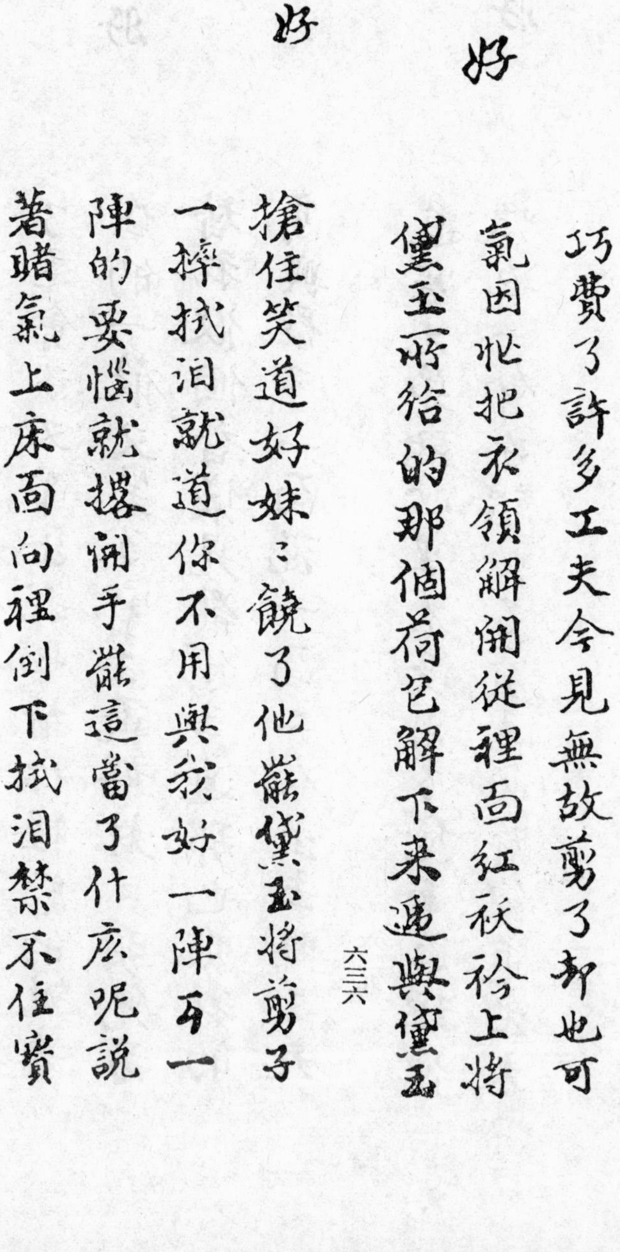

好

巧費了許多工夫今見無故剪了却也可
氣因忙把衣領解開從裡面紅襖衿上將
黛玉所給的那個荷包解下來遞與黛玉

六三六

好

搶住笑道好妹〻饒了他罷黛玉將剪子
一摔拭泪就道你不用與我好一陣歹一
陣的要惱就撂開手罷這當了什麼呢說
著賭氣上床面向裡倒下拭泪禁不住寶

六三七

好　　好

了這會子又帶上我也替你怪臊的說著
噯的一聲又笑了寶玉道好妹〻明兒另
替我做個香袋兒罷黛玉道那也瞧我的
高興罷了一面說一面二人出去瞧王夫

六三九

道寶兄弟就心里不受用了黛玉道理他
呢過一會子就好了寶玉向寶釵道老太

一二三〇

也離了縫甚至於桌子擠到牆裡頭去花盆放在簾
子上來豈不倒成了一章笑畫兒了第三要安插人物
也要有疏密有高低衣摺裙帶手指足步最是要緊

好

一七九一

第十九回　頁七〇〇　行八：好
第廿二回　頁八四〇　行二：好
第廿二回　頁八四一　行三：好
第廿二回　頁八四二　行七：好
第廿二回　頁八四三　行七：好
第廿三回　頁九〇二　行七：好
第廿四回　頁九三五　行六：好
第廿四回　頁九三九　行五：好
第廿五回　頁九九五　行八：好

第廿五回 頁一〇一一 行四：好
第廿六回 頁一〇二五 行一：好
第廿六回 頁一〇五二 行五：好
第廿八回 頁一一一九 行二：好
第廿八回 頁一一一九 行八：好
第廿八回 頁一一二九 行八：好
第廿八回 頁一一三〇 行八：好
第廿八回 頁一一六四 行五：好
第廿八回 頁一一六六 行七：好
第廿八回 頁一一六七 行四：好
第廿九回 頁一二〇〇 行七：好
第廿九回 頁一二〇七 行四：好
第三十回 頁一二三八 行二：好
第三十回 頁一二四〇 行八：好
第三十回 頁一二四一 行六：好

第四十二回　頁一七九一　行七：好

元先生又說：「A君眉、側批中，共有好字十一個，數量不多，我全行摘取爲證。」我現在也列舉並全部影印出來，以資比對（見圖二）。

第三回眉批　頁一〇六　行一：好情節。

第九回眉批　頁三一六　行三：好，洗得乾淨。

第一回側批　頁二〇　行三：好。

第二回側批　頁五七　行五：好買賣。

第三回側批　頁九七　行八：好問，可謂細心。

第三回側批　頁一一四　行三：好弱。

第三回側批　頁一一五　行一：好收束。

第三回側批　頁一一五　行六：好細心一個當家人。

第四回側批　頁一五九　行二：當面好罵。

第四回側批　頁一六〇　行七：好名色。

第卅六回批側　頁一五〇一　行二：好景寫的到家。

從前面列舉單獨一個「好」字批語的筆迹，和A君十一個有「好」字的批語的筆迹，並不能

圖二：

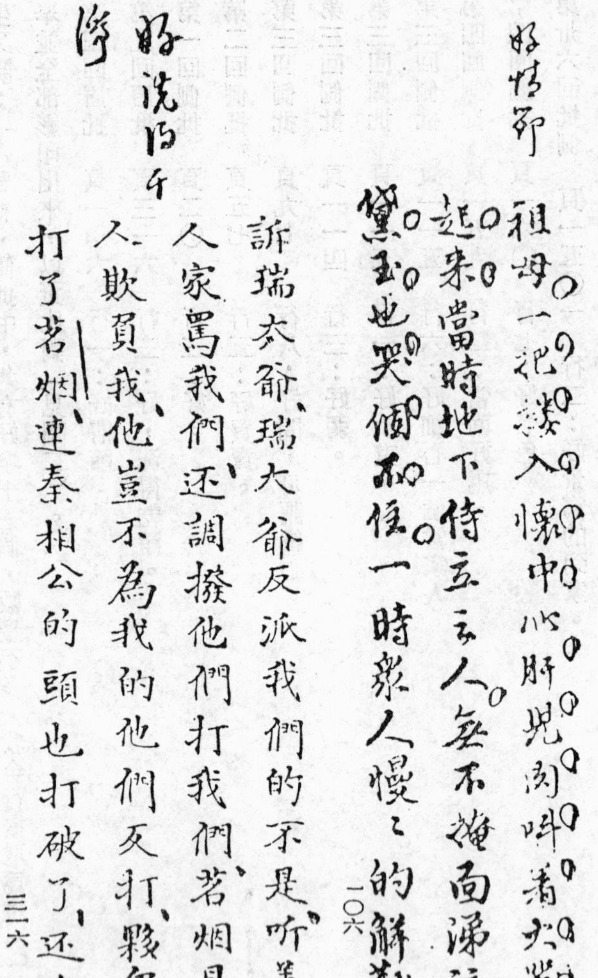

好情節

祖母一把摟入懷中，心肝兒肉叫着大哭，起來，當時地下侍立之人，無不掩面涕泣，黛玉也哭個不住。一時眾人慢慢的解勸

一〇六

好洗污千

妙

訴瑞太爺，瑞大爺反派我們的不是，听着人家罵我們，还調撥他們打我們茗烟，見人欺負我，他豈不為我的，他們反打，夥兒打了茗烟，連秦相公的頭也打破了，还在

三一六

雨村二次歎詠英蓮皆歎人身自得嬌杏後玉章職其中皆讖識及此何竟見識由是觀之可見雨村心不只有校

的眼淚還他。也償還得過他了。因此一事，就勾出多少風流冤家來，陪他們去了。結此案。那道人道：果是罕聞。實未有聞（好）。還眼

二〇

說。乃封百金（好）（買賣）贈封肅外，又謝甄家娘子許多物事，令其好生養贍，以待尋訪女兒下落。封肅回家無話。卻說嬌杏這丫環，便是那年回顧雨村者。因偶然回顧，便弄出這

釋口。又問不知令親大人現有何職。只怕。

晚生。草率。不敢。驟然入都。干瀆。如海笑道。

九七

通身的氣派。竟不像老祖宗的外孫女兒。

竟是個嫡親的孫女。怨不得老祖宗天天

口頭心頭。一時不忘。只可憐我妹妹。這是

二一四

與黛玉賈

黛玉到榮府
良久衆人未審
想到諸事獨
惟鳳一人盡
想不到的地方
可見心細而練
達亦長可觀

他身上了又是歡喜又是傷心竟忘了老
祖宗該打該打又忙携黛玉之手問妹々
幾歲了可也上学現吃什麽藥在這里不
要想家想什麽吃的什麽頑的只管告訴
我了頭老婆們不好了也只管告訴我一
面又問婆子們林姑娘的行李東西可搬
進來了帶了幾個人來你們趕早打掃兩間
下房讓他們去歇歇說話間已擺茶菓上

是一時想不起來那門子笑道老爺真是
貴人多忘事把出身之地竟忘了不記得
當日葫蘆廟里之事了雨村聽了如雷震了

一五九

道老爺既榮任到這一省難道就沒有抄
一張本省的護官符來不成雨村忙問何
為護官符我竟不知門子道這還了的連

一六〇

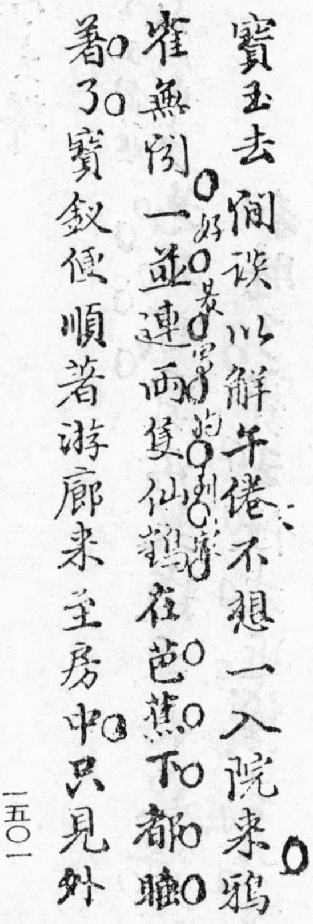

寶玉去閒談以解午倦不想一入院來鴉〇
雀無聞〇一並連兩隻仙鶴在芭〇蕉〇下〇都睡〇
好〇是〇字〇的〇別〇寫
著了〇寶釵便順著游廊來至房中〇只見外

構成是兩種不同筆迹的證據。因爲單獨一個「好」字的批語，和有上下文連貫書寫的筆勢不同，它下面沒有連寫的字，所以右部「子」字第二畫的筆勢常習慣於偏左向斜飄，而收筆不作勾狀。再拿正文中A君所寫的「好」字，少加觀察，就可發現同一回、同一葉或同一行當中，一個「好」字即有兩種不同的寫法。我們不能說正文有兩種寫法，便斷定是兩個不同的抄手。現在略舉數例，並影印附後（見圖三）。

圖三：

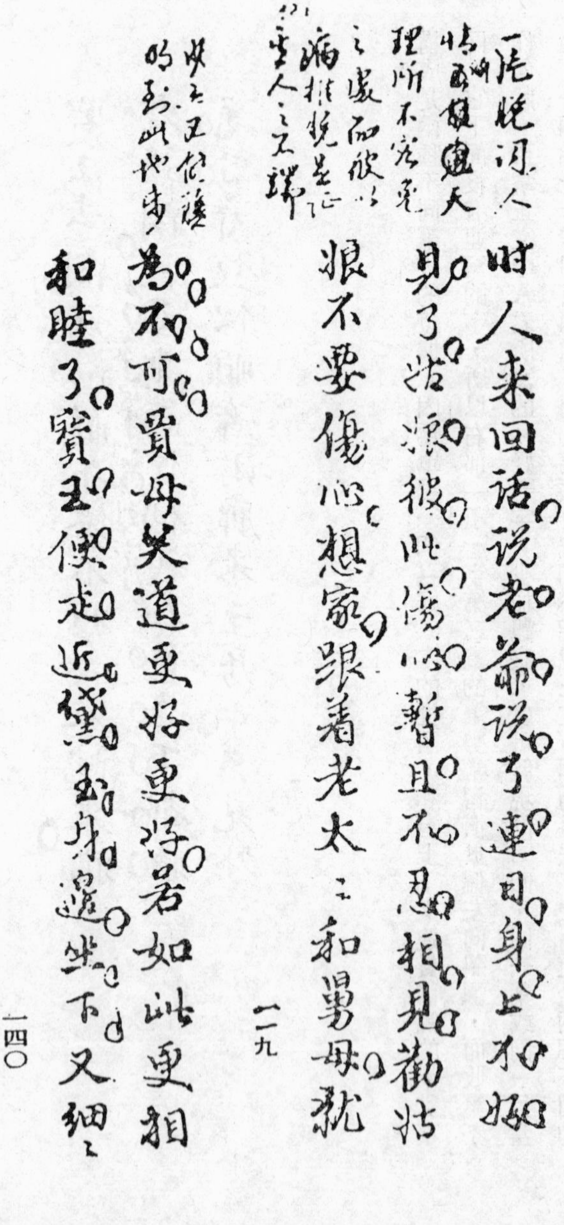
時人來回話說老爺說了連日身上不好
見了姑娘彼此傷心暫且不忍相見勸姑
娘不要傷心想家跟著老太太和舅母就
一一九
為不可賈母笑道更好更好若如此更相
和睦了寶玉便走近黛玉身邊坐下又細細
一四〇

賈環没看寶玉便拉他的手哭道好姐姐
你也理我理兒呢一面說一面拉他的手
去了黛玉笑道可是呢我到忘了多謝你 九六七
的茶葉鳳姐兒又道你嚐了可還好不好 九九一
個月我又攢下十来吊錢了你還拿了去
明兒出门逛去的時候或是好字好輕巧 一〇九二

第三回　頁一一九　行六：連月身上不好。

第三回　頁一四〇　行七：更好更好。

第廿五回　頁九六七　行七：好姐姐。

第廿五回　頁九九一　行二：好不好。

第廿七回　頁一〇九二　行二：好字好輕巧。

以上隨意舉的幾個例子，好字左部「女」字第一畫起筆有的呈箏尖狀，有的並不呈箏尖狀，可見呈箏尖狀或不呈箏尖狀，都是A君的筆迹。因此元先生所得結論：「這二十八個好字是另出一手」，證據並不充份。況且一個批書人，欣賞一部書，單單批幾十個「好」字，似乎也不合情理。如果有一個舊本如此，A君恐怕也不會照錄這樣的底本吧！

元先生又觀察列本圈點，指出：「A君的眉側批一百二十二條，幾乎全集中在前三回半，而第四回的前半回，和一、二、三回是用圈作斷句符號；第四回的後半回則和第七至十四回一樣，是用點作斷句符號。又第三十六回，A君也寫有五條側批，依原線裝看，此回共二十三葉，這二十三葉中又有一葉零兩行的正文有標點斷句，而用以斷句的符號恰恰又是圈而不是點，而A君在此回中的五條側批恰恰又是寫在有圈斷句的這一葉零兩行中！而且，整個三十六回的正文都是A君過錄的。這一大樁巧事，不是A君做的，而是列藏本的底本形成的。換一個講法，也就是說，列藏本的底本不是一部整齊、統一的八十回《石頭記》，而是用來路不同的幾個本子湊配而成的。加圈斷句的部分是一個來路，加點斷句的部分是又一個來路。加圈部分的底本原是一部批語很多，且有圈斷句的《石頭記》。而加點斷句部分的底本是一個沒有眉批、側批而僅有點斷句的底本。由於某種可能的緣故，這兩個本子都殘損了。在過錄時，過錄者只是老老實實照着殘損的底本過錄，底本是什麼樣，就過錄成什麼樣，批語及斷句之圈、點，均依葫蘆畫瓢。A君筆迹的批語，正是這樣過錄而來的。」

我的看法，和元先生不同。我認爲列藏本有圈和點的斷句，不可能是從另一個本子過錄來的，而應該是A君自己加的圈和點。首先看加圈的部分。回中加了連圈的部分，幾乎都有眉批和側批，連圈是他激賞的符號，批語則是他激賞的說明，可見連圈與批語是相關聯的一體兩面。而且，從讀者加圈的情況，可以看出是A君自加的標點，而不是「從殘損的底本過錄，底本是什麼樣，就過錄成什麼樣」。試舉數例說明，並影印列本附後（見圖四）。

第一回、頁三十四、行一：不過是偶吟前人之句。何敢狂誕。（規案：加圈後剔去）至此。

規案：因「狂誕」下誤施圈，故把圈剔去。如底本誤圈並剔去，何必依樣照錄。

第一回、頁三十六、行四：若論文學，晚生也或可去充數。（規案：加圈後塗去）沾

圖四：

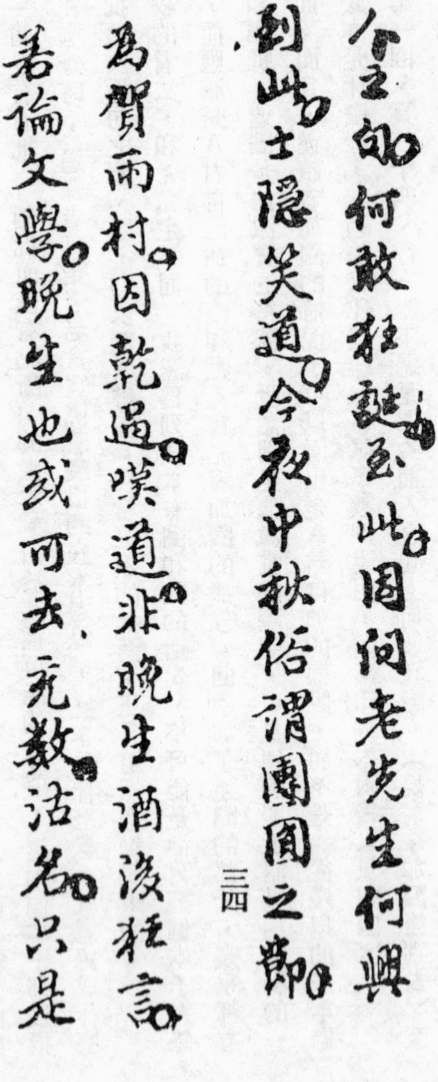
今日何敢狂誕至此因問老先生何興
到此士隱笑道今夜中秋俗謂團圓之節
三四
為賈雨村因乾過嘆道非晚生酒後狂言
若論文學晚生也或可去充數沽名只是
三六

春等都都曉得。是議論金陵城中所居的

薛姨母之子、姨表兄、薛蟠。倚財仗勢打死

一五一

薛家縱比馮家富貴。想其為人自然姬妾衆

多。淫放無度。未必及馮淵定情、一人者。這正

一七二

名。規案：因「充數」下誤加圈，後發覺應連下「沽名」爲句，故將「充數」下圈號塗去。

第三回、頁一五一、行四：姨表兄。（規案：加半圈即停筆）薛蟠。　規案：「至「姨表兄」下纔加半圈時，發覺應連下「薛蟠」爲句，便即停筆。如係過錄，何必照錄底本半圈的誤筆。

第四回、頁一七二、行二：怎及馮淵定情。（規案：加半圈即停筆）一人者。　規案：「定情」下加圈，發覺錯誤停筆時留下半個圈。

至於加點的符號，更可看出來是A君快讀時加的標點，不論是加點的位置不恰當，或者是不正確，他點過便算，並不加以改正。例如第四回一百七十二頁第七行起(影印附後，見圖五)：

此薛蟠、即賈府之親戚、老爺如不順水行舟、作了整人、情（規案：應點在「情」字下，誤點在「情」字上）將此案了結（規案：應點在「結」字下，誤點在「結」字上）日後也好去、（規案：「去」字下不應加點，誤加後也不剔去）見賈王二公、兩村道、你說的何嘗不是、但事關人、（規案：「人」應連下「命」爲句，誤施點，也不改正）命蒙皇上、（規案：應連下「隆恩」爲句，也不改正）隆恩起復委用、實是重生、（規案：「重生」應下連「再造」爲句，誤加點也不剔去）再造、正當殫心竭力、（規案：應連下爲句，也不剔去）圖報之時、豈可因私、而廢公是、我

圖五：

此任○亦係賈府王府之力○此薛蟠即賈府之親戚、老爺如不順水行舟、作了整人情、將此案了、結日後也好去見賈王二公、兩村道、你說的何嘗不是、但事關人命、蒙皇上、隆恩起復委用、實是重生再造、正當殫心竭力、圖報之時、豈可因私而廢公、是我實不能、為者门子、聽了冷笑道、老爺說實不能、爲者門子、聽了冷笑道、（規案：此數句當作「豈可因私而廢公、是我實不能爲者、門子聽了冷笑道。」

像這樣的誤點，一直點到第十四回，都是同樣的情況。這樣的情況，只有讀者快讀快點時纔會如此。否則必然會自加改正。如果我們得到這樣一個底本，豈有把它文字抄錄後，還會把它的錯誤標點「照錄不誤」嗎！我認爲鈔本發生這種現象的原因，是由於A君抄寫此鈔本時，感到極大興趣，故親自抄寫，並加圈點。遇到有會心處，便施加連圈，並加批語。但抄到三回半時，感到進度過慢，又牽於人事，限於時間，所以自三回半後，便改圈爲點，加快速度。遇到激賞處，批一好字，就不再詳細評說。第三十六回十八行文字有圈有批，這可能是A君抄到這段文字時，特別感到興趣，偶然又加圈加批。爲了趕抄全書，隨又停止。元先生硬說是A君保存殘剩的一葉底本，A君據以過錄，恐怕是一種缺乏證據的構想。元先生還提出：

前三回半中，A君書批一百二十二條，有十二條發生塗抹改寫及添補，關涉着十九個字，其中塗改十四字，添補五字。限於篇幅，試舉二例以證明A君過錄批語的事實。一例：第二回「若不見姣杏，未必想士隱……」之側批，「若不見姣杏」下，原有一恐字，寫出復又塗去。……「未必」、「恐未必」在此句中，均表「未見得」之意，意義眞無軒輊。多一恐字，何嘗減損A君之意，何嘗誤傳A君之言。……惟其實爲過錄，自當忠於原文，多出之字一經察覺，方有抹去以合原批之必要。」二例：第三回「黛玉到榮府良久，衆人未嘗想到諸事，獨熙鳳一人無想不到的地方……」之眉批，無想不到之「無」字下原有一個「不」，寫後復行圈去。這個句子有點別致，我初讀此批至「獨熙鳳一人無」處時，滿以爲此處下去順口必然是「不」字，作「獨熙鳳一人無不想到」句，不料這位批書人叉開「不」字，下接想字，反拗一筆，作「無想不到的地方」句，以至初讀不免有拗舌之嫌。

元先生舉上二例，作爲A君過錄批語的證據，在我看來，這只是A君加批語時，自己斟酌損益字句的痕迹。第一例原批以「若不見」、「若不要」相對，接着承以兩個「未必」，所以刪去上一句多餘的「恐」字。第二例，「衆人未嘗想到」、「獨熙鳳一人無想不到的地方」，「想到」、「想不到」兩句旣妥貼，又不拗口。只是A君寫批語時，偶然脫寫「想」字，寫了「不」字，發覺後隨卽塗去。一般寫稿時常常有這種現象。批書人乘與在書眉或夾行間加批，並不會先寫淸稿，然後再重抄到書上去的。這種現象，恐怕很難作爲照底本過錄批語的例證。

元先生最後肯定「一百三十二條眉批、側批，實實在在是脂批。」現存甲戌、己卯、庚辰、有正各本所存的脂批，太半文字相同。但列藏本的批語，幾乎沒有一條和各本脂批完全相同的。如果僅僅攀引批語的辭意有相似之處，便認爲是同一人的批語，則古今讀《紅樓夢》的人有同樣的感觸，發爲類似的語言。恐怕會多至不可勝數。如果加批人沒有分別具名，是很難斷言是否出於同一人所批的。但是，相反的，在批語中發現相異的地方，這倒可以證明是不同人的批語。我們試看列本第十七回一條批語：

古人詩云：「蘼蕪滿手泣斜暉。」「滿手」側批云：「胡說」。

這條批語，A君大概認爲「蘼蕪滿手」不通，所以批斥它爲「胡說」。但是加脂批的己卯本和庚辰本沒有批語，正文卻有圈改。己卯本作「古人詩云：蘼蕪滿手泣斜暉。」「手」字用朱筆點去，側改「院」字。庚辰本也作「古人詩云：蘼蕪滿手泣斜暉。」用墨筆圈去「手」字，側改「院」字。可見批校己卯、庚辰本的脂硯，認爲「蘼蕪滿手」是抄書人的誤字，而不是作者的原文，所以徑行改爲「蘼蕪滿院」。到了有正本、全鈔本都只作「古人詩云：蘼蕪滿院泣斜暉」，把脂硯等改字的痕迹都省去了。案唐魚玄機〈閨怨詩〉云：「蘼蕪盈手泣斜暉，聞道鄰家夫壻歸。」《石頭記》作者引的古人詩便是魚玄機的〈閨怨詩〉，只是把原詩「盈手」改爲「滿手」。由於讀者不知出處，因此發生不同的看待。讀列本《石頭記》

的A君認爲「蘼蕪滿手」是原作的不通，故加批語，直斥爲「胡說」。而評點己卯本、庚辰本的脂硯，則認爲「蘼蕪滿手」是原作的誤字。所以便以意圈改「手」字爲「院」字。由此也可以看出脂硯和列本A君都不知道《紅樓夢》作者引用這句詩的出處。同時也可看出列本能保存原本的眞貌，是很早期的鈔本。不過，列本A君認爲是原作者的不通，加批申斥；己卯庚辰本的脂硯認爲是原作的誤抄，加以圈改。這顯然是兩個不同讀者的不同表現。有正本、全鈔本沿襲脂硯的改訂，把原書原文的痕迹完全消失。而列本保全了《石頭記》的原文，又留下了A君的批語，這應該是列本A君不是脂硯的堅強證據。元先生堅持「A君過錄下來的一百三十二條眉批、側批，實實在在是脂批，」似乎還需要再加考慮吧。

《紅樓夢》鈔本和孟列夫

孟西科夫教授 Prof. L. N Menshikov 是蘇聯漢學界的權威。他曾用俄文翻譯全部《紅樓夢》，編印出版了《敦煌寫本目錄》二册。我國國寶陷在列寧格勒東方研究院的敦煌卷子和鈔本《紅樓夢》，都是由他整理。他雖舉世聞名，年年有國際學術會議邀請，但得不到他的政府批准，所以從未離開國門一步。《中國大陸的陰影》的著者西蒙列斯先生，十幾年前，來香港新亞研究所進修，曾聽我講中國文學兩年，課餘從我練習太極拳，也很有恆心。民國五十九年，他訪問列寧格勒，把我的著作轉贈給孟西科夫，因此，孟西科夫開始和我通信。直到民國六十二年七月，我參加巴黎東方學會之後，得孟氏函邀，才有機會飛到列寧格勒東方研究院，和他相晤。見面時，使我猛吃一驚，他說得一口流利的中國話，大大出我意料之外。他性情豪爽，一見如故。他自稱名字是孟列夫；原來孟西科夫是他的姓，列維

Level 是他的名，是獅子的意思，所以他是姓孟名列夫。我居留列城十天，他引導我遊覽名勝，參觀博物館。他讓我在他善本書庫內的工作室裏，盡情觀看敦煌卷子和鈔本《紅樓夢》。他這一番誠摯深厚的情誼，時間愈久，使我懷念愈深。

我記得他把三十五册鈔本《紅樓夢》遞到我手中時，他說：「你是第一個來看它的中國教授了。」說也慚愧，這鈔本在一九六四年蘇聯出版的《亞非人民》雜誌第五期，刊載了他和李福清教授合撰的〈新發現的石頭記鈔本〉，已有詳細的報導。一九六五年，日本小野理子女士卽已譯成日文，載於大阪市立大學文學部中國學硏究室所編的《清末文學言語硏究會會報》第七號。日本小川環樹教授也早已親來列城欣賞過，所以我乍見這一部夢想渴望的異書時，眞有說不盡的驚喜慚愧之情！

談到此一鈔本，據孟氏說：「此鈔本係帕夫露·庫連濟夫於一八三二年（清道光十二年），由北京帶回俄國。庫氏旅居北京時，在俄國希臘正教會學習漢文。兩年後，因病返俄，把它留存在外交部圖書館，後來就移交給列寧格勒東方硏究院。」據孟氏的描述，此鈔本係用清高宗《御製詩》的襯葉作稿紙，而反以《御製詩》作爲鈔本的襯葉。我仔細觀察，認爲是用普通竹紙墨筆抄寫的。披讀旣久，書葉的中縫都離披裂開，不便翻揭。經收藏者重加裝釘，於是拆開《御製詩集》做襯葉；爲了竹紙很薄，故把《御製詩》反摺起來，將有字的一面隱藏，免得文字透映竹紙，擾亂視線。從每一葉的中縫皆已裂開，而且粘貼在襯葉的邊緣上，這便是鈔本重加裝釘的確證。此一事實，和鈔本產生的時代有重大關係。因爲乾隆《御製詩》五集是乾隆六十年才印成的，倘若鈔本用它做稿紙，則抄寫的時期必在乾隆六十年（西元一七九五年）以後。現在知道是重裝時用做襯葉，則抄寫的時期便遠在乾隆六十年以前。這一事實，在紅學研究上是必須首先辨明的。如果不是我親眼看見鈔本，縱然將它影印出來，也沒法知道孟氏評介的錯誤。這不能不說是此行的收穫。孟氏接受了我的意見，並且說：「潘科夫教授曾指出此鈔本並非用《御製詩》襯葉做稿紙，在寫〈新發現的石頭記鈔本〉時，沒採納他的說法，現在應該加以修正。」

頗令人感到遺憾的，趙岡先生著的《紅樓夢研究新編》（民國六十四年十二月，臺北聯經出版）中說：「蘇聯列寧格勒東方研究院也收藏一套鈔本《石頭記》，據我們判斷，它是屬於有正這一系統，也就是說與戚蓼生所得的過錄本類似。此鈔本八十回，分裝三十五册，是用清高宗《御製詩》第四集第五集的書葉襯紙抄成的。由此可以斷定，其過錄時間當在一七九五年（乾隆六十年）以後。」趙先生引用我的文章，卻作出這樣的判斷，是很可惜的。我們試留心觀察此鈔本分回的情況，便知它的底本遠在戚本之前。戚本第十七、十八兩回分開，各有回目；而此鈔本兩回文字雖已分開，但僅有一共同回目。此鈔本最特別的是，最後一回是第七十九回，而七十九回實包括第八十回在內，文氣一直貫注到底，其間並無分回之處，也未用任何符號表示可以分回。此鈔本第七十九回回目是「薛文龍悔娶河東獅，賈迎春誤嫁中山狼」，和庚辰本相同，根本沒有第八十回的回目。此鈔本在分回中間的文字作「連我們姨老爺時常還誇呢！金桂聽了，將脖項一扭」，語氣銜接緊凑。庚辰本只在「連我們姨老爺時常還誇呢」下加「欲明後事，且見下回」兩句套語；又在「金桂聽了」上加「話說」二字，這樣便將兩回分開。《紅樓夢》這類未分回的原稿，和分開回目蛻變的痕迹是最清楚不過的。按照第七十九、八十回分合的情狀，似乎蘇聯本還有早過庚辰本的地方。戚蓼生本添補了第八十回的回目，文字分析得也更清楚。顯然比蘇聯本、庚辰本都較爲晚出。趙岡先生貿然說列寧格勒藏本是乾隆六十年以後的鈔本，而是屬於有正這一系統。不顧事實，輕下判斷。以親眼看見此鈔本眞面目的人，不能不興「裁判不公」之感！

現在想當年「分秒必爭」，忍饑閱讀的情況，每到中午，孟教授便邀往食堂進膳，我總是婉言推辭，孟教授總是含笑揮揮手離去。這一幕幕磨洗不掉的景象，依然歷歷掛在我的眼簾。尤其令我回味的是每一葉夾着大清皇帝《御製詩》做襯紙的鈔本《紅樓夢》親切感覺到，這是替一個文人和當朝皇帝的作品，做出了最精密的評價。裝釘保存這鈔本的讀者，眞是最公正的文學批評家啊！

「開天闢地」第一屆國際《紅樓夢》研討會

一百年前，我國大詩人駐日本使館參贊黃遵憲先生，對日本漢學家說：「《紅樓夢》乃開天闢地：從古到今第一部好小說，當與日月爭光，萬古不磨者。恨貴邦人不通中語，不能盡得其妙也。論其文章，宜與左、國、史、漢並妙。」這一番話，早已獲得全世界文人學者的首肯。從這個月在美國威斯康辛大學首屆國際《紅樓夢》研討會的召開，更證明《紅樓夢》這部小說的崇高地位。一部文學作品，驚動了全世界的學者專家，濟濟一堂，來開會討論。這在中國，乃至全世界，似乎都從來不曾見過。套一句黃大詩人的話來說：「首屆國際《紅樓夢》研討會，乃開天闢地，從古到今第一次的盛舉，當與日月爭光，萬古不磨者。」由此可知《紅樓夢》小說是古今第一部好作品，也受到全世界文學家第一等好待遇！

據聞此次會議，獲得美國學術協會聯會(American Councel of Learned Societies)

和威斯康辛大學的支持。成立了顧問委員會，由威大校長沈艾文（Chanceller Iruing Shain）任主席，威大研究院院長羅伯特・博克（Dean Robert M. Bock）、威大文理學院院長大偉・克羅農（Dean E. David Cronon）任委員。又由威大周策縱教授任工作場主任（Workshop Director），綜攬一切會務。被邀請參加會議的學者，除美國外，計中華民國一人或二人，香港一人，日本一人，歐洲一人，中共三人。據我所知，中華民國名小說家高陽先生，香港中文大學宋淇先生均接受邀請。英國翻譯全部《紅樓夢》的牛津大學霍克思教授（Prof. David Hawkes），已決定參加。日本翻譯全部《紅樓夢》的東京大學教授伊藤漱平（Prof. Sohei Itoh），原已接受邀請，後因眼網膜脫落，住院治療，復函謝卻，現已出院，也決定到會。

去年十一月威大籌備召集會議之初，周策縱教授函邀出席，聲明此次集會，純粹是學術性的，完全以個人身份參加。周教授又告知研討會舉行期間，同時擬舉行《紅樓夢》詩書畫文物展覽，託我代爲徵集。我曾函告，胡適之先生所珍藏的《紅樓夢》甲戌本，現寄存在美國康乃爾大學圖書館，可以洽借。臺北韓鏡塘先生收藏的程刻本《紅樓夢》二十冊，和明刻本《三國誌演義》十二冊，韓氏曾經影印出版。據他生前告訴我，他患重病時，被人假託中央圖書館名義向他購去，後來病癒，擬將未印完的《三國誌演義》後四冊借回複印，才發現是美國方面購去。我很同情韓老先生的遭遇，也想訪尋我國珍貴文物的下落。我素知耶魯大學李田意教授研究中國小說，編纂中國小說目錄時，曾徵求我研究《紅樓夢》的著述。所以我疑心這兩部古本小說，可能流入耶魯大學書庫中。因此我屢函李教授託他查訪，承他親到書庫中遍索不見。不久李教授離開耶魯。又託耶大圖書館主任萬惟英君查訪。萬君是師大國文系校友，覆信也說遍尋不獲，我以爲此書從此石沉大海了。不料萬君將離開耶魯時，忽來信告知在圖書館保險櫃中，發現了明本《三國誌演義》。他的繼任是一位日本女士，經接洽後，居然將微卷寄來香港，供我使用。恰值韓老先生去世，補印明本《三國誌演義》之舉作罷，我又將原卷寄回。但是程刻本《紅樓夢》則依然沒有消息。此次有展覽《紅樓夢》文物的盛舉，所以我又告知周教授請他多方訪求。最近周教授來信，康乃爾大學圖書館及胡先生哲嗣已答應借展甲戌本《紅樓夢》，保險費是四萬美元。韓藏程刻本《紅樓夢》卻始終不見踪跡，令人不勝悵惘之至。

我私人收藏有清人裕瑞的《萋香軒文稿》，也將帶往展出。此一文稿，我認爲是裕瑞的稿本，而大陸影印的裕瑞《棗窗閒筆》，字迹不同，乃是鈔本。大陸吳恩裕先生看見了我在中文大學的影印本，他發表文章，認爲《萋香軒文稿》是鈔本，而《棗窗閒筆》則是稿本。前些時聽說吳氏接到邀請書，趕寫論文，竟至心臟病發作暴卒，眞叫人感到意外。

周教授又一再來信催促，要我送些詩畫參加。我因近幾月來，課務特別繁忙，實無餘閒撰寫。只得把三舅劉太希先生送我的一幅字畫帶去展覽。這幅畫，是我獨居華岡山齋時，三舅畫一麗姝，慰我孤寂。還綴題一詩云：「為伴孤山處士身，揮毫來畫翠眉顰，衣裳金縷俱零落，不似紅樓夢裏人。」我覺得三舅所畫，豐神絕世，比改七薌的繪事還更超逸。離臺前一個清晨，趁着山齋曉色，在畫頭也題上一首詩說：「雲想衣裳夢裏身，山圍海立為誰顰，鑄情賴有傳神筆，重見紅樓伴讀人。」又匆匆寫了一個條幅，謄錄〈自題紅樓夢新解〉，和〈讀列寧格勒藏鈔本紅樓夢〉兩首小詩，勉強帶去向周教授交卷。詩雖不佳，但卻透露了我這次參加會議的心願。免不得在此費些筆墨，少作說明。

在我記憶中，進入中學時，我已經成了一個紅迷。腦海中終日盤旋著林黛玉和賈寶玉的倩影，恰似棋迷腦海中充滿了黑子白子一般。那時不但不曾問曹雪芹是什麼人，根本也不理會作者是什麼人。我只覺得這部小說具備一種吸力，它把我整個心靈都攝收到作品的一字一句當中。因此，一卷《紅樓夢》常常會逗得我廢寢忘餐，不忍釋手。看到傷心處，便覺滿紙閃爍着晶瑩的淚珠；看到歡愉時，便覺眼前展開溫馨的笑靨。遇到動人心魂的字句，咀嚼玩味，有時十天半月都不能放下。眞正像香菱學詩的時候說的：「念在嘴裏，倒像有幾千斤重的一個橄欖。」試問，幾千斤重的橄欖，這一輩子如何能咀嚼消受得盡呢？而且我每次讀

《紅樓夢》，總覺得作者有一段奇苦鬱極的至情，乍呑乍吐，欲說還休。他口口聲聲說：「曾歷過一番夢幻之後，故將眞事隱去。」又說：「只按自己的事體情理，……其間離合悲歡，興衰際遇，俱是按迹循踪，不敢稍加穿鑿，至失其眞。」但讀遍了全部《紅樓夢》，提到年月朝代處，從沒有大淸字樣。甚至歷敍古今人物時，說什麼「近日之倪雲林、唐伯虎、祝枝山」（第二回），簡直像是明朝人的口吻，令人與「不知有淸」之感。作者寫作的時代，爲什麼要藏頭露尾，閃閃爍爍，既不在書中說明，又不在書外點出呢？這是我沉醉於《紅樓夢》之後，帶來了這類不少的困擾，眞有「羣疑滿腹，衆難塞胸」之概。

到了民國十三年，遊學南京，得讀蔡元培先生的《石頭記索隱》、胡適先生的《紅樓夢考證》，知道蔡、胡二先生紅學論戰曾經震動國際學術界。胡先生把蔡先生《紅樓夢》「作者持民族主義甚摯」的說法駁倒。他的結論確定《紅樓夢》的作者是曹雪芹。他又發現脂評《紅樓夢》鈔本，斷定刻本前八十回的作者是曹雪芹，後四十回是高鶚的僞造。胡先生認爲這是歷史科學考證方法的成功。因此博得一般學者的信從。魯迅的《小說史略》，乃至日本歐美，差不多整個世界談《紅樓夢》的全都採用了胡先生的學說。從民國十年以後，說得上是「定於一尊」的「胡適時代」了。那時並未引起我研究《紅樓夢》的興趣，不過在中學四年級時（那時是舊制中學，修滿四年畢業），很愛好張蒼水、顧亭林的詩文，課餘時，總是手把一編，自吟自賞。考進大學後，更喜涉獵顧黃王三先生的著作。又縱觀《南明野史》，以及清代文字獄的檔案。發現亭林諸人詩文集中，凡涉及清代紀年，皆絕而不書。甚至誌墓之文，如生卒年月，非明白寫出不可的，也千方百計曲曲折折加以表明，決不肯寫出滿清時代年號，以表示他們不屈服異族的志節。這使我觸悟到《紅樓夢》作者不肯寫明朝代，正和亡國遺民是同樣的情懷。我看了許多《南明野史》和文字獄檔案，又發現清初這一段時期，無論是文人學者，江湖豪俠，凡屬反抗異族的志士，都是利用「隱語式」的工具在異族控制下秘密活動。

清文字獄的檔案中，有一件是劉墉搜出丹徒生員殷寶山的詩文，乾隆的上諭說：「至閱其內〈記夢〉一篇有云：『若姓氏、物之紅色者是。夫色之紅非姓之紅也，紅乃朱也』等語，顯係指稱勝國之姓，故爲徽國之語以混之，尤屬狡詭！該犯自高曾以來，卽爲本朝臣民，食毛踐土，乃敢繫懷故國，其心實屬叛逆，罪不容誅。」看了這段話，使我聯想起《紅樓夢》第五回，「警幻仙曲演紅樓夢」和第五十二回眞眞國女子「昨夜朱樓夢，今宵水國吟」的詩句，對照起來，分明是把紅字代替朱字，這是不是「繫懷故國，其心叛逆」呢？明崇禎殉國後，號稱易堂九子的魏禧、彭士望諸人，選擇了江西寧都縣的翠微峯，做他們革命的根據地。《說文》分析古文「易」字是日月相合；日月相合便是「明」。彭士望的〈易堂記〉說：

「丁亥，合坐讀史，爲筆記；爲詩，詩一遵正韻。是冬，諸子言易，卜得離之乾，遂名易堂。……山居屋有五，易堂爲公堂，左右室並列。」這段話用隱語說明「易堂」卽是明代的朝廷。因爲《易經》離卦是光明的象徵：它的象辭說：「離，麗也。日月麗乎天，重明以麗乎正。」象辭又說：「明兩作離，大人以繼明照於四方。」「重明」、「繼明」卽是「復明」的隱語。他們以「易堂爲公堂」，公堂卽是朝廷的意思，也算是他們革命政府的象徵。

易堂九子，作詩用「正韻」，「正韻」乃是明太祖勅撰的《洪武正韻》。作詩用明韻，正是他們反抗清朝的表示。乾隆十八年又曾經發生一樁怪案，一個名叫丁文彬的，自稱皇帝，忽然要傳位與曲阜衍聖公，文字獄檔案留有他造曆書的口供單說：「小子只有一個人著書抄寫，因上帝命我趕修這《洪範春秋》，故此不能再有工夫造這新書了。直到卽位六年上才造起的，只造得三年，並沒隱藏別處。那大夏是小子國號，天元是年號。小子因做得一無好處，去年因請命了上帝，把天元改作昭武，傳位與小聖公的，既有年號，就寫欽定了。至於書面上寫大夏大明，那是取明明德的意思，大夏是取行夏之時的意思。」看了這段供詞，又觸發我對《紅樓夢》的疑問。《紅樓夢》第十九回，作者從賈寶玉口中發出一番議論說，除明明德外無書。以寶玉的爲人，他最欣賞的書應該是《西廂記》、《牡丹亭》，爲甚麼最崇拜的會是《大學》？就算最崇拜《大學》了，爲甚麼不說「除《大學》外無書」，而偏要說「除明明德外無書」！這會不會是丁文彬所說「大明取明明德的意思」的革命術語呢？我在未了解《紅樓夢》運用隱語的涵義以前，我對於《紅樓夢》的文辭意義，發現許多疑問和矛盾。等到了解隱語涵義以後，便發現《紅樓夢》作者確是「持民族主義甚摯」；對於胡先生的說法，反而覺得觸處難通。所以我的結論是：《紅樓夢》確是一部運用隱語抒寫亡國隱痛的隱書。作者的意志是反清復明。書中對賈府隨時施以無情的攻擊，罵他們爬灰養小叔，卽是攻擊文太后下嫁多爾袞的醜行。我們試想，以一個倫理觀念極重的中華民族，把統治我們的清帝的禽獸穢行揭發出來，此一宣傳，激起反清的力量該多麼大。

以上這一派見解，蟠踞我胸中。直到民國四十年，來臺灣師範學院任教，偶然和朋友提到我對《紅樓夢》這番看法。沒料到臺大中文系學生會羅錦堂主席，奉董同龢教授之命，邀我去作一次學術演講，指定要我講紅學。那次講題我定爲「民族血淚鑄成的紅樓夢」。我認爲《紅樓夢》原作者不是曹雪芹，全書不是曹雪芹的自敍傳，後四十回也不是高鶚僞造。這是胡先生考證《紅樓夢》三十年後，第一次有人否定他全部的學說。果然，經過不久，胡先生在《反攻雜誌》第四十六期刊出了〈對潘夏先生論紅樓夢的一封信〉；認爲我「還是索隱式的看法」。還是「笨猜謎的方法」，「全不相信辛苦證明的《紅樓夢》版本之學」，「全不接受三十年前指出的作者自敍的歷史看法」。我爲了答覆胡先生，曾讀遍胡先生研究《紅樓夢》

的全部著作，也曾深切反省研究《紅樓夢》的方法。我在答覆胡先生的文章中，再度提出證據，證明胡先生的錯誤。並寫下這麼一段話：「我很感謝胡先生，他指示愛讀《紅樓夢》的人說：『我們只須根據可靠的版本與可靠的材料，考定這書的著者是誰，著者的事蹟家世，著書的時代，這書曾有何種本子，這些本子的來歷爲何。這些問題乃是《紅樓夢》考證的正當範圍。』我覺得，除了胡先生所說之外，我們還須熟讀深思，涵泳全書描寫的內容和結構；我們還須高瞻遠矚，洞觀整個時代和文學傳統的歷史背景，庶幾能體會到《紅樓夢》作者的苦心，才不致抹殺這一段民族精神的眞面目！」

爲了要明白紅樓夢的眞相，二十餘年來，努力網羅《紅樓夢》的版本和資料。在香港新亞書院，創設「《紅樓夢》研究」課程，刊行《紅樓夢研究雜誌》。又不顧一切闖入列寧格勒東方研究院，披閱所藏舊鈔本《紅樓夢》。記得東方院孟列夫教授把三十五册鈔本《紅樓夢》遞到我手中時，他說：「你是第一個來看它的中國教授了」據孟氏的描述，此鈔本係用清高宗《御製詩集》的襯葉作稿紙，而反以《御製詩集》作爲鈔本的襯葉。我仔細觀察，認爲是用普通竹紙墨筆抄寫的。披讀既久，書葉的中縫都離披裂開，不便翻揭。經收藏者重新裝釘，於是拆開《御製詩集》做襯葉、爲了竹紙很薄，故把《御製詩》反摺起來，將有字的一面隱藏，免得文字透映，擾亂視線。從每一葉的中縫皆已裂開，而且粘貼在襯葉的邊緣上的事實看來，便是這鈔本重加裝訂的確證。這和鈔本產生的時代有重大關係。因爲乾隆《御製詩》五集是乾隆六十年才印成的，倘若鈔本用它做稿紙，則鈔寫的時期必在乾隆六十年程刻本印成以後。現在知道是重裝時用做襯葉，則抄寫的時期便遠在乾隆六十年以前。這一事實，在紅學研究上是必須首先辨明的。如果不是我親眼看見鈔本，縱然將它影印出來，也沒法發現他的錯誤。孟氏接受了我的意見，認爲我研究的結論，糾正了他們鑑定的偏差。作爲一個中國人，我覺得是不虛此行的。近二十年來，不斷有新版本新材料發現，我也不斷和海內外紅學專家如俞平伯、周汝昌、吳恩裕、吳世昌、趙岡、陳炳良、余英時、馮其庸諸先生有辯詰討論的文章。總之，一切新版本新材料的發現，不但不曾動搖我基本的看法，反更增強我正確的信念。我現在還要重複我在《紅樓夢新解》所說的話：「假如我們看清楚這書的時代背景，鑑定這是一部民族搏鬥下的產物，熟識黑暗時代大衆默認的革命術語，我們再細讀此書時，耳中便彷彿聽見民族志士的呼號，眼中便彷彿看見民族志士的血淚。至於《紅樓夢》在文學上的成就，無疑的，它已經在競走場中奪得了錦標，如果事後發現這個奪標的選手，並非和同伴同樣的空着手競走，而且還揹着一個極沉重的包袱，我們對這個任重道遠的選手，除了驚訝他超羣絕倫，越發加深崇敬外，還有什麼可說呢！」

我這次出席國際研討會，抱着兩個願望：第一個願望是能有機會向全世界學者報告我看到的列寧格勒鈔本的眞相；第二個願望是能有機會向全世界學者報告我個人對《紅樓夢》的看法。我不敢輕易放棄我的主張，我更希望得到正確的指敎、新出的資料，來端正我的看法。這兩個願望都蘊含在這次參與會展的兩首小詩內，現在將它抄下，做爲此文的結束：

宸翰惟憐黎棗灾，不須焚禁自成灰。誰敎襯托才人筆，異事書林第一回。

靈均哀怨腐遷才，隱恨須從隱語猜。誰識紅蓮心意苦，萇弘碧血已成灰。

首屆國際《紅樓夢》研討會開幕典禮致詞

主席、各位女士、各位先生：

今天首屆國際《紅樓夢》研討會開幕，本人承邀與會，並命致數語，至感榮幸！

本人從中華民國私立中國文化大學出席本會之前，曾接受《中國時報》記者訪問，要本人簡介此次大會概況，本人曾寫下後面一番說話：「一百年前，我國大詩人駐日本使館參贊黃遵憲先生，對日本漢學家說：『《紅樓夢》乃開天闢地，從古到今第一部好小說，當與日月爭光，萬古不磨者。』這一說法，早已獲得全世界文人學者的首肯。從此次國際大會在美國的召開，更證明這部小說的崇高地位。以一部小說，居然驚動了全世界的學者專家，濟濟一堂，來開會討論，這在中國和外國，似乎從來都不曾見過。套一句黃大詩人的話來說：『首屆國際《紅樓夢》研討會，乃開天闢地，從古到今第一次的盛舉，當與日月爭光，萬古不磨者。』由此可知，《紅樓夢》小說是古今第一部好小說，也受到全世界文學家第一等好待遇。」我想在座的各位專家學者，和我有同感的，可能也不少吧！

今天，本人身臨大會，眼見盛況空前，說不盡無限歡喜。在卽將舉行討論之前，謹提出中國古聖人兩句話來互相勉勵。孔夫子說：「君子和而不同」；《周易》睽卦象辭說：「君子以同而異。」這兩句話，我們應該時時服膺警惕，因爲天下的事業，必須聚集天下人的智慧，通力合作，纔能達到盡善盡美的境界。我們要聚集天下人之是爲公是，聚集天下之非爲公非，來闡明公理，求得眞知。要達到此一崇高的目標，必須具有同中見異，不同而和的修養和胸襟。所以我們參加討論時，必須牢記古聖人明智的格言，認眞篤行，互相策勵，纔能保證研討會的成功。

最後，我要感謝主持籌劃這次大會的諸位先生，辦理得如此完善，謹在此致以由衷的感激，與萬分的祝賀！

國際《紅樓夢》研討會之外

美國威斯康辛大學召開的首屆國際《紅樓夢》研討會，閉幕之後，在研討會會場以外，又舉行了一次學術晚會。這次晚會，可以說是研討會的顛峰會議。它集中了世界各國寶藏的《紅樓夢》珍本，作出學術上百年難遇的一次研討，在會談中得到重大的收穫，確實有一記的價值。

此次研討會，自本年六月十六日清晨九時舉行開幕典禮之後，接着進行整整五天的熱烈討論，直到六月二十日結束。當晚周策縱教授款宴同人於中國飯店，九時宴畢，周教授特別邀約日本伊藤漱平、英國霍克思、美國韓南，以及余英時、唐德剛、趙岡、程曦、周汝昌、馮其庸、陳毓羆、李田意諸教授，我也被邀，齊集在他的寓居，作了一次特別有意義的集會。他把此次展覽會中收集的珍本《紅樓夢》，全都搬到他的寓所。其中最名貴的，是胡適之先生收藏的甲戌本。還有失蹤十餘年的胡天獵叟收藏的程乙本。據余英時教授說：他受託往耶魯圖書館主任室查問此書時，所得答案仍然是不知下落；但當他看見主任辦公桌對牆書架上有一套線裝書時，隨手取出一翻，卻正是失蹤已久的胡天獵叟藏本紅樓夢。因此當天晚上，周策縱教授的書案上，除甲戌鈔本、胡天獵叟藏程乙本外，還有伊藤教授帶去自藏的程甲本，和借自倉石武四郎教授的程乙本，以及馮其庸教授帶去初次影印的己卯本。這些散處世界各國的《紅樓夢》珍本，能夠碰頭會面，委實是千難萬難的機會。

周教授煞費苦心，安排了這一次晚會，要我們集中討論，提出意見，解決問題。我相信每一位與會的人都有耳目一新的感覺。我現出紀錄三樁重要事實，報告這次晚會的成就。

一、甲戌本的佚文補字

在研討會中，周策縱教授曾提出〈甲戌本凡例補佚與釋疑〉一篇論文。他的按語說：「本文草創於年初與潘重規先生函詢甲戌本下落之際，屬稿既就，得讀馮其庸先生長文，其所見與此有同有異。馮先生大作至為博洽，則拙文原可以無，玆存之亦聊以備一說而已，亦無暇修正也。」現在節引周先生的論文如後：

現存《紅樓夢》的各種版本，只有甲戌（一七五四）本前面有凡例五條。這個所謂凡例的作成時代，作者是誰，意義與重要性如何，一直還未能十分肯定。其他細節問題也還不少，這裏只提出幾點比較明顯的來略加探討問題。問題之一是其中的佚文。按一九六一年胡適把這鈔本影印出版時，在一篇跋裏說：他在一九二七年夏天買到這書時，「就注意到首葉前三行的下面撕去了一塊紙，這是有意隱沒這部鈔本從誰家出來的蹤跡，所以毀去了最後收藏人的印章。」現在察看影印本的首頁，果然出現空缺，影印文頭兩句是：「《紅樓夢》旨義〔空一字〕是書題名極多〔空二字〕《紅樓夢》是總其全部之名也（下略。參看本文後附影印凡例全文。）這裏「多」與「紅樓」三字，書法迥異，顯然是後來補上去的。我當時讀到這影印本時，曾在書眉上批了一句：「此實撕去了五個字，不應空出二格。」當時我還試補了數字，但始終覺得難以肯定。後來見到一九七五年潘重規先生對此也懷疑，並曾函託毛子水先生轉託胡祖望和蔣碩傑兩先生查看原本，證實這三個字的確是胡先生自已補寫上去的，所以在這些字上還蓋了自己的圖章。去年（一九七九）吳恩裕先生在他的《考稗小記》增訂本第一一七則裏也注意到這問題，並建議把這空了的二格補作「如曰」或「一曰」。按「一曰」二字我在一九六一年時就考慮過，但認爲不太妥當而沒有採用。……我們以爲胡適在「夢」字前只補「紅樓」二字而不加「如曰」或「一曰」字樣，是頗爲合理的。問題只出在於「極」字下只補一個「多」字，以致留出了兩個空格，那就是不大可能了。這裏若補作「極爲繁多」，「極爲歧異」，或「極不一致」等，字數雖然足夠，但總關切不到「旨義」二字。因此我認

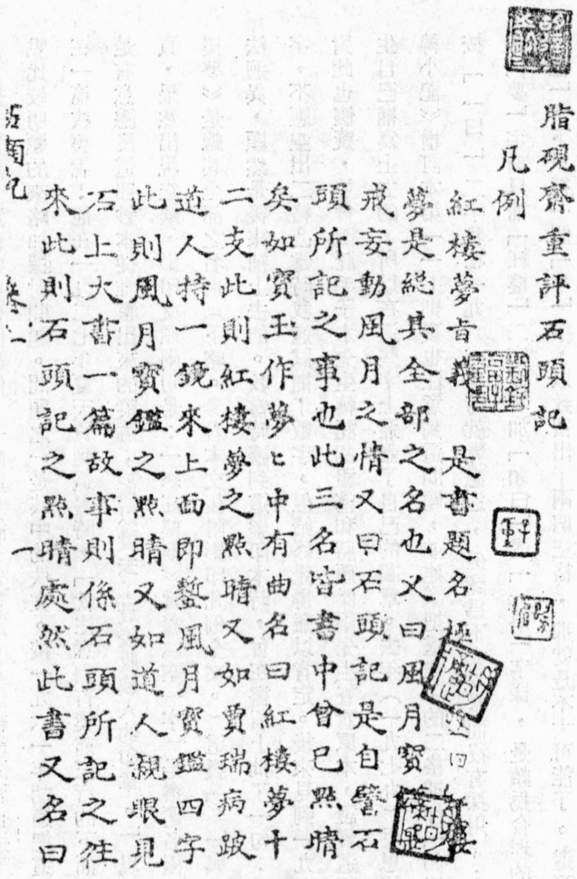

脂硯齋重評石頭記

凡例

紅樓夢旨義 是書題名極多

夢是總其全部之名也又曰風月寶鑑是

戒妄動風月之情又曰石頭記是自譬石

頭所記之事也此三名皆書中曾已點睛

矣如寶玉作夢〻中有曲名曰紅樓夢十

二支此則紅樓夢之點睛又如賈瑞病跛

道人持一鏡來上面即鏨風月寶鑑四字

此則風月寶鑑之點睛又如道人親眼見

石上大書一篇故事則係石頭所記之往

來此則石頭記之點睛處然此書又名曰

石頭記 卷一 一

右圖：影印甲戌本石頭記凡例

為不如補作「極富涵義」、「極多歧義」，或「極多異義」，或者是「極多用意」。這樣補法，既可表示書名多，又可指出多種書名各涵奧義。同時還暗示了作者認定「紅樓夢」是書的主名。當然，讀者如能建議一些別的字樣，也未嘗無可能。

以上的見解，周教授在研討會上提出後，我把我的意見寫在紙上，遞給鄰坐的主席余英時教授。我認為胡適之先生補的「多」字可能是根據原鈔本的字迹添補的，所以必須愼重，不宜輕改。空缺的二字，我認為補上「題曰」二字較為妥當。這時，伊藤教授發言也提出日本太田辰夫教授的主張，認為當補「題曰」二字，同我的看法一致，李田意教授也有同樣的看法。這其間有一關鍵性問題，究竟原鈔本「多」字的情況是怎樣呢？這是當晚大家把甲戌本集中觀察的焦點，果然胡先生添補的「多」字原鈔本還留下少少殘紙，並有「多」字遺留的點畫，證明胡先生所補的「多」字是有根據的。霍克思教授告訴我，他在牛津大學圖書館看見大陸翻印的甲戌本，把這葉凡例缺文上的胡適印章洗去，又把胡先生添補的三個字，依照甲戌本抄手的字體改寫添上，彷彿是原鈔本原有的文字。將胡先生添補的痕迹完全抹去。如果我們不將這一事實舉出，並為它做見證，後一代的讀者將永遠受到蒙蔽，我們不能不說這是此次晚會的一大收穫。

二・甲戌本避諱問題

近年紅學家發現乙卯本《石頭記》是怡親王府的鈔本，在《紅樓夢》的傳本淵源，委實是一個大發現。這一確鑿的事實，把吳世昌一班人捕風捉影的說法全都一掃而空。吳恩裕先生近著《曹雪芹叢考》中有〈現存己卯石頭記新探〉一長文，報導得非常詳明。他查到怡親王允祥、弘曉的名字，證明乙卯本缺筆的祥字和曉字，是避怡親王的家諱，纔斷定己卯本是怡親王的鈔本。因此，他們也特別注意甲戌本的避諱字樣。他們發現影印的甲戌本中「玄字和从玄之字(如絃)都不避諱。」馮其庸先生疑心玄字的最後一點是後人添補的，又疑心甲戌本的紙張是棉紙而不是乾隆年的竹紙。當晚在周教授的書齋中把甲戌本原本細心觀察，從玄字筆勢的起訖和墨色的濃淡，大家都認為玄字最後一點，決非後人所添加，而且紙質也是乾隆的竹紙。這一字的避諱和不避諱，對《紅樓夢》底本的年代和作者的問題有絕大的關係。因為乾隆年代的人，寫作時沒有敢不避康熙的名諱的，今天讀千字文的人還把「天地玄黃」讀成「天地元黃」，豈有乾隆年代的人，竟敢一犯再犯康熙的名諱。吳恩裕先生近著《曹雪芹佚著淺探》，其第四篇載〈曹雪芹編織淺文〉，說：「色絲之染尤為重要，首須選好染料，皆以植物提製而成者，如以紅花製作紅色染料，紫草作紫色，五倍子作玄（恩裕案：此玄字原缺最後一點）色等。」可見曹雪芹的著作中「玄」字是缺一點避諱的。這不避諱不缺最後一點的玄字，必然會引起紅學家的注意和議論。

三・胡天獵叟藏本的元春繡像圖

研究《紅樓夢》程刻本，最困難是原刊本不易看到。有人估計，全世界保存的程刻本不會超過十部。現在居然集中了伊藤的程甲本，倉石和胡天獵叟的程乙本，不能不說是程刻本的一次盛會。程偉元在乾隆五十六年辛亥第一次排印一百二十回《紅樓夢》，次年乾隆五十七年壬子又再排印一次。每次排版都有序言說明。胡適之先生稱辛亥年排印的爲程甲本，稱壬子年排印的爲程乙本。趙岡先生在他的《紅樓夢新探》中曾創立了程、高有三個刻本的說法，他增加一個程丙本的證據有兩點：第一點，是程偉元序中第一句話，胡天獵叟藏本作「紅樓夢是此書原名」，程乙本作「石頭記是此書原名」；第二點，是「胡天獵叟藏本一幅元春的繡像，和阿英《紅樓夢版畫集》中程乙本的繡像不同，此幅圖中的柱子上刻滿了花紋，而程乙本此圖的柱子無花紋」（《紅樓夢新探》頁二七八—二七九）。趙先生又指稱

「胡天獵藏本的程偉元序後兩頁是高鶚筆跡，而頭兩頁及第三頁最後一行半則出於另外一人之手，書法低劣不堪，顯然這兩頁也換過了版。」（《紅樓夢新探》頁二七九）事實上，「書法低劣不堪」的人，乃是影印此書的「胡天獵叟」；序文「紅樓夢」和「石頭記」三個字的不同，也是胡天獵叟補抄缺葉時的錯誤。至於元春圖中柱子的花紋，線條粗亂，和本圖的花紋都不相稱，恐怕是後人隨意塗畫上去的，並不如趙岡先生所說「刻滿了花紋」。我往年與趙岡先生討論，提出了這些事實，一直未得到他的同意。在這個難得的晚會，需要搜羅來做證的珍本居然整整齊齊擺在案頭。趙岡先生首先撿出胡天獵叟藏本的首册，看見元春圖中的圓柱，果然和其他刊本不同，別本空白的柱子，此圖卻有密密麻麻的花紋。趙岡先生看了異常高興，他舉起我的右手說：「現在該要投降了吧！」我笑答：「等大家看清楚再說何如？」於是伊藤、余英時、霍克思、李田意、周策縱許多位教授聚首研究，並請程曦教授用放大鏡透視，最後，他宣佈說：「柱上的花紋沒有一筆是刻的，沒有一筆不是墨畫上去的。」至於胡天獵叟在原刻本補寫的序文，並非程小泉換過了刻版，更是顯而易見的事實。如果沒有這次集會的機緣，親對原本，眞不知何年何月纔能了結這一樁疑案呵！

這次不平凡的晚會，直到午夜後客人纔逐漸散去，最後，主人親自駕車，把我和伊藤、韓南兩教授送回十英里外的旅館，看看腕錶，已經是六月廿一日凌晨一時有半了。

民國六十九年八月十三日於華岡

香港新亞書院「《紅樓夢》研究展覽」致詞

主席剛才要我講幾句話。因爲我是「《紅樓夢》研究」課程的教師，又是「《紅樓夢》研究小組」的導師，沒法推辭。關於小組研究教學的情況，系會和小組有一份油印的介紹文章，不必再重複說明。現在來賓很多，我不願躭誤各位的時間，只想把籌辦展覽的一點意思表達出來。此次展覽的名稱，是有問題的，嚴格說來，應該叫做「《紅樓夢》研究成績展覽」，因爲研究有成績，才可展覽，我們沒有甚麼成績，居然展覽，這是我們萬分內疚的。不過我們了解我們的缺陷，我們只有工作，並沒成績，所以不敢濫用成績二字，乾脆叫做「《紅樓夢》研究展覽」。我們的意思，是要把我們研究的理想、研究的工作如實地表現出來，展覽出來，希望各方面的人士給我們指導和鼓勵。我們的理想是希望盡微薄的力量從事於本國優美文學的發揚，《紅樓夢》是一部可和莎士比亞作品並駕齊驅的名著，所以我們結合一羣有與趣從事中國文學的青年努力研究。我們知道研究學問，必須有好的治學方法和態度，才能有成功的希望。因此我們開設了「《紅樓夢》研究」的課程，作爲講習討論的核心，我們成立了「《紅樓夢》研究小組」，培養研究工作的力量；我們出版了《紅樓夢研究專刊》，作爲學術交流的橋樑。我們努力收集古今研究的資料，虛心聆聽世界學人的意見。我們希望訓練每一個組員，成爲一個能研究、能寫作、能編輯、能討論、能演說的讀書人，我們選讀此一課程，只有工作，沒有考試。我們要求每一個組員能專心切實的獨立研究，並且能虛心和諧的集體研究；我們要求每個組員能獨力寫作編輯，並且能全體合力寫作編輯，我們要求每一個組員能表達自己的意見，並且能共同辯論詰難以求得共同的意見。因此我們小組規定有個人閱讀，有綜合閱讀；有個人寫作，有集體寫作；有個人演說，也有互相辯論，今天我們展覽陳列在各位面前的，從閱讀的書籍、專著、論文、平時的抄寫習作，編輯校對的底稿，出版的刊物專書，學術界先進的指敎，平時講說討論的演習，全部的活動，儘量如實的展示出來，使得我們研究資料的缺欠，寫作編輯的困難，出版刊物的貧乏，講習討論的偏差，能夠毫不掩飾的呈現出來，以求敎於師友來賓。我們只能展覽「《紅樓夢》研究」的工作，而無法展覽出「《紅樓夢》研究」的成績，所以我們叫做「《紅樓夢》研究展覽」，我們仗着一份求知的熱忱，一股研究的傻勁，大膽的舉行一次展覽，勞動各位，犧牲各位寶貴的時間，我們萬分抱歉，也萬分感激，我們渴望來賓師友同情我們求教的眞誠，多多給我們指教，作爲我們改進的南針，也許有一天眞能有些少的成績，那就不辜負各位的期望了！

讀《紅樓夢論集》答趙岡先生

民國六十四年八月，臺灣志文出版社，印行趙岡先生所著《紅樓夢論集》一册。直到年底，我的學生許學仁君購讀此集時，看見其中一篇文章——〈再論甲戌本石頭記的成書年代〉，特別提出兩點問題，要我答覆。因此許君將這篇文章給我過目，我現在先撮要節引原文如下：

> 最近兩三年來，我和潘重規先生曾經以文章辯難的方式，或是以私人通信的方式，討論《紅樓夢》考證的幾個重要問題。我發現潘先生似乎有一個傾向，對於問題的核心困難，不去討論，這樣很難發生說服力。潘先生如果要建立一個理論與說法，首先必須要克服其所涉及的中心障礙，然後再舉出次要的各點來強化。譬如我與潘先生三度爲文論辯「紅樓夢稿」的性質與高鶚當年改稿的過程。

我每一篇文章中都強調提出程、高歷次排印本的版口相同的問題。每次我都重覆那句話：「這是硬碰硬的問題，在證據的解釋上沒有太多的變通餘地。」「潘先生一定得想法闖過這一關。」王佩璋曾對程、高兩種排印本作過詳細比較，全書一千五百七十一頁，其中只有五十六頁無改動，一千五百十五頁都有異文，但版口相同，另外五十六頁無異文者，版口自然相同。這一點已經肯定的說明高鶚當年改稿的方式。他一定是就着第一次排印本來進行修改，絕無他種可能，這項事實是潘先生要建立任何新說法的中心障碍。但是潘先生每次答辯的文章總是躲開這個問題。現在，我在此，把這一點單獨提出，其他支節項目一概不談。希望有機會能看到潘先生的正面意見，而且是專討論這一點的意見。

以上是趙先生特別提出的第一點問題。我在和趙先生討論「紅樓夢稿」的性質時，我早已表明我的意見，在〈答趙岡先生紅樓夢稿諸問題〉（見《紅樓夢研究專刊》第十輯，《紅樓夢新辨》。）一文中說：

趙先生提到甲丙兩本版口相同的問題，這是王佩璋統計兩個本子異同的結果。百廿回鈔本《紅樓夢》是高鶚整理《紅樓夢》，在付刻之前，加工修改過的一個稿本，在這以前，可能有更早的稿本；在這以後，也可能還有修改的稿本，所以我在〈續談新刊乾隆鈔本百廿回紅樓夢稿〉（《大陸雜誌》第十一卷第四期）說：「此鈔本確是高鶚的手定紅樓夢稿，並且是高鶚和程偉元在修改過程中的一次改本，而非最後的定稿，也未必是付刻時的底本。」

趙先生根據王佩璋對程、高兩種排印本比較的結果，認爲「高鶚當年改稿的方式。他一定是就着第一次排印本來進行修改，絕無他種可能。這項事實是潘先生要建立任何新說法的中心障礙。」我並不反對高鶚當年用活字排印《紅樓夢》時，有這種改稿方式的可能。但是我和趙先生討論的是手抄「紅樓夢稿」的問題，高鶚整理此書時，廣集各家原稿，他命抄手集合舊稿本重抄，抄手不止一人，所以字體筆跡有差異。我們試看「紅樓夢稿」中拼湊的痕跡，如第十六回首頁下半頁不曾寫完，留下了許多空白，第二頁開首有三行半和第一頁重複，被勾去了。又第二十七回起首實在祇有一頁半。有半頁是空白的，而第三頁的首行有重複的二十七個字被刪去。諸如此類在抄寫時改稿的方式，自然和程甲、程乙本排印時改稿的方式迥然不同。即使承認高鶚就排印本改稿的方式止此一種；也不能斷定一般在紙上改稿必須遵守這種「縛手縛脚」的改稿方式。「紅樓夢稿」是抄寫的本子，所以我不須受趙先生的看法的限制。至於趙先生和我「論辯紅樓夢稿的性質與高鶚當年改稿的過程」的孰是孰非，還有待讀者從我們歷年來反覆討論的文字中加以判斷。

趙先生特別提到的第二點，是對於甲戌本《石頭記》的看法。關於這一點，內容比較複雜，他首先答覆我反駁《紅樓夢新探》的兩項理由。其次提出「甲戌年成書論」的三項致命傷，第一項致命傷中又包括了四個分項。現在我依次逐項答覆。趙先生提到我反駁《紅樓夢新探》的第一項理由說：

我一向認爲甲戌本《石頭記》的底本是丁亥年（一七六七年）以後新整理出的稿本，比已卯及庚辰本都晚。潘先生則認爲甲戌本底本確是甲戌年（一七五四）成書的。潘先生反駁的理由之一是舉出《紅樓夢新探》中一段，說畸笏在整理這個新定本時，重新考慮書名，決定重新將書名正式改爲《紅樓夢》。潘先生認爲這點不能成立。其實這一點正是我所謂的枝節問題。它不是甲戌本成書較晚的證據。證據是在這以前那些條。這一段是在甲戌本被證明是晚出以後的一點附帶的話，一點推論。潘先生滿可以把這一段從《新探》一書中撕去或抹掉，而絲毫不影響我的論證。所以在枝節上作文章是不發生眞實作用的。

趙先生既然說這一段可從《新探》一書中撕去或抹掉，爲了節省篇幅，那就不必再提。趙先生又說：

潘先生又駁我的另一理由是舉出甲戌本的雙行批少於庚辰本此一事實。《新探》一書中說：「批語最初都是寫在書眉和行間有關之文句旁邊。然後每清抄一次，脂硯就把舊定本上的眉批和夾批改成雙行小字批注，隨同正文一併抄出。這樣就可以騰出地方容納新的眉批和夾批。脂評本上的批語就是這樣一年年累積下來的」。潘先生接受了這個說法，然後接着指出有正本及庚辰本裏許多條雙行批注在甲戌本中反而是夾批或眉批，從而結論說甲戌本當早於庚辰本及有正本。潘先生的辦法是以子之矛攻子之盾。既然潘先生提出這一點，我就絕不規避，正面的老老實實的答覆這個問題。

《新探》一書中所說，由眉批夾批而改成雙行批注的累積過程在原則上是正確的。不過這種累有積其極限。也就是說如此累積下來，早晚要達到「飽和點」，從此以後，情形就要不同了，勢必要放棄上述的原則，否則每頁的書文中絕大部份都是雙行批注，而正文只有寥寥數字，書就難以卒讀。在這種情形下，鈔本的整理人只有下列幾個辦法。第一個辦法就是索與把評注刪掉。……第二個可行的辦法，就是疏散批語。也就是把正文中的批語加以合併及簡化，然後抄在回首及回尾。甲戌本中許多回首回尾總批都是由原來的夾批眉批變化而來。我相信這些都是出於疏散批語的動機。當然，這種疏散批語的辦法也有其極限。無論如何總不能在回首來個五六頁的評語，而且有些評語是不能與其他評語合併的。有的時候，離開了原批正文的字句，批語就變得無意義，或十分難懂。如果這位整理人既不願丟棄這些批語，而疏散批語的容量又有限，則只好採行第三種辦法，那就是預留較多的書眉（這是甲戌本的特色），然後把雙行批語全部提出。……我們應該注意，甲戌本共有九回是全無雙行批語（卽第一、二、三、四、五、十三、十四、二十七、二十八等回）。……這九回是極重要的九回。脂硯初評時不會一句批語也沒有。旣然有批語，則「甲戌抄閱再評」時就該已轉化爲雙行批。

趙先生上面一番話，爲的是《新探》說過，「最初的批語都是眉批和夾批，淸抄時纔改寫成雙行批。」現在要把這一現象倒轉過來，所以又想出一個「把雙行批語全部提出」的辦法。其實要增加批語的容量，只須預留較多的書眉，根本不必把雙行批語提出，因爲如把雙行批語提出，旣需將正文重抄，而書眉的面積容量也相對縮減。除非爲了統一全書的形式，纔要把全部書中的雙行批一律提出，否則斷沒有提出雙行批語的必要。趙先生臆測九回《紅樓夢》，脂硯初評時不會一句批語也沒有，這是趙先生沒有證據的揣測。第二回甲戌脂批有云：「余批重出，余閱此書偶有所得，卽筆錄之，非從首至尾閱過，復從首加批者，故偶有復者。」由此可知脂批之有無多少，並無一定規範。我們未掌握證據以前，似乎不便斷定那一回那一節「脂硯初評時不會一句批語也沒有」？趙先生旣然說《新探》一書中所說，由眉批夾批而改成雙行批注的累積過程在原則上是正確的」。現在設想的變通辦法，又不能成立；那麼，有正本及庚辰本裏許多條雙行批注在甲戌本中反而是夾批或眉批，從而判斷甲戌本當早於庚辰本及有正本，這一結論應該是仍屬正確的了。我們試再舉甲戌本的一條脂批做爲例證，甲戌本第十六回寫寶玉因秦鍾病掃了與頭，「只得付於無可奈何，且自靜候大愈時再約。」在這句行旁朱筆夾批云：「所謂好事多磨也。」己卯本、庚辰本都改爲正文內的雙行批，批下都增加了「脂硯」的署名。更值得注意的是，「好事多磨」這句話正出在甲戌本第一回僧道二人高談快論中的一句緊要話，這一段話四百二十四字，庚辰本、戚本都刪改作「席地而坐長談見」七個字（己卯本未見原本，疑與庚辰本同），而這句批語正是引用第一回的文句而成，否則庚辰、己卯的批語便迷失了出處了，由此更可以證明甲戌本的底本確是早於庚辰、有正諸本。

趙先生爲《新探》作了兩項辯護之後，又提出「甲戌年成書論」的三樁「致命傷」，第一樁，據趙先生說：

> 其中較重要的就是有關批語署名及年月的諸問題。庚辰本、己卯本，及有正本上許多批語有署名及批寫的年月。但是到了甲戌本這些批語雖然還有，但已無署名及日期。潘先生認爲甲戌本在前，其他各本在後。而這些署名及年月是後來被人添綴的。潘先生辯解的理由如下：「至於甲戌本雙行批注沒有一條署名的評語，脂硯之名反見於庚辰本，這並不一定是甲戌本採錄自庚辰本而脫錄署名。

因爲甲戌的底本是脂硯齋整理的（鈔本的中縫寫明「脂硯齋」字樣，表明是「脂硯齋」的藏書），照慣例，批書人批閱自己的書籍並不需要署名。況且『脂硯齋甲戌抄閱重評』的《石頭記》，書中已敍明評書人的主名，書葉的中縫又寫明『脂硯齋』，原書出現的硃筆評語，自然都是屬於脂硯齋的，所以不需多贅上批者的名號。反而後來過錄甲戌本評語的本子，卻有添綴『脂硯』署名的可能和必要。」

這種說法將引發一系列的問題，不知潘先生將如何處理：

(a)「甲戌的底本是脂硯齋整理的」。如果是甲戌年整理的，怎麼會整理到己卯年或以後的批語？如果是後來整理的，那麼又爲什麼定爲「甲戌底本」？

(b)「原書出現的硃筆評語，自然都是屬於脂硯齋的」。其實大不然。第一回就有一硃批「若從頭逐個寫去，成何文字，《石頭記》得力處在此，丁亥春」。丁亥年脂硯已死。就是那條哭芹脂二人的甲午（申）八月淚筆也是硃筆評語。……此外還有梅溪等人的硃批，只要不署名，就是書主，那麼梅溪、畸笏等人豈不都是甲戌底本的主人了。

(c)根據潘先生的理由，書主批書不署名，他人過錄，則要添綴署名，那麼己卯底本有脂硯署名，庚辰底本有脂硯、畸笏等人的署名。這些底本（不是過錄本）該屬於誰呢？

(d)卽令有「必要」，但是否有「可能」呢？潘先生承認甲戌本上的批語是晚至丁亥年。而己卯本及庚辰本，根據潘先生的鑑定，是「後來過錄甲戌本評語的本子」。那麼這些評語都是丁亥年以後才回）從甲戌底本上過錄的了。而這些署名也都是丁亥年以後「添綴」的了。「添綴」署名既然不是脂硯齋幹的事（丁亥前他已去世），這個「添綴」之人根據什麼判定何批是何人所寫？他又如何判斷，何道，而批是何年所寫？……

趙先生提四項「甲戌年成書論」難於處理的問題，(a)項是「甲戌年怎麼會整理到己卯年或以後的批語」？我的答覆是，甲戌底本上的己卯、丁亥、甲午等年的批語，乃是甲戌本流轉以後陸續加上去的，如同胡適之先生得着這個甲戌本後，胡先生加上了許多批語；在這以前，劉銓福收藏這部鈔本時，他的朋友孫桐生也加上了許多批語。今天胡先生把甲戌本影印出來（這情形彷彿像從前人摹寫或過錄出來），我們並不會懷疑甲戌年整理的人，怎麼整理到胡先生的批語來了！

(b)項是趙先生認爲甲戌本許多硃批並不是屬於脂硯齋的。我的意見也認爲許多硃批，（例如梅溪、松齋、以及胡適之署名未署名的批語，）都不是脂硯齋的批語，只有脂硯齋甲戌抄閱重評的原書出現的硃筆評語，纔是屬於脂硯齋的評語。我們並未因影印本或過錄本有胡適之先生署名或不署名的批語，而誤會胡適之先生是甲戌底本的主人；充其量我們說胡先生是收藏這本書的主人罷了！

(c)趙先生說：「根據潘先生的理由，書主批書不署名，他人過錄，則要添綴署名，那麼己卯底本有脂硯署名，庚辰底本有脂硯畸笏等人的署名。這些底本（不是過錄本）該屬於誰呢？」我的答覆是，「脂硯齋甲戌抄閱重評」的《石頭記》，書中旣敍明評書人的主名，書葉的中縫又寫明「脂硯齋」；但是現在我們看見的己卯本和庚辰本，都未具備這些條件，所以不論是底本和過錄本，都有添綴署名的可能。我們最近知道又有人發現了己卯本的殘葉，經過吳恩裕等的考證（吳恩裕、馮其庸：〈己卯本石頭記散失部分的發現及其意義〉），證實了己卯本（包括殘鈔本）是乾隆年間怡親王府的一個原鈔本。將夾批眉批改變成雙行批時，添綴脂硯的署名是極有可能的。

(d)趙先生說：「卽令有『必要』，但是否有『可能』呢？趙先生誤會我的意思，認爲這些評語都是丁亥年以後才從甲戌底本上過錄的，所以認爲不可能。我的意思只是說己卯、庚辰年有從甲戌底本過錄的批語。至於梅溪、松齋、畸笏乃至孫桐生、胡適之的批語，都是後來陸續添加上去的，添加上去的批語如果有署名、年月，在過錄或影印的時候自然可以知道，如何會不可能呢？

還有「甲戌年成書論」的第二椿致命傷，趙先生說：「我們又多次提到甲戌本上若干回前回尾總批都是合併若干己卯年及壬午年脂硯及畸笏等人的批語而得者。現在潘先生一定要倒過來解釋，認爲甲戌底本是甲戌年成書，而己卯庚辰等本則是在丁亥年以後從它過錄而得。那麼，這些己卯、壬午等年的批，如何又能被合併而與正文同時在甲戌年用墨筆與正文一同抄出呢？……」趙先生這番質問的話，還是誤會我的意思，我根本並未說過「己卯、庚辰等本是在丁亥年以後從它過錄而得」。我一向說明甲戌本的底本是甲戌年成書的，而現在流傳到胡適之先生手中的乃是過錄本。我在〈甲戌本石頭記覈論〉一文中說：「現存各種脂評本，都是過錄的本子。甲戌本的過錄年份，和己卯、庚辰、有正本，同樣都沒有明確紀錄，但是甲戌本的底本則確是甲戌年整理寫定的。」過錄的人整理過錄的本子自然可以合併、移置和正文一同抄出的。趙先生在《新探》中說：「庚辰本的底本是畸笏叟在庚辰年從脂硯手中的己卯定本抄來，……丁亥年以後，畸笏叟根據自己手中的這個底本抄錄一份賣給別人，這就是今天我們所看到的庚辰本。它未再經人輾轉過錄。抄寫此過錄之人是畸笏的家人，他專門替畸笏抄錄《石頭記》賣錢。」又說：「己卯本，此鈔本之過錄筆跡同庚辰本及甲戌本，而那兩本都已有丁亥年之畸笏批語，所以己卯本之過錄時間應晚於己卯若干年，而很接近丁亥年，因此筆跡才能這樣相近。否則相隔七八年，即令是一個人所抄，筆跡也不會符合到如同影印一般。事情的經過可能是這樣的。脂硯死後，他手中的己卯定本便落到畸笏手中，而在丁亥年左右抄成這個過錄本。」「脂硯齋的己卯底本傳到畸笏手時前十一回已經散失。畸笏於是抄了十一回將之補足。不過他只抄了正文，而未抄批語。這是因爲當己卯底本到他手時，已是他手中第二套底本，他手中原已有一套庚辰底本。爲了補足己卯底本的缺失，只抄正文就夠了，無須抄批語，在丁亥年，有某顧客要向畸笏購買一部過錄本。不巧此時畸笏正在批閱自己手中的庚辰底本。於是他命家人根據這份剛補全的己卯底本過錄了一份給這個顧客。這就是現在這個己卯過錄本。此事剛完，又來了一位顧客，也要買一本過錄本。這位抄手又按己卯底本抄。但抄到第十回時，畸笏的批書工作已完，於是從第十一回開始，就按庚辰底本抄，這就是現在的庚辰過錄本。」又說：「甲戌本，這個鈔本的底本是畸笏在丁亥年以後不久根據自己手中的底本重新整理出來的一個最新定本。」《新探》中趙先生又斷定畸笏卽是曹雪芹的父親曹頫。所以趙先生認爲庚辰、己卯、甲戌本都是曹雪芹的父親曹頫在丁亥或整理，或過錄的。趙先生一再質問我己卯、庚辰本一些評語都是丁亥年才從甲戌本上過錄而來，其實這不是我的說法，而是趙先生自己的構想，而這種構想，乃是不能令人置信的。最近發現己卯殘本。據吳恩裕的考證說：「我們仔細檢查殘鈔本的抄寫筆跡，發現共有七個人參加抄寫。七個人的筆跡書體各有可資識別的特徵。我們根據這些特徵再檢查己卯本，發現這七個人的筆跡在己卯本裏也可以找到。這就是說，己卯本基本上是這七個人抄下來的。」（見吳恩裕、馮其庸〈己卯本石頭記散失部分的發現及其意義〉）由這一明白的事實，可見趙先生主張己卯諸本是曹頫的一個家人在丁亥年左右一手抄寫的說法是根本不能成立的。

趙先生又說到「甲戌年成書論」的第三樁致命傷：「甲戌本第十三回的回目是『秦可卿死封龍禁尉，王熙鳳協理寧國府』。可是我們從批語中可以看出這回曾經兩度修改。最初它是描寫秦可卿『淫喪西帆樓』，脂硯齋對於『西帆樓』這個名詞頗有感觸，故批道：『何必定用西字，讀之令人酸鼻』。於是雪芹在某次改稿中，把文中所有的『西帆樓』字樣都改成『天香樓』。於是標題就變成了『秦可卿淫喪天香樓』。最後，畸笏叟又命雪芹徹底改寫這回書文，……己卯本、庚辰本，有正本此回的雙行批皆未提到刪節天香樓的事。這似乎表示刪改天香樓之事，是己卯年雪芹第五次改稿時才發生的。潘先生可能說，己卯本、庚辰本、有正本都是丁亥年以後過錄的，不能算數。卽令如此，此回文稿凡兩易，則最後一次修改一定是在『甲戌再閱』以後，則可斷言。此本中第十三回，不但不見『西帆樓』字樣，而且不是『淫喪』。可見此底本，一定是在甲戌再評以後的新稿本了。」趙先生根據靖本、甲戌本的批語，看出這回曾經兩度修改。這話很有可能。但是說：「此回文稿凡兩易，則最後一次修改一定是在『甲戌再閱』以後，則可斷言。」這個結論就根本不合事實。《紅樓夢》在修改過程中，究竟經過那些更動，後人很難確知。只憑批書人看到刪改後的批語來決定。甲戌本這一段批語，說從前删去了若干情節，删去了多少葉數。「甲戌抄閱再評」時所抄錄的《紅樓夢》，當然是已經删改以後，少卻四、五葉文字的《紅樓夢》，當然「秦可卿淫喪天香樓」的面目，和天香樓遺簪、更衣等等情節，都早已删去。如果甲戌本的文字，仍舊保留「秦可卿淫喪天香樓」的面目，仍舊保留天香樓種種情節，那便是未經曹雪芹删改過的《紅樓夢》，那還用得着「此回只十頁，因删去天香樓一節，少卻四、五頁」的批語嗎？我們試看庚辰本此回回末有一條批語說：「通回將可卿如何故隱去，是大發慈悲心也，嘆嘆。壬午春。」靖藏眉批說：「可從此批。通回將可卿如何死故隱去，是余大發慈悲也。嘆嘆！壬午季春，畸笏叟。」可見庚辰本這條批語也是畸笏叟批的。庚辰本是趙先生認爲早過甲戌本的鈔本，庚辰本第十三回的文字，也是「不見西帆樓字樣，而且不是「淫喪」」，難道庚辰本的文字，是壬午季春批書以後删改的嗎？由此可見趙先生說的「致命傷」是不能成立的！

以上我根據所能見到的證據資料，作客觀平實的判斷，直率的答覆趙先生所提出要我答覆的兩點問題。我個人抱有愚見，認爲對於學術眞理，每個人都應該有他自己的見解，每個人都應該忠實於他自己的見解，既不可隨波逐流，也不容標新立異。儘量發揮每個人不同的意見，纔可以集合天下之異；能集合天下之異，纔可以求得天下之同。如果能融合天下的眞同眞異，纔有希望獲得學術眞理的眞是眞非，我抱着這一份信念，並且多年來欽佩趙先生認眞治學的精神，所以在學校課務結束之後，草此短文，希望趙先生及愛好《紅樓夢》的讀者賜予指教！

民國六十五年一月十八日於華岡

與方杰人教授書

杰人先生史席：前奉惠贈大著〈從紅樓夢所記西洋物品故事的背景〉一文，適値敝校舉行中期入學、學位各種考試，無暇拜讀大作，僅將在港所印《紅樓夢研究專刊》四册奉寄求正。比旬以來，爲試卷所磨折，疲憊不堪，解脫之餘，取大作細讀，如嗜飮者乍得貴州茅台、法國名釀，一杯在手，獲無上享受，遂頓忘世間一切苦惱。竊謂《紅樓夢》乃千古難逢之奇書，如左右讀《紅樓夢》之作，亦必數百年乃可一遇，即弟能快讀大文，亦人生一幸事也。大作網羅弘富，考核精詳，擷中外之英華，探古今之秘奧，弟固不能贊一辭，然亦不必多贅一辭也。惟讀大作後，有一二處欲獻疑於左右者，更乞進而教之。大作（印本第一二六頁）云：「第五十一回記晴雯病時，寶玉去探病，『只聽外間屋裏隔上的自鳴鐘噹噹的兩聲』。『屋裏』原作『房中』，……「及進來到屋裏，留神看時辰表，」（原第七十八回），

『及進來屋裏』，是塗改後的句子，原作『及至進來到房裏』。程乙本作『及進來到房裏』，徐本作『房裏』。（可見百廿回稿必後於徐本和程乙本）」弟意百廿回稿必後於徐本，是也，後於程乙本則未必然。高鶚有意使小說口語化，故將「房裏」改「屋裏」，此百廿回稿已改，而程乙本偶漏改之，非必程乙本同於徐本，遂早於百廿回稿本也。卽如大作（印本一三〇頁）舉出「百廿回稿第七十回原有溫都里那四字，卻又塗去，改爲晴雯和麝月兩個人按住芳官那裏隔肢呢，以下凡雄奴也一律改爲芳官。而徐本仍爲雄奴，可見百廿回稿乃後起改本，程乙本更簡，不稱芳官爲溫都里那，亦不稱雄奴。」已足證明程乙本在百廿回稿本之後矣。拙作〈續談新刊乾隆抄本百廿回紅樓夢稿〉（《大陸雜誌》卅一卷四期）亦闡明此意，尚乞左右取拙文再審核之。又大作（第一四三頁）云：「在全部書裏，西洋一名最多見，但亦最含糊。確有其地的外國地名，只有暹羅、俄羅斯、波斯三個國家。」但徐本第六十三回有「海西福郎思牙」，大作謂「福郎思牙」無疑是「佛郎機」的異譯，周汝昌《紅樓新證》亦謂「福郎思牙之爲法蘭西必無可疑」，不知大作何故不舉此一國名？又弟意明末清初一班有志之士，往往與西洋敎士接近，學習科學技藝，意在圖謀恢復故國，如《彭躬庵文鈔．書歐陽子十交贊後》云：「歐陽子名斌元，字憲萬……，斌元生平師多於友，每學一藝，卽下拜師事稱弟子，必盡得其傳，嘗師事西洋士，學銃天文日月食測量數諸法，仍易名就壇事耶穌，隨村市人後瞻禮，誦經，忍饑竟日，人或譏議之，笑謝不爲止。」弟意此輩遺民，苦心孤詣，嘗膽臥薪，必有無數可歌可泣之事蹟，未諳尊箸〈明末清初旅華西人與士大夫之晉接〉一文中，頗有此類人物否？日前寄呈之《紅樓夢研究專刊》，重在網羅刊布有價値之紅學著述，大作可否准予轉載，以光篇幅，敬乞

明示爲幸，匆匆不盡，祇頌

鐸安

弟 潘重規再拜 五月廿六日鐙下

與霍克思教授論《紅樓夢》書(一)

霍克思先生文席：薄游歸來，獲讀四月十八日賜書，敬讅拙稿《紅樓夢新辨》曾邀詧正，至深欣幸。去歲荷惠贈尊譯《紅樓夢》第一册，譯筆之佳，譽滿寰宇。來示謂「舒信」君有指摘之辭，規未見其文，亦未知舒信君其人。不讅其論點如何？青石山莊影印程乙本第四十七回脫去一葉，首由先生指出。全鈔本遺失第四十一至五十回，楊繼振用程甲本補抄，卽無脫文，想是程乙本排印疏忽，反脫去此葉也。來示舉出高、程本香菱學詩回中，「陶淵明應劉謝阮庾鮑」一語，庚辰、戚序本「應劉」作「應瑒」。尊意認爲「應瑒」詩不足道，因假設芹圃原文爲「曹謝阮庾鮑」，以忌諱之故，脂硯輩於曹字下注「應删」二字，其後「曹」字被削，而「應删」被留，輾轉誤爲「應劉」、「應瑒」。此一構想，甚具理由。惟規意《紅樓夢》中論詩，如提及曹子建，實無避忌之必要。(第一回：「開口文君，滿篇子建」；第二回：「曹操、桓溫、安祿山、秦檜等，皆應刼而生者」，可見作者不必諱「曹」字。)後文論詩，即徵引陶詩，故陶不可删。黛玉語涉及陶謝阮庾鮑，陶謝由來並稱此獨舉淵明之名，在全句中屬詞頗爲不順，故於「陶淵明」下注云「應删」，意在删去「淵明」二字，不料竟輾轉抄改成爲「應劉」「應瑒」。臆見本尊說而少加修訂，於尊說或更易成立也。惟「陶淵明應劉謝阮庾鮑」一語較之「實對虛與虛對實」又微有不同，因彼則顯然錯誤，不獨不能出於黛玉之口，並不能出於任何有知識人之口也。

來示又謂《紅樓夢》中，往往有脂本與高本皆錯之文字，此言誠爲事實，鄙意以爲前八十回之高本，實綜合依據多種脂本而成，其出於高、程删改之手者爲數不多。規嘗督學生以甲戌、庚辰、戚序、全鈔諸本校勘影印程乙本，其第一回校勘記已發表於《紅樓夢專刊》第九輯。如能完成，更可窺見高、程刻本與諸鈔本之異同眞象。惜規前歲自新亞書院退休後，往返任敎巴黎、臺北間，此一工作因之停頓，倘有機緣，仍冀能續成之也。

專復，祇頌

箸安

拙箸《紅學六十年》暨《專刊》第九、第十一輯另郵呈

正重規又上

弟潘重規再拜　一九七五年八月九日

與霍克思教授論《紅樓夢》書(二)

霍克思先生文席：十月一日手書，適於離港時奉到。抵臺北後，因課務較忙，書籍又不在身邊，致稽奉復，至以爲歉。來示提及《紅樓夢》第五十三回俞校本（頁五八一、行九—頁五八二、行三）「原來綉這瓔珞」約四百字，程本皆刪去。按俞校本根據脂批有正、庚辰諸本，皆有此段文字，足見舊鈔本本來如此。程本蓋嫌其文字冗贅，故加以刪削。《紅樓夢》中如第十六回描寫鬼都判畏懼寶玉威權，第六十三回寶玉爲芳官取名耶律雄奴之類，以文學眼光觀之，文字既不佳，情理亦不愜。規疑此類乃曹雪芹所得《紅樓夢》原稿，別含深隱用意（拙作《紅樓夢新解》中曾論及之），高鶚從普通文字着眼，自以刪去爲宜，未可斥高鶚之整理一無是處也。如照高鶚刪改之本，閱讀起來，似頗通暢，前云「俱是新鮮花卉」，是指「點綴着山石的小盆景」，下云「等鮮花草」（程本刪去草字），乃指點綴着各色舊窰小瓶中的「歲寒三友」、「玉堂富貴」，即梅竹牡丹等，似不必認爲眉批或夾注也。

不知 尊意以爲然否？匆復不盡，即頌

年釐

弟 潘重規手上一九七五、十二、十五

三民叢刊書目

1. 邁向已開發國家　孫　震著
2. 經濟發展啓示錄　于宗先著
3. 中國文學講話　王更生著
4. 紅樓夢新解　潘重規著
5. 紅樓夢新辨　潘重規著
6. 自由與權威　周陽山著
7. 勇往直前　石永貴著
8. 細微的一炷香　劉紹銘著
9. 文與情　琦　君著
10. 在我們的時代　周志文著
11. 中央社的故事(上)　周培敬著
12. 中央社的故事(下)　周培敬著
13. 梭羅與中國　陳長房著
14. 時代邊緣之聲　龔鵬程著
15. 紅學六十年　潘重規著
16. 解咒與立法　勞思光著
17. 對不起，借過一下　水　晶著
18. 解體分裂的年代　楊　渡著
19. 德國在那裏？(上)(政治、經濟)　郭恆鈺・許琳菲等著
20. 德國在那裏？(下)(文化、統一)　郭恆鈺・許琳菲等著
21. 浮生九四　蘇雪林著
22. 海天集　莊信正著
23. 日本式心靈　李永熾著
24. 臺灣文學風貌　李瑞騰著
25. 干儛集　黃翰荻著
26. 作家與作品　謝冰瑩著
27. 冰瑩書信　謝冰瑩著
28. 冰瑩遊記　謝冰瑩著
29. 冰瑩憶往　謝冰瑩著
30. 冰瑩懷舊　謝冰瑩著

三民叢刊31

與世界文壇對話

鄭樹森　著

本書收錄二十四篇專訪，作者以比較文學博士的豐富學養，深入分析報導當代世界文壇的趨勢和動態，在清楚掌握世界各地的文學發展之餘，反省本土文學，並期在原有基礎上更向前邁進。

三民叢刊32

捉狂下的興歎

南方朔　著

「捉狂」是這個時代的浪潮，「興歎」是剔除糟粕的膽識與能力。媚俗的年代有不媚俗的聲音，看南方朔如何在知識份子充滿機會主義的價值錯亂和譁眾取寵的時候，替未來的自由公民開道。

三民叢刊33

猶記風吹水上鱗

余英時　著

本書以紀念錢賓四先生的文字爲主，賓四先生爲一代通儒，畢生著作無不以重發中華文化之幽光爲志。透過作者的描述，我們不僅能對賓四先生之志節與學術有深入的認識，並對民國以來學術史之發展有一概念。

三民叢刊34

形象與言語

李明明　著

藝術是以形象代替作者的言語，而在形象與言語之外，仍還有其他種種相關的問題。本書作者從藝術與時代、形式與風格、藝術與前衛、藝術與文化五個方面剖析西方現代藝術，使讀者能對藝術品本身及其相關論題有一完整的認識。

國立中央圖書館出版品預行編目資料

紅學論集／潘重規著.--初版.--臺北
市：三民，民81
面；　公分.--(三民叢刊;35)
ISBN 957-14-1837-4 (平裝)

1.紅樓夢-批評,解釋等

857.49　　　　80004629

著　者　潘重規
發行人　劉振强
出版者　三民書局股份有限公司
印刷所　三民書局股份有限公司
地址／臺北市重慶南路一段六十一號
郵撥／〇〇〇九九九八——五號
初　版　中華民國八十一年一月
編　號　S 82060
基本定價　叁元柒角捌分
行政院新聞局登記證局版臺業字第〇二〇〇號

ISBN 957-14-1837-4 (平裝)